btb

Aus Freude am Lesen

Håkan Nesser · Aus Doktor Klimkes Perspektive

Håkan Nesser

Aus Doktor Klimkes Perspektive

Aus dem Schwedischen
von Christel Hildebrandt

btb

Die schwedische Originalausgabe erschien 2005 unter dem Titel
»Från doktor Klimkes horisont« bei Albert Bonniers Förlag, Stockholm.

FSC
Mix
Produktgruppe aus vorbildlich
bewirtschafteten Wäldern und
anderen kontrollierten Herkünften

Zert.-Nr. SGS-COC-1940
www.fsc.org
© 1996 Forest Stewardship Council

Verlagsgruppe Random House FSC-DEU-0100
Das für dieses Buch verwendete FSC-zertifizierte Papier *EOS*
liefert Salzer, St. Pölten.

1. Auflage

Satz: Uhl + Massopust, Aalen
Druck und Einband: GGP Media GmbH, Pößneck
Printed in Germany
ISBN 978-3-442-75147-1

www.btb-verlag.de

INHALT

»Es ist ganz gleich, fasste Ingenieur B. zusammen, es spielt wirklich keine Rolle. Ich habe schon seit langem, vielleicht schon mein ganzes Leben lang, das Gefühl gehabt, ich wäre nur eine Fiktion.«

M. Barin,
Die Reise zum Ausgangspunkt und andere Erzählungen
KRANTZES VERLAG 1972

Eine ganz andere Geschichte

1

Ich fuhr nach Venedig, weil ich eine Novelle schreiben musste.

Ich hatte während des letzten Jahres drei Romananfänge hinter mich gebracht, mit denen ich Schiffbruch erlitten hatte, und in der Stadt des Todes und der Seufzer kann ja wohl ein jeder zumindest eine Novelle zustande bringen.

Oder zumindest eine Novelletta, wie mein Verleger vorgeschlagen hatte, eine fünfzig- bis hundertseitige Erzählung, das war ein zu Unrecht ins Vergessen geratenes Format. Wir fuhren an einem Samstag im März ab, meine Ehefrau hatte sich eine Woche von der Zeitung freigenommen und fuhr mit, um zu fotografieren und darauf zu achten, dass ich nicht den Mut verlor.

Wir kamen am späten Nachmittag an, nahmen das Boot vom Flughafen, und als wir den Markusplatz überquerten, empfing uns ein schneidender, düsterer Wind. Regen und Dämmerung hingen in der Luft, die Touristenscharen hatten die Tauben ihrem Schicksal überlassen und befanden sich in den Bars oder in Paris. Was weiß denn ich. Das Klaviertrio vor dem Florian spielte für leere Stühle. Corelli, wenn ich mich nicht irre.

Wir fanden das Hotel Bonvecchiati, in dem wir schon einmal gewohnt hatten, und bekamen das Zimmer nach unserem Wunsch – Nummer 322 – mit Blick über die beiden Kanäle

Fuseri und Orseolo und die Brücke mit den unermüdlichen afrikanischen Taschenverkäufern. Der Gondelverkehr war für diesen Tag beendet, wir duschten und tranken jeder ein Glas Amaro auf dem Zimmer, bevor wir in einer der Gassen in der Nähe nach einem kleinen Lokal suchten.

»Nun«, sagte meine Ehefrau, als wir bei Panna Cotta und Portwein angelangt waren. »Hast du schon irgendwelche Ideen?«

Ich musste zugeben, dass ich keine hatte. Schließlich war es gerade mal der Abend des ersten Tages, erinnerte ich sie. Da gab es noch viel Zeit, und um eine Novelle zu schreiben, musste man nur Augen und Ohren offen halten.

»Ich bin nur froh, dass nicht ich der Schriftsteller in dieser Ehe bin«, erwiderte meine Ehefrau und streichelte ihre Minolta, die auf dem Tisch zwischen uns lag und die sie bereits zwanzig, dreißig Mal abgefeuert hatte, seitdem wir gelandet waren. »Vielleicht sitzt sie ja bereits hier?«

»Wer?«, fragte ich.

»Die Novelle«, antwortete meine Ehefrau. »Vielleicht ist es der Mann, der da hinten in der Ecke sitzt. Nein, guck jetzt nicht so auffällig hin.«

Ich nutzte die Gelegenheit, ihn zu betrachten, als wir bezahlt hatten und das Lokal verließen. Es war ein dürrer Herr in braunem Tweedanzug mit sorgenvollem Pferdegesicht. Er saß über ein Pastagericht und ein Buch gebeugt, und er sah aus, als beherbergte er ungefähr genauso viele Geheimnisse wie ein Glas Wasser.

Obwohl er schon ein wenig an H.C. Andersen erinnerte, das musste ich zugeben.

»Ich glaube nicht«, erklärte ich, als wir wieder draußen auf der Gasse standen. »Und außerdem habe ich beschlossen, dass die Erzählung nicht vor morgen beginnen wird.«

»Kein Problem«, sagte meine Ehefrau und packte meinen Arm, »du hast ja die ganze Woche Zeit dafür.«

Wir nahmen ein zeitiges Frühstück in dem großen marmorverkleideten Speisesaal zu uns – mit grotesken Dekorationen wohl aus der Muraner Glasbläserhütte und ein paar freifliegenden Spatzen, die von den schmutzigen Fensterscheiben wieder und wieder in ihrem vergeblichen Fluchtversuch gebremst wurden.

»Warum lassen sie die nicht raus?«, wollte meine Ehefrau wissen. »Ich weiß ja, dass sie es lieben, Vögel in Käfige zu sperren, aber Spatzen in einem Speisesaal, das ist doch absurd.«

»Wahrscheinlich haben sie sie nicht absichtlich hereingelassen«, schlug ich vor. »Bestimmt sind die von allein reingekommen, und jetzt finden sie nicht mehr hinaus.«

»Sag das nicht«, widersprach meine Ehefrau. »Man kann nie wissen, auf welche Perversionen sie in dieser Stadt so alles kommen.«

Es war erst Viertel nach sieben, meine Ehefrau wollte hinaus, um zu fotografieren, bevor die Touristenscharen sich durch die Gassen und über die Brücken schoben, und wir waren fast allein im Restaurant. Nur an einem Tisch zum Kanal hin saß ein anderes Paar, das jedoch schnell meine Aufmerksamkeit fesselte, weil etwas Besonderes sie umgab.

Aber schließlich bin ich morgens auch ungewöhnlich aufmerksam, eine Eigenschaft, die sich im Laufe der Jahre noch verstärkt hat – und die in meinem Beruf ab und zu von großem Nutzen ist.

Es waren also ein Mann und eine Frau. Der Mann irgendwo zwischen fünfundvierzig und fünfzig, soweit ich das beurteilen konnte, die Frau bedeutend jünger. Irgendetwas über zwanzig wahrscheinlich. Beide hatten dunkle Haare, er kurzgeschnitten mit grauen Einsprengseln, dazu ein ausdrucksvolles Gesicht, in gewisser Weise wie gemeißelt, mit tief liegenden Augen und einer Nase, die man fast als klassisch griechisch bezeichnen konnte. Heller Anzug, Krawatte und dunkelrote Weste. Die Frau trug ein schlichtes rotes Kleid mit schwarzen Punkten und ein Haarband im gleichen Muster, nur umgekehrt. Rote Punkte auf schwarzem Grund. Sie war sehr schön, reine, klare Züge, das Haar im Pagenschnitt, und auch sie konnte als griechisch durchgehen, dachte ich – doch als sie über ihre Kaffeetassen hinweg miteinander sprachen, geschah das in einem Englisch, das alle Zweifel zerstreute.

Sie waren Amerikaner. Es sah so aus, als hätten sie sich bereits für irgendeine Art von Ereignis angezogen, trotz der frühen Stunde. Was jedoch dazu führte, dass ich meinen Blick nicht von ihnen wenden konnte, war die Art und Weise, wie sie sich zueinander verhielten. Darin lag eine Art behutsamer Respekt, eine Zärtlichkeit, die in allen ihren Bewegungen zu spüren war, in ihrer Haltung und wie sie einander gegenübersaßen – wie sie einander betrachteten; die Choreographie der Blicke, eine Art verschleierte Konzentration und eine Nähe, in der jedes Wort und jeder Blick eine äußerst starke Bedeutung zu haben schienen, die nicht versäumt werden durfte.

Sie sprachen leise miteinander, nicht so lautstark, wie es amerikanische Touristen gern tun, ich konnte nur das eine oder andere zufällige Wort aufschnappen, obwohl doch nicht mehr als drei, vier Meter zwischen unseren Tischen lagen.

»Woran denkst du?«, fragte mich meine Frau.

Ich machte ein vorsichtiges Zeichen über ihre Schulter. »Dieses Paar dort«, flüsterte ich. »Sie sehen aus wie Südeuropäer oder Levantiner, aber wahrscheinlich ist es nur ein amerikanischer Geschäftsmann mit seiner Tochter.«

Meine Gattin stand auf und holte sich frischen Kaffee, um den Kopf nicht verdrehen zu müssen. Als sie zurückkam, hatte sie so eine Miene aufgesetzt, die besagte, dass alle Männer doch irgendwie gleich sind und wahrlich nicht zwischen Huhn und Ei unterscheiden können.

»Wenn das Vater und Tochter sind, dann bin ich die Königin von Saba«, erklärte sie.

Fast genau im gleichen Moment legte der Mann auf dem weißen Tischtuch seine Hand auf die der Frau in einer so deutlich entlarvenden Art, dass meine Frau einfach Recht haben musste.

Eine Stunde später hatte meine Frau sich auf ihre Fotoexpedition begeben. Ich hatte mich an einem der Fenster in unserem Zimmer niedergelassen, mit einem Blick auf den Kanal und die Brücke, auf der bisher nur vereinzelte Fußgänger im Nieselregen vorbeieilten. Echte Venezianer, die unterwegs waren, um Brot fürs Frühstück zu kaufen oder den Hund auszuführen. Die Fahnen über der grünen Markise des geschlossenen Straßencafés – die europäische, italienische und venezianische – hingen reglos und traurig vor der ockerfarbenen, leicht gerissenen Fassade. Mit dem anderen Auge starrte ich ebenso trübsinnig auf die leicht gelbliche erste Seite meines Schreibblocks, der vor mir auf dem kleinen Schreibtisch lag – und auf meine reglose Hand, die schlaff einen schwarzen Stift der Marke Pilot 0,7 mm umklammerte, genau die Art von Schreibwerkzeug, die ich immer benutze, seit ich vor achtundzwanzig Jahren als Schriftsteller debütierte.

Ich dachte an Fellini. Ich dachte an Thomas Mann. Ich dachte an Goethe und Byron.

Nach zehn Minuten gab ich auf. Klemmte zwei Stifte auf den Block und begab mich hinaus, um lieber ein geeignetes Café zu suchen.

Unten an der Rezeption blieb ich stehen. Ich musste mir einen Regenschirm leihen, und da entdeckte ich das amerikanische Paar erneut. Der Mann war mit dem Portier beschäftigt, sie studierten einen Stadtplan, der zwischen ihnen auf dem dunklen Marmortresen ausgebreitet lag. Das Mädchen – als ich sie jetzt direkt vor mir sah, fiel es mir schwer, sie als »Frau« zu bezeichnen – hatte sich auf einem der großen Sofas in der

Eingangshalle niedergelassen. Nein, sie sah wirklich nicht aus, als ob sie älter als zwanzig, einundzwanzig wäre, auch ihre Körperhaltung und der schüchterne Gesichtsausdruck zeugten von noch fehlender Erfahrung, von einer Art Unschuld. Sie hielt die Hände sittsam im Schoß gefaltet, der Blick war gesenkt, ich registrierte außerdem, dass sie unter dem linken Auge ein kleines Muttermal hatte, einen lila Fleck, ungefähr von der Größe einer Ein-Euro-Münze, auf der Gesichtshälfte, die sie am Frühstückstisch von mir abgewandt gehalten hatte. Doch das war nichts, was ihre Schönheit schmälerte, es verstärkte sie noch, gab ihr eine Art von Einzigartigkeit – von diesem Mädchen hier gab es nur ein einziges Exemplar auf der Welt, und genau das saß vor mir auf dem gelben Sofa und wartete, während ihr… ja, was?, fragte ich mich… Vater? Ehemann? Liebhaber?… dabei war, irgendetwas mit dem Empfangsportier zu regeln.

All diese Eindrücke und Gedanken schossen mir innerhalb einer einzigen Sekunde durch den Kopf. Dann traf eines dieser Ereignisse ein, das man im Nachhinein nur schwer glauben mag, das in Novellen und Romane gehört, in abgelehnte Filmmanuskripte, aber doch nicht ins lebendige Leben. Auf einem schmalen Marmorabsatz oberhalb des Sofas, auf dem das amerikanische Mädchen saß, stand eine dickbauchige Murano-Glasvase mit blassen Lilien, und aus irgendeinem unerklärlichen Grund kippte dieses schwere Stück nach vorn – genau in dem Moment, als ich dastand und das Mädchen verstohlen betrachtete –, fiel aufs Sofa und landete direkt neben ihr. Mit Lilien, Wasser und allem.

Sie stieß einen Schrei aus, hob die Hand vor den Mund und sprang auf. Ich ging drei Schritte auf sie zu und packte sie bei den Oberarmen, es war eine spontane Geste, ganz ohne Hintergedanken, und ich ließ sie auch sofort wieder los. Ihr Mann (Geliebter? Vater?) war in der nächsten Sekunde bei ihr, und der Portier im schwarzen Anzug eilte hinter dem Tresen hervor, Entschuldigungen und diverse italienische Kraftausdrücke von sich gebend.

Aber wir konnten schnell feststellen, dass kein größerer Schaden entstanden war. Die Vase hatte den Kopf des Mädchens um einen halben Meter verfehlt, diese war rechtzeitig aufgesprungen, so dass auch ihr Kleid kein Wasser abbekommen hatte, ja, sogar die Vase war unbeschadet, war sie doch auf dem weichen Sofa gelandet und dort liegen geblieben. Selbst die Blumen sahen genauso frisch aus wie vorher, als ein Piccolo geflissentlich den Strauß hinaustrug, nur der löwengelbe Sofabezug hatte einen etwas dunkleren Fleck davongetragen, aber wahrscheinlich würde sich das wieder geben, wenn das Wasser getrocknet war. Vielleicht konnte man ja auch ein Kissen darauf legen.

»Da hatten Sie aber Glück, Signorina«, erdreistete ich mich sie anzusprechen, als sich die ganze Aufregung gelegt hatte. »Sie waren nur einen halben Meter vom Tode entfernt.«

Der Mann war wieder zum Empfangstresen und Stadtplan zurückgekehrt, das Mädchen und ich waren ein Stück davon entfernt stehen geblieben. Sie sah mich mit einem sanften Lächeln an und schien eine Sekunde zu zögern, bevor sie antwortete.

»Ich stehe dem Tod näher, als Sie ahnen können, Sir.«

Sie sagte das mit so leiser Stimme, dass nur ich es hören konnte, und anschließend kam ihr Mann (Vater? Liebhaber?) und ergriff ihren Arm. Sie verabschiedeten sich mit einem Nicken und verschwanden durch die Drehtür.

2

Danach sah ich sie anderthalb Tage nicht mehr. Meine Ehefrau und ich nutzten den Sonntag wie auch den Montag dazu, in der Stadt herumzuschlendern, in erster Linie in San Marco, kamen aber bis Polo und Canareggio, wo meine Frau eine ganze Serie von Fotos der verschiedensten Hausportale und Fenster in unterschiedlicher Beleuchtung schoss. Es war ein Auftragsjob für eine dieser trendigen Monatszeitschriften, für die sie manchmal arbeitet. Ab und zu gingen wir für ein paar Stunden getrennte Wege, trafen uns wieder in den Cafés, in denen ich saß und von meiner Espressotasse und dem Amaroglas nippte, das muntere Treiben beobachtete und eine Novelle nach der anderen begann.

»Auf der siebten Stufe der Treppe der Riesen vor dem Dogenpalast angelangt, spürte Signora L. einen plötzlichen Stich im Herzen, und darauf fasste sie einen Entschluss«, begann eine.

»Als der Kunstkritiker Claus Lewertin an einem Donnerstagabend Anfang Dezember im Danieli abstieg, hatte er noch genau 120 000 Lire in der Tasche und noch genau 120 Minuten zu leben«, begann eine andere.

Ich tauschte die 120 000 Lire und 120 Minuten gegen 60 Euro und 60 Minuten aus. Dann versuchte ich es mit einer Million Dollar und zehn Minuten. Ich konnte mich einfach nicht entscheiden, welche Alternative die schlagkräftigste war, und verschob das Projekt in die Zukunft.

Am Dienstagmorgen hörte es auf zu regnen, und gegen Mittag brach die Sonne durch die Wolkendecke, und es öffnete sich der Himmel. Ich ließ mich an einem Tisch beim al Tadora an der Piazzetta vor dem Dogenpalast nieder, meine Ehefrau verließ mich nach einer Viertelstunde auf der Jagd nach einer Schulterriementasche oder vielleicht einem Paar Schuhe, während ich selbst sitzen blieb mit einer Erzählung einer ganz anderen Potenz.

»Der Körper der toten Amerikanerin kam langsam den Rio Fuseri auf seinem Weg zum Canale Grande hin angetrieben, und die Uhren am Campanile hatten gerade siebenmal geschlagen, als der Schriftsteller Andrea Zorza ihn von seinem Fenster im Hotel Bonvecchiati entdeckte«, begann sie. Ich zögerte einen Moment wegen der unklaren Rückverweisung des Pronomens. Natürlich war es der Körper, den er entdeckte, nicht der Campanile oder der Morgen oder sonst etwas – man soll den Leser nicht unterschätzen, und als etablierter Schriftsteller braucht man auch nicht ständig und stets vor irgendwelcher alberner Grammatik zu Kreuze zu kriechen.

»Sie war nackt, sie trieb auf dem Rücken. Das dunkle Haar umrahmte ihr bleiches Gesicht wie ein Zisterzienserschleier, und er erkannte sie augenblicklich wieder. Ihre Nacktheit – die dunklen Brustwarzen, das noch dunklere Dreieck der Schambehaarung zwischen ihren Beinen, der sanfte Schwung ihrer Hüften –, all das war zwar neu für ihn, aber ihr fein ziseliertes Gesicht ließ keinen Zweifel aufkommen.

Patricia Hemmelwaite. Als ihr Körper hinter dem Restaurantbaldachin außer Sichtweite geraten war, schaute Zorza auf seine Armbanduhr. Vor nicht einmal acht Sunden hatte er sie zusammen mit ihrem Ehegatten beobachtet, dieser zur Feier des Abends in einen gelblichweißen Leinenanzug und kunterbunten Schlips gekleidet. Sie hatte ein schmales Glas vor sich stehen, höchstwahrscheinlich ein Gin Tonic. Er hatte ihre Schönheit als fast klassisch empfunden.

Übrigens – wirklich Ehemann?, dachte er. Sie wohnten seit einer Woche im Hotel, auf diese vulgäre amerikanische Art und Weise hatte er sich als Robert vorgestellt, aber man dürfe ihn gern Bob nennen. Er schien mindestens fünfundzwanzig Jahre älter als Patricia zu sein, hatte einen Ansatz zur Glatze und einen noch deutlicheren Ansatz zum Bauch, den er mit nur geringem Erfolg mit den verschiedensten bunten Westen zu kaschieren versuchte. Jeden Tag eine neue Farbe. Zorza hatte keine Amerikaner in seinem Bekanntenkreis, dennoch hatte er eine vorläufige Einschätzung gewagt, nach der es sich um einen steinreichen Geschäftsmann handelte, möglicherweise hatte er sich zurückgezogen, um seinen wohlverdienten Ruhestand und sein Vermögen unbeschwert genießen zu können – und der jetzt dabei war, gemeinsam mit seiner neuen Teenagerehefrau die obligatorische »tour d'Europe« abzureisen. Paris. London. Wien. Florenz und Venedig. Über seiner breiten Stirn und seinen dick gewölbten Augenbrauen hing ein Zug verdeckter Brutalität, und Zorza zweifelte nicht eine Sekunde daran, dass er auf seinem Weg zum Erfolg und zur gesellschaftlichen Machtposition mit so einigen ethischen Regeln gebrochen hatte. Vorsichtig ausgedrückt.

Außerdem hatte er Mundgeruch. Während ihres einzigen, äußerst kurzen Gesprächs am vergangenen Abend in der Bar – nachdem sich seine Ehefrau (Geliebte? Tochter?) bereits unter dem Vorwand fiktiver Kopfschmerzen zurückgezogen hatte – hatte er ohne Erfolg versucht, diese Tatsache mit Hilfe von Whisky, Oliven und einer Zigarette zu verbergen, doch der unverkennbare Geruch nach Tod und inneren Organen, die sich im Stadium der Verwesung befanden, war Zorza in die Nasenflügel gestochen, so dass er sich zum Schluss gezwungen sah, sich eine seiner eigenen Monte-Canario-Zigarillos anzuzünden, obwohl er doch sein Tagesquantum von sieben Stück bereits erfüllt hatte.

Nach diesen Reflexionen und nachdem er sich seine Kra-

watte gebunden hatte, nahm Andrea Zorza den Telefonhörer auf und rief die Rezeption an.«

Hier wurde mein Schreiben von meiner Frau unterbrochen, die mit einer nierenförmigen Handtasche in glänzend gelbem Kalbsleder zurückkam. »Wie findest du sie?«, wollte sie wissen.

»Hübsch«, sagte ich. »Dann kannst du ja deine alte wegwerfen.«

Sie bestätigte, dies bereits getan zu haben, und dann fragte sie mich, wie es laufe. Ich musste zugeben, dass ich glaubte, einen Anfang gefunden zu haben, und sie war klug genug, nicht weiter in mich zu dringen.

»Ich habe darüber nachgedacht, was du von der Blumenvase erzählt hast«, sagte sie stattdessen. »Ich glaube, es ist gar nicht so merkwürdig, wie es aussieht, wenn man es genau betrachtet.«

»Nein?«, bemerkte ich und klappte meinen Block zu. »Wieso nicht?«

»Die Wachstumskraft der Blumen ist ab einem bestimmten Zeitpunkt einfach zu stark geworden«, erklärte meine Frau mit diesem sanften und gleichzeitig listigen Lächeln, das sie mit ihren drei Schwestern gemeinsam hat. »Die Blumen, die nach hinten zeigen, haben sich sozusagen von der Wand abgestoßen, und wenn dann die Vase etwas zu weit am Rand hingestellt wird, dann muss sie früher oder später umfallen.«

Ich dachte darüber nach. Das klang eigentlich ganz plausibel, aber ich war mir dennoch nicht sicher, ob das ein Aspekt war, der in einer fiktiven Erzählung einen Platz haben könnte. Das Leben und die Dichtung sind zwei Dinge, die sich nicht immer vereinen lassen, das habe ich im Laufe der Zeit gelernt.

»Wollen wir einen Spaziergang zur Lagune machen?«,

schlug ich stattdessen vor. »Nach Castello, Arsenale und so? Das Wetter ist doch gar nicht so schlecht.«

Was wir dann auch taten. Die neue Handtasche meiner Ehefrau glänzte im Sonnenschein.

Abends besuchten wir ein Konzert in der San-Vidal-Kirche in der Nähe der Ponte dell'Accademia. Ein Kammerorchester kämpfte sich in energischem Tempo durch kürzere Stücke von Vivaldi, Albinoni und Bach. Wir waren ein paar hundert Zuhörer, die in dem schönen Kirchenraum saßen (angenehmerweise befreit von Goldornamentik und fleischigen Cheruben) und hörten zu, aber bald war es nicht mehr die Musik, die meine Konzentration in Anspruch nahm.

Zwei Reihen schräg vor uns saß das amerikanische Paar. Ich hatte keinerlei Mühe, es zu betrachten, da die wenigen leergebliebenen Stühle im Raum sich genau zwischen ihnen und mir befanden. Es sah fast aus, als wäre es so arrangiert worden, damit ich die Möglichkeit hatte, sie zu betrachten. Ich weiß, dass mir genau dieser abwegige Gedanke durch den Kopf schoss, aber meine Filter für derartige Reflexionen sind im Laufe der Jahre auch immer durchlässiger geworden. Ich denke, das liegt an meinem Beruf.

Nach meiner geringen Erfahrung gibt es – was die Art zuzuhören betrifft – zwei Sorten von Konzertbesuchern. Entweder sitzt man kerzengerade da und betrachtet die Musiker, das ist das Modell, das meine Frau bevorzugt –, oder aber man versinkt in sich selbst. Man beugt den Kopf vor und hält den Blick gesenkt, vielleicht faltet man die Hände und schließt die Augen, das ist die Methode, die ich meinerseits immer anwende. Man lässt den Gedanken freien Lauf, so dass in einem inneren Raum eine Art Korrespondenz zwischen Musik und Bewusstsein entsteht, und genau dieser Raum bietet meiner Meinung nach den Platz für ein schönes Musikerlebnis.

Das amerikanische Paar hatte einen dritten Weg gefunden.

Während das erste Stück, Vivaldis *Concerto in sol minore archi e cembalo,* gespielt wurde, saßen sie noch Schulter an Schulter, den Blick gehoben, wahrscheinlich hielten sie einander bei der Hand, seine Rechte, ihre Linke, doch das war nur eine Vermutung, nichts, was ich von meiner Position aus sehen konnte. Doch ab dem nächsten Stück, dem sauber gespielten *Estro Armonico,* gingen sie dazu über, einander intensiv zu betrachten.

Das sah sonderbar aus. Da sie ja so dicht beieinander saßen, betrug der Abstand zwischen ihren Gesichtern höchstens fünfundzwanzig Zentimeter. Zuerst drehte sie ihren Kopf und betrachtete sein Profil eine halbe Minute lang, dann sah er sie in gleicher Weise an, schließlich starrten sie einander ungefähr genauso lange gegenseitig in die Augen.

Dann begannen sie wieder von vorn. Sie, er, beide. Und es ruhte dabei ein Ernst über ihnen, als hätte ihre letzte Stunde geschlagen. Mir fielen unweigerlich die Worte des Mädchens aus der Hotellobby ein: *Ich stehe dem Tod näher, als Sie ahnen können, Sir.*

Während der sehr kurzen Pause machte ich meine Frau auf meine Beobachtungen aufmerksam, und sie nickte. Sie hatte auch gesehen, was ich gesehen hatte, auch wenn ihr Blickfeld eingeschränkter war als meines. Es wurde zum größten Teil begrenzt von einer rotbraunen, wogenden Lockenpracht, die übrigens bedeutend besser auf einen Teenagerkopf gepasst hätte als auf das Haupt einer siebzigjährigen Matrone, wo sie sich tatsächlich befand.

»Mit den beiden stimmt etwas nicht«, flüsterte ich, gerade als die Musiker auf die Bühne zurückkamen, um mit Johann Sebastian Bachs *Concerto per violini, archi e cembalo* zu beginnen. »Absolut nicht.«

Ich kann nicht beschwören, dass meine Frau daran schuld war, dass wir mit ihnen ins Gespräch kamen, aber ich glaube es. Ich habe sie nie danach gefragt, doch ich weiß, dass sie sehr geschickt ist, was diese Art von verzwickten Manövern betrifft.

Auf jeden Fall stellten wir uns einander vor, als wir auf der Treppe vor der Kirche standen. Der Mann hieß Robert L. Hemmelwaite, das Mädchen hieß Patricia, ihr Nachname blieb auf eine irgendwie merkwürdige Art und Weise in der Luft hängen. Wir stellten fest, dass wir im gleichen Hotel wohnten, der gestrige Vorfall mit der Blumenvase war natürlich nicht vergessen, und nichts schien natürlicher zu sein, als dass wir uns zusammentaten. Und uns gemeinsam unsere klugen Köpfe zerbrachen, um einen einigermaßen direkten Kurs durch das Wirrwarr von Gassen zum Markusplatz hin zu finden.

Natürlich verirrten wir uns, und als wir uns plötzlich auf einem kleinen Platz befanden, den niemand von uns erkannte – der dafür aber mit zwei kleinen, einladenden Restaurants bestückt war, die immer noch geöffnet hatten –, schlug Robert L. Hemmelwaite vor, dort einzukehren und eine Flasche Wein zu trinken.

Meine Frau nahm den Vorschlag ohne jedes Zögern an, und wir zwängten uns in eines der Lokale – mit dem unheilvoll klingenden Namen »De Moraturi«. Schnell bekamen wir einen Tisch in einer Ecke und einen Barolowein, den Mr. Hemmelwaite mit großer Sorgfalt aus der zwölfseitigen Weinkarte ausgewählt hatte.

Wir prosteten uns zu, es entstanden einige Sekunden des Schweigens, während derer – davon bin ich fest überzeugt – jeder Einzelne von uns, also alle vier, bereuten, uns in diese Situation begeben zu haben. Dass wir uns alle insgeheim wünschten, wir hätten uns stattdessen auf direktem Weg nach Hause in das jeweilige Hotelzimmer im Bonvecchiati begeben. Der Wein jedoch war außerordentlich, ich machte Mr. Hemmelwaite meine Komplimente deswegen, und dann erzählte meine Frau, dass ich Schriftsteller sei.

Das tut sie immer früher oder später, aber jetzt war mir klar, dass es einer gewissen Nervosität entsprang, die es ihr nicht ermöglichte, diese Information noch länger für sich zu behalten. Normalerweise dauert es immer erst ein paar Minuten. Sie weiß, dass ich das nicht mag, anschließend bittet sie mich immer um Entschuldigung, aber das sei wie eine Art Tic, behauptet sie. Es lässt sich einfach nicht zurückhalten … wie eine sanfte Form des Touretteschen Syndroms, wie sie einmal vorschlug … statt unanständiger Worte kommt »Mein Mann ist Schriftsteller« aus ihrem Mund gerutscht.

Und das öffnet jedes zähe Gespräch, das will ich gar nicht leugnen. Es ist fast so, als wärst du ein Mönch oder ein Mörder, pflegt meine Frau zu sagen. Die Leute sind einfach interessiert.

»Schriftsteller?«, wiederholte Robert L. Hemmelwaite mit verwundertem Tonfall, während er gleichzeitig die Hand des Mädchens ergriff. »Ja, wenn das so ist, dann wage ich zu behaupten, dass wir eine Geschichte zu erzählen haben.«

3

»Wir haben einen Liebespakt, Patricia und ich«, begann er und machte gleich eine Pause, damit meine Frau und ich diese schwerwiegende Feststellung erst einmal sacken lassen konnten.

»Wie schön«, sagte meine Frau und zeigte eines ihrer vorsichtigen Lächeln.

»Einen Liebes- und Selbstmordpakt«, fuhr Robert L. Hemmelwaite fort.

»Selbstmord?«, wiederholte ich. »Was zum Teufel meinen Sie damit?«

»Ich nehme an, dass Sie in der europäischen Literatur bewandert sind?«, fuhr Mr. Hemmelwaite fort, als hätte er meinen plumpen Einwurf gar nicht gehört, und wie auf ein Zeichen zog das Mädchen zwei Bücher aus ihrer Handtasche. Meine Ehefrau und ich rutschten auf unseren Plätzen ein wenig hin und her und nickten verhalten. Hemmelwaite nahm eines der Bücher und wog es in der Hand. »Die Leiden des jungen Werther«, sagte er. »Goethe. Wir sind große Bewunderer der europäischen Kultur, Patricia und ich. Sie erscheint unserer so überlegen zu sein. So …« Er befeuchtete die Lippen mit der Zungenspitze und suchte nach dem richtigen Wort. »… so erhaben.«

Meine Frau nickte erneut. Ich zuckte mit den Achseln. Das Mädchen hielt das andere Buch hoch. »Heinrich von Kleist«, sagte sie. »Wir schätzen das Großartige in seinem Schicksal… das Unwiderrufliche. Ja, es stimmt, was Robert sagt. Wir sind nach Venedig gekommen, um hier dem Tod zu begegnen. In unserem Fall zweifellos der richtige Ort.«

Ihre Stimme war unerwartet dunkel und wohl moduliert, wenn man ihren zarten Körperbau bedachte, das war mir bereits am ersten Morgen am Frühstückstisch aufgefallen. Eine alte Seele in einem jungen Körper, wie Klimke schreibt. Ich nahm einen großen Schluck Wein und holte meine Pfeife heraus. Meine Frau tauschte einen Blick mit mir und fragte: »Und was hat Sie dazu gebracht, so einen drastischen Entschluss zu fassen?«

Auch das amerikanische Paar warf sich einen Blick zu. Dann verschränkten sie zwei ihrer Hände vor sich auf dem Tisch und begannen, ihre Geschichte zu erzählen.

Robert L. Hemmelwaite stammte aus einer äußerst vermögenden Ölfamilie in Texas. Eigentlich hieß er Robert L. Hemmelwaite jr. und war einziges Kind von Robert L. Hemmelwaite sen. und dessen Ehefrau Tess, die aus einer berühmten Bankiersfamilie aus Boston stammte. Robert Jr. war 48 Jahre alt und verheiratet mit einer gewissen Laura aus der bekannten Konservendynastie Bettinghurst in San Francisco. War der Name vielleicht bekannt? Nein, nun gut.

Zusammen hatten Robert und Laura drei Kinder: Liza, Belinda und Jeffrey, 24, 21 beziehungsweise 17 Jahre alt zum jetzigen Zeitpunkt, und Robert liebte seine Ehefrau wie auch seine Kinder in der Art und Weise, wie es sich für einen guten, respektierten Familienvater und Mitglied der Gesellschaft gehörte. Daran gab es keinen Zweifel. Als Robert seinen 47. Geburtstag feierte, eine Tatsache, die mit einer einfachen Einladung für vierundsechzig Personen auf dem Familiensitz außerhalb von Austin begangen wurde, war er jedoch, plötzlich und ohne jede Vorwarnung, von einer unerklärlichen inneren Leere ergriffen worden. Des Nachts, als die letzten Gäste sich verabschiedet hatten und nach Hause gefahren waren, konnte er einfach nicht zur Ruhe kommen, und schließlich war er im frühen Morgengrauen hinausgegangen, war über die weitgestreckten Ländereien gewandert und hatte gespürt, wie sich sein Herz in der Brust zusammenschnürte. Was war der Sinn all seines Strebens? Er war erfolgreich, hatte mehr Geld, als er ausgeben konnte – zumindest, wenn er weiterhin so bescheiden lebte wie bisher –, er hatte eine Ehefrau, die ihm jeden Tag versicherte, dass sie ihn liebte.

Und drei wohlgeratene Kinder, von denen keines homosexuell war oder Kommunist oder Drogen nahm – zumindest nicht, soweit er wusste. Bei seinem letzten Besuch beim Familienarzt, Doktor Carl W. Innings, hatte dieser ihm versichert, er sei gesund wie eine Eiche und habe noch viele schöne Jahre vor sich.

Schöne?, dachte Robert jetzt. Viele Jahre? Wozu nur?

Wozu sollte das gut sein und wem sollte es nützen? Gefühle der Leere und Schwermut hatten ihn wie ein feuchtes Tuch eingehüllt, erklärte Robert L. Hemmelwaite, als er so weit in seinem Bericht gekommen war. Konnten wir als Europäer uns so ein Gefühl vorstellen und es verstehen?

»Angst?«, fragte meine Frau, »oh ja, das gehört zu unserem Erbteil. Aber erzählen Sie doch weiter.«

Anfangs, fuhr Robert L. Hemmelwaite fort, nachdem wir aus unseren Gläsern einen Schluck getrunken hatten, wir alle vier, anfangs hatte er gedacht, es wäre etwas Vorübergehendes. Dass der Trübsinn und die Schwermut ihn nach ein paar Tagen oder einigen Wochen wieder verlassen würden. Doch dem war nicht so. Als er beim nächsten Treffen mit seinem Therapeuten – ein Ereignis von vierzig oder fünfundvierzig Minuten Dauer, das regelmäßig vormittags am ersten und dritten Dienstag im Monat stattfand – ausführlich und ehrlich von seinen andauernden Problemen berichtete, hörte der Therapeut, ein gewisser PhD Wilfred T. Cummings, wohlwollend und interessiert zu, nahm anschließend Kontakt zu einem renommierten Psychiater auf, und nach einer Weile lief es darauf hinaus, dass Robert für sechs Monate krankgeschrieben wurde und fast ein Dutzend verschiedener Medikamente verschrieben bekam.

Robert erwähnte seiner Frau und seinen Kindern gegenüber nichts vom Stand der Dinge, erklärte stattdessen, dass er beschlossen habe, sich sechs Monate Auszeit zu gönnen, und legte das Steuer der Firma – oder des Konzerns, besser gesagt – in die Hände seines Stellvertreters. Er kippte alle Tabletten in die Toilette und begann die große europäische Literatur zu lesen, ein alter Traum, den er, ohne sich dessen wirklich bewusst zu sein, bereits seit vielen Jahren gehegt hatte. Seit dem Tag, als er das College als souveräner Kursbester verlassen hatte, genau genommen.

Baudelaire. Proust. Nabokov.

Stendhal.

Goethe und Kleist, wie gesagt.

Bereits nach einigen Tagen spürte er, dass es ihm besser ging. Eine neue Flamme hatte sich in seiner Brust entfacht. Zwar war sie noch klein und zart, eher wie eine Ahnung, die aber dennoch etwas Großes prophezeite. Etwas Starkes und Unmäßiges, und bald schon begriff er, worum es sich handelte.

Leidenschaft. Die Idee von der kompromisslosen, der alles verzehrenden Liebe.

Könnten wir uns als Europäer ein derartiges Gefühl vorstellen?

Ja, das konnten wir natürlich, beantwortete er schnell selbst seine Frage, bevor meine Frau zum Zuge kommen konnte, das hatten wir ja mit der Muttermilch eingesogen, wir, die wir auf der richtigen Seite des Atlantiks geboren waren.

Robert L. Hemmelwaite machte eine Pause. Wir tranken ein wenig Wein. Ein Kellner kam mit einem Schälchen Erdnüssen und einem kleinen Teller mit Oliven an unserem Tisch vorbei. Ich bemerkte, dass das Mädchen feuchte Augen bekommen hatte und dass sich auf der Stirn meiner Ehefrau eine Falte bildete. Ich zündete meine Pfeife an, und Mr. Hemmelwaite fuhr fort.

Vor ungefähr einem Jahr, es war Mitte April, sollte die Trauung seiner ältesten Tochter Liza stattfinden. Das war ein Ereignis, bei dem die gesamte Familie zusammenkam – beide Familien natürlich – und die zweihundertachtundzwanzig nächsten Verwandten und Freunde, und wie durch einen ironischen Wink des Schicksals ergab es sich, dass ausgerechnet in Zusammenhang mit diesem Hochzeitsfest der Wind der Liebe in Robert L. Hemmelwaites Herz geblasen wurde. Mit aller Kraft und der charakteristischen Schonungslosigkeit, die für echte Leidenschaft so charakteristisch ist. So war das.

Während des Festes wurde gegessen, getrunken und getanzt bis zum Morgengrauen. Braut und Bräutigam wurden nach allen Regeln der Kunst und der guten Sitten gebührend gefeiert, es wurden Reden gehalten, es wurde angestoßen, sie wurden umjubelt, und das rosarote Glück des jungen Paares und ihre prächtigen Zukunftschancen wurden in keiner Weise in Zweifel gezogen. Es wurde Konfetti geworfen, und es wurden Torten angeschnitten, ein Feuerwerk wurde abgefeuert, und von einem stattlichen Mezzo-Cousin wurden zwei italienische Arien gesungen. Es war ein munteres Treiben.

Und nicht weiter überraschend war es auch, dass der Vater der Braut kurz vor Mitternacht die zwei Jahre jüngere Schwester des Bräutigams zum Tanz aufforderte. Beide Familien warfen ja mit dieser Hochzeit ihre wohlgefüllten Beutel zusammen, es war der richtige Zeitpunkt, um zu konsolidieren, Bänder zu knüpfen und Brücken zu bauen. Doch als es auf den Morgen zuging, hatten sie nicht weniger als acht Tänze miteinander getanzt, Robert und Patricia, und zwei Tage später liebten sie sich zum ersten Mal in einem Motelzimmer in einem Außenbezirk von San Antonio.

Patricia war noch unschuldig und hatte gerade eine langwierige Therapie ihrer Panikattacken erfolgreich abgeschlossen, die dritte in ebenso vielen Jahren, und sie versanken in der gegenseitigen Liebe wie Verdurstende in der Wüste, ebenso widerstandslos, als ob … als ob man von einer Qualle umschlossen wird, präzisierte Robert. Er war 47 Jahre alt, Patricia sollte bald 22 werden.

Plötzlich war das Vakuum gefüllt. Das Vakuum beider Beteiligten, denn im Kernpunkt von Patricias Gefühl des Zukurzkommens während der letzten Jahre hatte sich genau die gleiche hohl klingende Zimbel befunden wie bei Robert. Doch jetzt wurden sie zusammengefügt, in Einklang gebracht, ihre gebrochenen Tonhöhen kletterten aneinander hoch und vermischten sich zu einer ungewöhnlichen Harmonie. Ein vollkommen neuer Raum öffnete sich in ihnen. Der Raum der Liebe, der unendliche rote Raum der Leidenschaft …

»Entschuldigen Sie mich, ich muss kurz auf die Toilette«, unterbrach meine Frau und verließ den Tisch. Zu diesem Zeitpunkt hatten wir die Weinflasche bereits ausgetrunken, und während wir darauf warteten, dass sie zurückkam, fragte Robert L. Hemmelwaite, ob wir nicht Lust hätten, noch eine zu teilen.

Ich erwiderte, dass ich nicht davon ausging. Dass wir wohl genug getrunken hatten, meine Frau und ich.

4

Was sie bestätigte, als sie zurückkam, dennoch blieben wir in dem kleinen Restaurant sitzen und hörten uns den Rest der Geschichte an. Es dauerte nur noch zehn Minuten, sie zu beenden, und es stellte sich heraus, dass sie ungefähr die Wendung nahm, die man sich bei der Geschichte schon hatte denken können. Und dennoch berührte sie mich in einer Art und Weise, die ich im Nachhinein nur schwer erklären kann. Während Robert L. Hemmelwaite dasaß und mit seiner leicht nasalen Stimme berichtete, ab und zu unterstützt durch den schönen Alt des Mädchens, fühlte ich, wie sich etwas in mir zusammenzog, wie mich sozusagen sowohl Lust als auch Kraft und Freude verließen, wir sind ja doch nur Spielsteine in Gottes ironischem Spiel, so dachte ich. In der Stadt des Todes und der Seufzer wurde das deutlicher als an irgendeinem anderen Ort auf der Welt.

Sie hatten also ihre Beziehung fortgesetzt. Den gesamten Frühling und Sommer über. Und alles hatte sich gesteigert und vertieft, dieses süße, paradoxe Liebesverhältnis – erklärten sie fast gleichzeitig –, das seine sättigende Süße und seinen stärksten Ausdruck in dem findet, was im Lexikon der Leidenschaft als *Das Verborgene* bezeichnet wird. Sie trafen sich mal hier, mal da. Sie liebten sich in einfachen Motelzimmern ähnlich dem, in dem sie sich einander zum ersten Mal hingegeben hatten, sie trafen sich nach stundenlangen Fahrten an im Voraus verabredeten Orten. Unter anderen Namen stiegen sie in zweifelhaften Hotels in Houston und Dallas ab, sie entkleideten einander in nächtlichen Parks und an menschenleeren Stränden unter dem magischen texanischen Himmel, sie ließen es zu, dass sich ihre Hände, ihre Lippen und Zungen *verirrten.* Sie versanken ineinander, ja, genau so ein Gefühl war es, wie beide versicherten, sie umschlossen einander und ließen alles Innerliche und alles nur schwer zu Beschreibende miteinander verschmelzen zu einem … zu einem einzigen, vollkommenen Ganzen. Einer Summe, unendlich größer als die einzelnen Teile. Zwei gebrochene Hälften, die in einer vollkommenen und vollendeten Symbiose … so in der Art etwa.

»Ja, ja«, sagte meine Ehefrau.

Immer häufiger trafen sie sich. In immer kürzeren Abständen mussten sie sich sehen, es war nicht anders zu ertragen. Anfangs konnten sie zur Not für eine Woche oder sogar bis zu zehn Tage getrennt bleiben, aber je mehr sich ihre Liebe vertiefte und ihre Beziehung sich intensivierte, umso unmöglicher wurde es für sie, länger als ein paar Tage getrennt zu leben. Wenn sie sich nach einer kurzen Zeit der Trennung wiedersahen – nach nur vierundzwanzig oder achtundvierzig Stunden – hatten sie manchmal ein Gefühl wie zwei Schiffe, die sich nach endlosen Irrfahrten über die sieben Weltmeere in der Nacht endlich trafen. Ja, so war es wirklich.

»Mein Gott«, sagte meine Frau.

»Erzählen Sie weiter«, sagte ich.

»Erzähl, wie wir entdeckt wurden, mein lieber Robert«, sagte das Mädchen.

Und das tat er.

Patricia lebte bei ihren Eltern außerhalb von Columbus, wie er erzählte, eineinhalb Autostunden von Austin entfernt, und meistens war er derjenige, der diese heißen Autobahnkilometer zurücklegte, das war am natürlichsten so. Doch ab und zu kam es vor, dass sich ihnen die Möglichkeit bot, sich daheim bei ihm auf Hemmelwaite Crest zu treffen – und genau bei so einer Gelegenheit war es, dass sie schließlich ertappt wurden. Vielleicht musste es früher oder später so kommen, vielleicht hegten sie sogar heimlich beide den Wunsch, dass es endlich geschehe. Dass ihre Liebe vor die Augen der Welt treten und alles offen und ehrlich vonstatten gehen könnte. Komme, was da wolle. Ja, im Nachhinein hätten sie sagen können, dass es bestimmt vom Schicksal so vorgegeben war.

Eines schönen Abends im Oktober, im Indian Summer, geschah es. Mrs. Hemmelwaite befand sich auf einem dreitägigen Kongress in Chicago zum Schutz bedrohter Pelztiere, ein Thema, das ihr schon lange am Herzen lag, und das einzige noch daheim lebende Kind, der Sohn Jeffrey, wollte bei einem Freund übernachten. Die Dienstboten, die Köchin Barbara und der Gärtner Benson, hatten für zwei Tage Urlaub bekommen. Patricia traf gegen sieben Uhr abends ein, sie nahmen ein gutes, romantisches Essen vor dem prasselnden Kaminfeuer zu sich, tranken dazu einen guten, teuren Merlot, und nach einem kleinen Espresso und einem kleinen Cognac liebten sie sich auf dem Bärenfell vor dem Kaminfeuer. Patricia hatte ein außergewöhnliches Talent, wenn es darum ging, einen Orgasmus zu erreichen, berichtete Robert L. Hemmelwaite mit dieser speziellen amerikanischen Freimütigkeit, und das Mädchen errötete sehr kleidsam ob dieses Lobs, und genau in dem Augenblick, als sie den dritten erreichte, traten Liza und Douglas ins Zimmer.

Roberts Tochter und Patricias zwei Jahre älterer Bruder. Das Brautpaar, das zu diesem Zeitpunkt gut fünf Monate verheiratet war. Zufällig war es in der Nähe und hatte beschlossen, einmal vorbeizuschauen.

Liza fiel in Ohnmacht, und als Robert und Patricia sich

angezogen und sie gemeinsam mit Douglas wieder zum Leben erweckt hatten, starrte sie zunächst ihrem Vater in die Augen, bespuckte anschließend Patricia, um erneut ohnmächtig zu werden. Douglas beförderte seine kleine Schwester in ein anderes Zimmer, brachte seine Ehefrau ein zweites Mal wieder zum Bewusstsein und versetzte seinem Schwiegervater einen sauberen rechten Haken, dass das Nasenblut nur so spritzte.

Nach ein paar Stunden hatten sich alle Involvierten so weit beruhigt, dass sie miteinander sprechen konnten. Robert und Patricia gaben ohne Umschweife ihre große gegenseitige Liebe zu. Liza sagte, dass ihr bei dem Gedanken nur übel werde und dass sie vermutlich in der kommenden Nacht eine Fehlgeburt erleiden werde – sie war im zweiten Monat schwanger, eine Neuigkeit, die sie genau an diesem Abend hatte kundtun wollen; ein Grund, warum die beiden unangemeldet gekommen waren, und Douglas behauptete, hätte er eine Ahnung gehabt, dass etwas in der Richtung geschehen würde, hätte es niemals eine Hochzeit gegeben. Ein Ausspruch, den er zurücknahm, als seine junge Gattin in ein herzzerreißendes Heulen und Zähneklappern ausbrach.

Schließlich endete die Diskussion damit, dass Robert und Patricia versprachen, ihre Beziehung umgehend abzubrechen, wofür Liza und Douglas darüber schweigen wollten. Keine der beiden Familien – und der Geschäftsimperien – würde unbeschadet einen Skandal dieses Kalibers überstehen, darin waren sich alle vier einig. Es war schon nach zwei Uhr nachts, als Bruder und Schwägerin die kleine Schwester ins Auto bugsierten und Robert allein und erschüttert auf Hemmelwaite Crest zurückließen.

»Nie stand ich dem Tod näher als in dieser Nacht«, erklärte Robert L. Hemmelwaite und bestellte ohne nachzufragen vier Grappa bei dem Kellner, der darauf wartete, das Lokal schließen und nach Hause gehen zu können.

Sie hielten es fast drei Wochen aus. Dann fielen sie einander wieder in die Arme. Zwei Körper, die im unerschütterlichen Kreislauf der Liebe umeinander kreisen, können auf Dauer nicht voneinander getrennt werden. Es gelang ihnen, ihre Beziehung den ganzen Winter über geheim zu halten, trotz Lizas und Douglas' wachsamen Augen, aber im März wurden sie schließlich erneut ertappt. Dieses Mal befanden sie sich in einem Hotelzimmer am Meer in Beaumont. Gerade als sie dabei waren, sich in dem quietschenden Eisenbett zu lieben, schob ein Privatdetektiv einen Brief unter der Tür hindurch, einen Brief, der bereits im Voraus von Roberts Ehefrau abgefasst worden war und der darüber informierte, dass sie mittlerweile seit mehreren Wochen wusste, was da vor sich ging und sie nun im Begriffe stand, zwei Psychiater, drei Journalisten und vier Rechtsanwälte zu informieren, um Robert L. Hemmelwaite und seine kleine Hure so weit zu ruinieren, zermalmen und vernichten, dass sie sich wünschten, nie geboren worden zu sein.

Robert und Patricia lasen den Brief gemeinsam, sie weinten die ganze Nacht, sich in den Armen liegend, und am nächsten Morgen schlossen sie ihren Liebes- und Selbstmordpakt. Hoben so viel Geld wie sie konnten von allen möglichen Konten ab, und bereits am Abend saßen sie in einem Flugzeug über dem Atlantik.

In Venedig Arm in Arm zu sterben, das war ihr Schicksal und ihre Bestimmung. In der letztendlichen Verwesung vereint zu sein.

Und hier unterbrachen sie ihren Bericht, schauten einander tief in die Augen und hoben vorsichtig ihr Glas.

»Prost«, sagte meine Frau. »Ich habe mir nie viel aus Grappa gemacht, aber durch das Ölige rutscht er ja prima runter.«

5

Am Mittwoch fuhr meine Frau nach Padua.

Es war so ausgemacht, dass sie mich für einen Tag oder anderthalb allein lassen wollte – während sie sich mit einer alten Kollegin und Jugendfreundin traf, die mit einem Italiener verheiratet gewesen war, ihn zwar nach zwei Jahren verlassen hatte, aber im Land geblieben war.

Wir nahmen ein hastiges, frühes Frühstück zu uns. Meine Frau wollte den Vaporetto zum Bahnhof nehmen, ich begleitete sie bis zur Haltestelle am San Marco, und während wir auf das Boot warteten, war es natürlich unvermeidlich, dass wir ein oder zwei Gedanken über das amerikanische Paar austauschten. Wir hatten bereits einige Nachtstunden damit verbracht, diese Geschichte zu diskutieren, ohne wirklich dabei weitergekommen zu sein. Meine Frau war im Namen des Mädchens empört, andererseits war sie, wie sie behauptete, schon früher auf Mythomanen gestoßen. Aber ein achtundvierzigjähriger Mann und ein dreiundzwanzigjähriges Mädchen? Pfui Teufel, meinte meine Ehefrau.

Was mich betraf, so wusste ich nicht, was ich glauben sollte. Wir hatten das Paar nicht im Frühstücksraum gesehen, aber als ich den Gedanken äußerte, sie hätten ihren Entschluss womöglich bereits in die Tat umgesetzt, schüttelte meine Frau nur den Kopf und schlug stattdessen vor, wir sollten uns mit der Polizei in Verbindung setzen.

»Mit der Polizei?«, wunderte ich mich. »Und was sollen wir der sagen? Ist es denn überhaupt ein Verbrechen, sich das Leben zu nehmen? Vielleicht ist es das ja in katholischen Ländern?«

»Aber er ist es doch, der das Mädchen verführt hat«, beharrte meine Ehefrau. »Ich dachte, da wären wir einer Meinung.«

»Gut möglich«, gab ich zu. »Aber überhaupt nicht sicher. Und ich begreife immer noch nicht, was die Polizei dabei ausrichten soll... wenn die beiden wirklich dazu entschlossen sind, meine ich. Wäre es nicht besser, die amerikanische Botschaft zu benachrichtigen... oder das Konsulat, so etwas muss es doch hier geben, oder? Wenn ihre Geschichte stimmt, dann werden sie gesucht.«

Meine Frau dachte eine Weile darüber nach. »Mach, was du willst«, erklärte sie dann. »Und übrigens bin ich mir ziemlich sicher, dass das Mädchen schwanger ist. Was dir sicher nicht aufgefallen ist, oder?«

Womit sie Recht hatte. Ich habe nie begriffen, wie Frauen gewisse Dinge sehen können, habe aber mit der Zeit gelernt, ihren Worten zu trauen. Dann kam der Vaporetto. Wir umarmten uns zum Abschied, meine Frau stieg mit ihrem kleinen Koffer und ihrer gelben Handtasche an Bord, und ich machte mich auf den Rückweg nach Bonvecchiati. Diese Stadt ist wie geschaffen für Lebensmüde, dachte ich. Sollen sie doch ihre morbiden Phantasien ausleben.

Als ich wieder auf meinem Zimmer war, ließ ich mich an dem winzigen Schreibtisch nieder. Dort blieb ich eine Weile sitzen, während ich meinen Gedanken freien Lauf ließ und den Bootsverkehr auf dem Kanal betrachtete. Es war erst Viertel vor zehn, und die Gondeln hatten den Fracht- und Lieferverkehr noch nicht abgelöst. Zwei Taschenverkäufer hatten ihr Lager von Gucci-Imitationen unterhalb der Brücke ausgebreitet, sie standen rauchend da, lässig an die Schaufenster des Armani-Geschäfts gelehnt. Der Himmel war grauweiß, aber vielleicht würde die Wolkendecke noch aufbrechen. Während meines kurzen Spaziergangs zur Lagune hinunter war mir aufgefallen, dass eine gewisse Wärme in der Luft zu liegen schien.

Ich schlug meinen Block auf, las meine Erzählung über Zorza durch, beschloss, das Komplott selbst erst einmal zu überspringen und mich direkt dem Schluss zu widmen.

Hat man erst einmal das Ende vor Augen, ist es meistens leicht, den Weg dorthin zu finden, das hat mich die Erfahrung gelehrt.

»Andrea Zorza stellte sich abwartend ans Fenster, an einem Amaro nippend. Es dauerte nur wenige Minuten, dann bekam er das zu sehen, was er erwartet hatte. Aus dem Nebel unten vor dem Hoteleingang lösten sich zwei Gestalten – und dann noch eine dritte, Kommissar Agliotti, der Zorza diskret zu verstehen gab, dass er wusste, dass dieser am Fenster stand, indem er die Hand aus der Manteltasche nahm und den Daumen leicht nach oben hob.

Und alles lief wie geplant. Die zwei zuerst erwähnten Gestalten gingen dicht nebeneinander die wenigen Schritte hinunter zu dem wartenden Polizeiboot, und Zorza konnte erkennen, dass sie mittels Handschellen fest miteinander verbunden waren, Robert ›Bob‹ Hemmelwaite und einer der Polizeibeamten oder Inspektoren aus dem Polizeirevier an der Riva Schiavoni, wohin er jetzt gebracht werden sollte.

Hemmelwaite sah resigniert aus, seine Haltung und sein Rücken strahlten genau diesen Mangel an Kraft und Hoffnung aus, der so charakteristisch ist für denjenigen, der das Handtuch geworfen hat und bereit ist, seine Strafe anzutreten. Zorza hatte so etwas schon früher gesehen. Agliotti klet-

terte als Letzter ins Boot, er schaltete die blaue Signalleuchte ein, schlug gegen den böigen Regen den Mantelkragen hoch, und dann verschwanden sie den Fuseri hinunter.

Zorza leerte sein Glas und zündete sich seine vierte Monte-Canario-Zigarillo dieses Tages an. Er wandte sich der Frau zu, die gerade aus der Dusche kam.

›Es ist vorbei‹, sagte er. ›Was hältst du davon, wenn wir ausgehen und eine Kleinigkeit essen?‹

Sie lächelte und ließ den Bademantel auf den Boden fallen. »Ich denke, ich bin im Augenblick noch nicht hungrig«, sagte sie und strich vorsichtig mit einem kühlen Zeigefinger über seine angeschwollene Augenbraue. »Wenn wir in einer Stunde gehen, reicht es doch sicher auch?«

Er nickte und legte die Zigarillo in den Aschenbecher.«

Ich legte meinen Stift in den Aschenbecher und klappte den Block wieder zu. Das muss reichen, dachte ich. Den Rest kann ich mir heute Abend oder morgen ausdenken. Durch das Fenster sah ich, dass die Sonne sich durch die Wolkendecke gekämpft hatte und die Touristenscharen langsam dichter wurden. Ich nahm meinen Mantel und begab mich hinaus in die Stadt.

Über den Umweg eines Lunchs und eines Viertels Roten auf dem Campo San Angelo und eines Espressos und eines Cognacs auf dem San Maurizio gelangte ich über die Ponte dell'Accademia zur Peggy Guggenheim Collection auf der Südseite des Canale Grande. Es war nicht meine Absicht gewesen, herumzulaufen – oder herumzusitzen – und über Robert L. Hemmelwaite und Patricia – deren Nachname sonderbarerweise während des gesamten gestrigen Abends nie genannt worden war – nachzudenken, es ergab sich einfach so. Dieses ungleiche Paar und seine Geschichte drängten sich einfach auf, es war nicht möglich, sie zu ignorieren, fast wie ein entzündeter Zahn. Außerdem fiel es mir schwer, die Haltung meiner Frau in dieser Frage nachzuvollziehen – einerseits wollte sie, dass ich Kontakt mit der Polizei aufnahm, andererseits hatte ich den Eindruck, sie wollte sie einfach als Mythomanen abtun.

Und war das Mädchen obendrein wirklich schwanger?

Es war unmöglich, diese Fragen aus dem Kopf zu verbannen, und als ich Mr. Hemmelwaites charakteristische Gestalt in dem kleinen Skulpturenpark zwischen Café und dem Ausstellungsgebäude selbst entdeckte – er stand vor Mrs. Guggenheims Grabmal und las mit etwas verblüffter Miene die Namen all ihrer Hunde –, durchfuhr mich ein Gefühl des Unbehagens.

Selbstmordpakt?, dachte ich. *Wir sind nach Venedig gekommen, um Arm in Arm zu sterben.*

Ich blieb im Schutz einer Moore-Skulptur stehen und betrachtete ihn schräg von hinten.

Allein. Das Erste, was mir in den Kopf kam, war der Gedanke, dass er allein war. Ich schaute mich im Park um. Höchstens ein Dutzend Besucher, aber darunter keine Patricia. Nun ja, sie ist sicher nur auf Toilette gegangen, dachte ich und beschloss, stehen zu bleiben und abzuwarten. Wahrscheinlich würde sie in den nächsten Minuten auftauchen.

Doch dem war nicht so. Nach einer kurzen Weile verließ Mr. Hemmelwaite das Grab und ging ins Museum. Ich zögerte einen Moment lang, dann folgte ich ihm. Beschloss, mich nicht erkennen zu geben, oder zumindest ihn mich entdecken zu lassen und nicht umgekehrt.

Es gelang mir tatsächlich, mich im Verborgenen zu halten. Ich schlich eine halbe Stunde lang in den engen Räumen herum, ohne dass er mich entdeckte, und bald wurde mir klar, dass er tatsächlich allein hier war. Das Mädchen hatte sich entschlossen, an diesem Tag nicht mit ins Guggenheim zu gehen, und als ich wieder auf der Straße angekommen war, erschien mir das doch sehr eigentümlich. Wenn Leute nach

Venedig reisen, um in den Armen des anderen zu sterben, dann sollten sie doch wohl darauf bedacht sein, die Zeit, die ihnen noch vergönnt war, in der Gesellschaft des anderen zu verbringen, dachte ich. Mr. Hemmelwaite wanderte immer noch da drinnen zwischen Giacometti, Picasso und Max Ernst herum, aber wo war Patricia? Mich überfiel ganz deutlich das Gefühl, dass da etwas nicht stimmte, und ich beschloss, ein diskretes Gespräch mit dem Hotelportier zu führen.

Um zumindest versuchsweise herauszubekommen, wo das Mädchen sich wohl aufhielt.

Doch vorher kehrte ich in Harry's Bar ein. Wenn es einen Ort gibt, an dem man eine junge, literaturinteressierte Amerikanerin findet, dann hier, dachte ich. Auch wenn sie eher am Europäischen interessiert ist als an Hemingway.

Doch sie war nicht da. Sie saß weder in dem Restaurant oben eine Treppe hoch noch unten in der klassischen Bar. Dort war es natürlich brechend voll von Leuten. Die Cocktailstunde zwischen fünf und sechs hatte begonnen, und nur mit Mühe konnte ich stehend einen Bellini in Gesellschaft neureicher, schnauzbärtiger Geschäftsmänner aus irgendeinem östlichen Land zu mir nehmen.

Während ich dort eingezwängt stand und an meinem Glas nippte, schmiedete ich einen Plan, wie ich das Problem in der Pförtnerloge des Bonvecchiati angehen sollte.

»Verzeihung, könnten Sie bitte nachfragen, ob Patricia Hemmelwaite auf ihrem Zimmer ist?«

»In welcher Angelegenheit?«

»Ich habe eine Kleinigkeit für sie.«

Ich war fest davon überzeugt, dass sie sich unter dem Namen Hemmelwaite eingeschrieben hatte. Der Portier war der gleiche wie an dem Tag zuvor, als die Blumenvase umgefallen war, und er ging ohne weitere Einwände auf meine Bitte ein.

Wählte die Nummer und wartete eine halbe Minute, bevor er auflegte und bedauernd feststellte, dass niemand auf Zimmer 316 antwortete. Dann kontrollierte er das Schlüsselfach, und wir konnten beide sehen, dass der Schlüssel dort hing.

»Ich glaube, sie haben beide heute früh das Haus verlassen«, erinnerte er sich. »Möchten Sie eine Nachricht hinterlassen?«

Ich überlegte einen Moment, beschloss dann aber, den zweiten Teil meines Plans um ein paar Stunden aufzuschieben, und erklärte, dass das nicht notwendig sei. Nahm meinen eigenen Schlüssel in Empfang und bedankte mich für seine Bemühungen.

Aber etwas am Blick des Portiers ließ mich noch einen Moment am Tresen zögern. Er fummelte nervös an seiner tadellosen Fliege herum, und schließlich fragte er:

»Entschuldigen Sie, aber sind Sie möglicherweise näher bekannt mit den Herrschaften Hemmelwaite?«

»Nicht direkt. Warum?«

»Nun, heute Vormittag war ein Mann hier und hat nach ihnen gefragt. Er sah nicht… nicht sehr rechtschaffen aus. Lederjacke und Pferdeschwanz.«

»Nicht rechtschaffen?«

»Nein. Tut mir leid.«

Ich verstand nicht richtig, was ihm leid tat, nickte aber vage und ging dann die Treppe hinauf zu meinem Zimmer.

Eine unerklärliche Schwermut überfiel mich, sobald ich die Tür hinter mir geschlossen hatte. Ich zog Mantel und Schuhe aus und legte mich aufs Bett. Starrte an die Decke und die groteske Deckenleuchte. Ineinander verschlungene Tintenfischarme in hellblauem, semitransparentem Glas, ich versuchte mich zu erinnern, ob ich jemals eine hässlichere Deckenlampe gesehen hatte, doch es fiel mir keine ein.

Ein Mann?, dachte ich. *Pferdeschwanz? Nicht rechtschaffen?*

Ich zog die Amaroflasche heran und schenkte mir ein Whiskyglas ein. Zögerte eine Weile, dann tippte ich die Handynummer meiner Frau ein. Fast im gleichen Moment konnte ich Telefonsignale aus dem Badezimmer hören. Sie hatte ihr Handy dort vergessen, und zwar nicht zum ersten Mal. Ich trank das halbe Glas leer und ging zurück zum Bett. Schloss die Augen und versuchte, an etwas Neutrales zu denken. Es vergingen ein paar Minuten, dann öffnete ich die Augen und kippte den Rest des Glases in mich hinein.

Schloss wieder die Augen und wiederholte den Versuch.

Vermutlich gelang es mir nicht, ein wirklich neutrales Gedankenobjekt zu finden, dennoch muss es mir gelungen sein einzuschlafen, denn zwei Stunden später wurde ich von einem Schrei aus einem Albtraum gerissen. Es war dunkel im Zimmer, und während ich dalag und die schräg tanzenden Schatten an der Decke betrachtete und dem Regen lauschte, der gegen die Fenster peitschte – und gleichzeitig versuchte herauszufinden, woher der Schrei gekommen war –, stiegen die Schlusssequenzen des Traums an die Oberfläche und wurden klar und scharf.

Zumindest die endgültige Schlusssequenz. Unangenehm scharf stand sie mir vor Augen.

Ich saß in einem Rollstuhl auf einem Hotelflur. Eine rot-und-schwarz-karierte Decke war um meine unbeweglichen Beine gewickelt, und ein dumpfer Druck auf Nacken und Schultern ließ mich begreifen, dass ich sehr alt war. Ich rollte langsam den Flur mit seinen grünen Stofftapeten und eigentümlichen, surrealistischen Kunstwerken an den Wänden entlang, beleuchtet von schrägen Lichtbündeln, die aus unsichtbaren Quellen gespeist zu werden schienen. Nicht ich selbst bewegte den Stuhl, ein Mann ging hinter mir und schob mich vorwärts, und als ich mühsam den Kopf drehte, sah ich, dass es Kommissar Agliotti war. Er sah Marcel Proust verblüffend ähnlich, das hatte ich bisher nie bemerkt, aber vielleicht lag es daran, dass er jetzt so müde aussah, als wäre alle Zeit und Lust aus ihm geronnen. »Wohin wollen wir, Herr Kommissar?«, fragte ich, und er betrachtete mich mit leichter Skepsis. »Mein lieber Doktor Aschenbach«, sagte er. »Sie wissen doch genauso gut wie ich, wohin wir wollen. Zu Nummer 311, Sie selbst haben das doch angeordnet.«

Daran konnte ich mich nicht mehr erinnern, doch nach einer Wanderung über den Flur, der mir außergewöhnlich lang vorkam, gelangten wir zu der dunkelbraunen Tür, auf der mit schwarzen Ziffern auf der ovalen Messingplatte 311 stand.

»Ist sie da drinnen?«, fragte ich den Kommissar. »Ist das auch ganz sicher? Soweit ich verstanden habe, gibt es kein Zurück?«

»Stimmt genau«, erhielt ich zur Antwort. »Niemand ist durch diese Tür herausgekommen. Warum sollte man auch zurückkehren, wenn man das Vollendete gefunden hat?«

»Sie hat ein kleines Muttermal auf der Wange«, warf ich ein.

»Gerade das macht sie ja vollendet«, seufzte der Kommissar müde. »Nun, wollen wir klopfen?«

Ich zögerte. Aus dem Augenwinkel konnte ich sehen, wie er ungeduldig mit den Fingern auf den Rollstuhlgriff trommelte. Ich versuchte einer inneren Stimme zu lauschen, die mir flüstern sollte, was ich zu tun hätte, aber es war nichts zu hören.

»Wie war das noch mit Ihrem Namen?«, fragte ich, um Zeit zu gewinnen. »Sicher, Sie heißen Agliotti, aber Sie erinnern mich stark an einen französischen Dichter …«

»Doktor Aschenbach, darf ich Sie bitten, jetzt nicht weiter abzuschweifen. Sie sind nur aus einem einzigen Grund nach Venedig gekommen, und jetzt sind wir am Ziel. Sie haben sich doch wohl nicht eingebildet, Sie hätten ein ewiges Leben?«

Plötzlich wurde es deutlich dunkler auf dem Flur, als wären zwei oder drei Lampen gleichzeitig ausgegangen. Außerdem spürte ich einen Luftzug von irgendwoher und wie der Kommissar den Rollstuhl fester packte.

»Nun?«, wiederholte er. »Sie haben nicht alle Zeit der Welt. Sie müssen sich entscheiden.«

Ich nickte und strich die Decke über den Beinen glatt.

»All right«, sagte ich und hörte selbst, wie spröde und zerbrechlich meine Stimme klang. »Klopfen Sie an, seien Sie so gut.«

Er tat wie geheißen, und es wurde augenblicklich von einer nackten Frau geöffnet. Sie war dunkelhaarig und unglaublich schön. Ihr Körper war alabasterweiß, aber mit einer Art innerer – unter der Haut ruhender – spröder Röte, als wäre sie gerade frisch gebacken und käme direkt aus dem Ofen. Das lange Haar trug sie in einem Mittelscheitel, es fiel in weichen Wellen über die Schultern, sie begegnete meinem Blick mit einem schüchternen, aber ergebenen Lächeln. Der Kommissar schob den Stuhl über die Schwelle, und sie trat einen halben Schritt zurück, um mir Platz zu machen.

»Sind Sie so gut und quittieren hier«, bat der Kommissar und streckte ihr einen Block und einen Stift entgegen. Sie unterschrieb auf der dafür vorgesehenen Linie, der Kommissar bedankte sich und verschwand auf dem Flur. Die Tür schloss mit einem deutlich widerhallenden Klickgeräusch, und das Mädchen nahm seinen Platz vor mir wieder ein. Sie packte mit beiden Händen ihre wohlgeformten Brüste und spreizte leicht die Beine. Betrachtete mich mit ernstem Blick, während sie die Zungenspitze über die Lippen huschen ließ. Ich konnte hören, wie ihr Atem tiefer und gleichzeitig intensiver wurde. Ihre Lider sanken ein paar Millimeter. Ich konnte mein eigenes Herz schlagen spüren.

Es verging eine Sekunde, eine weitere Sekunde floss dahin, dann begann sie sich zu verwandeln. Während sie ihren Körper mit ihren Händen berührte, alterte dieser, ja, es schien, als raste die Zeit durch jedes Körperteil, das sie berührte, dreißig, vierzig, fünfzig Jahre, die Haut wurde plötzlich grau und schlaff, der Bauch wurde wulstig, die Brüste hingen wie müde Erbsenbeutel, das dunkle Schamdreieck verwandelte sich in eine spärlich bewachsene graue Tundra, überall löste sich das Fleisch von den Knochen, und der Geruch von etwas Altem, Ausgedientem begann sie einzuhüllen. Ich hob den Blick zu ihrem Gesicht, es war runzlig und voller Leberflecken, der Mund hing kraft- und zahnlos herab, und auf dem Schädel war das Haar so ausgedünnt, dass die Kopfhaut durchschimmerte –, und all das, diesen ganzen grotesken, nicht aufzuhaltenden Alterungsprozess, durchlief sie wie eine Seuche innerhalb weniger Augenblicke.

Anschließend legte sie sich mit gespreizten Beinen auf den Rücken. »Willst du mit mir den Beischlaf ausüben?«, zischte sie. »Komm, lass uns ein Kind machen, bevor es zu spät ist.« Und ich umklammerte die Armlehnen des Rollstuhls und fiel nach vorn, auf sie rauf, und wir vereinigten uns in einem langen, intensiven… nein, ich weiß es nicht, denn in dem Moment wachte ich auf.

Jemand hatte laut und deutlich gerufen, und ich wurde wie eine Fehlgeburt aus dem Traum geworfen. Ja, genau das, ich wurde aus dieser endgültigen Vereinigung mit dem Tod *abortiert*.

Gott sei Dank, dachte ich. Gott sei Dank.

Aber es hatte jemand um Hilfe gerufen. Wer?

6

Ich wagte es nicht, mein Zimmer zu verlassen. Plötzlich fühlte ich mich einer schwindelerregenden Schwäche ausgeliefert; Mächten außerhalb meiner Kontrolle, Mächten, die mir nicht wohlgesonnen waren, äußeren oder letztendlich – das zu beurteilen war ich nicht im Stande – inneren. Dabei lag ich doch auf dem Bett, sah, wie die Schatten an der Decke tanzten, beobachtete die Spiegelungen der auf dem unebenen Fensterglas herunterlaufenden Regentropfen, die von irgendwelchen Straßenlaternen beleuchtet wurden, die dort draußen im Wind schaukelten – und diese lächerliche siebenarmige Deckenleuchte drehte sich langsam um die eigene Achse. Jemand hatte gerufen. Es war Viertel vor neun. Ich war meiner eigenen Angst vor dem Unbekannten ausgeliefert.

Einige Minuten vergingen. Kein Geräusch war zu hören, weder draußen aus der Stadt noch vom Hotelflur vor meinem Zimmer. Das Gefühl, sich nicht bewegen zu können, verließ mich langsam, das Bedrohliche klang ab. Schließlich schaltete ich das Licht ein, ging ins Badezimmer und duschte lange ganz heiß. Schließlich kann jeder in der Stadt des Todes und der Seufzer einen Nervenzusammenbruch kriegen, dachte ich.

Jeder.

Eine Stunde später stand ich wieder an der Rezeption. Ich wartete, während zwei deutschen Damen bei irgendeinem

Problem geholfen wurde, dann wandte ich mich an den Mann an der Rezeption. Es war ein spindeldürrer Jüngling mit Pomade im Haar, den ich noch nie vorher gesehen hatte.

»Entschuldigung, aber ich muss unbedingt die Herrschaften Hemmelwaite sprechen.«

Er zögerte eine Sekunde, schien mit sich selbst zu Rate zu gehen, dann schlug er das große, ledereingefasste Journal auf. »Das ist leider nicht möglich«, sagte er mit tonloser Stimme. »Die Herrschaften haben vor zwei Stunden ausgecheckt.«

»Ausgecheckt?«

»Ja.«

»Beide?«

»Warum fragen Sie?«

»Weil ich mit Mrs. Hemmelwaite sprechen muss, habe ich das nicht gesagt?«

Er klappte das Journal zu und zögerte einen Augenblick.

»Sie haben nicht gesagt, dass sie es ist, die Sie suchen. Nur Mr. Hemmelwaite hat ausgecheckt. Die gnädige Frau war schon vorher abgereist, da hätten Sie sowieso nicht ...«

»Wohin?«

»Verzeihung?«

»Wohin? Wohin ist die gnädige Frau schon vorher abgereist?«

»Ich glaube nicht, dass es mir zusteht, Ihnen diese Informationen zu geben.«

Ich schaute mich in der Lobby um. Sie war vollkommen leer, also zog ich einen Fünfzig-Euro-Schein aus meiner Brieftasche.

»Wollen Sie damit sagen, dass Sie wissen, wohin sie gefahren sind, darf ich das so deuten?«

Er ließ seinen Blick nach links und nach rechts huschen, dann schnappte er sich den Schein.

»Mr. Hemmelwaite hat gesagt, dass ...«

Er machte eine Pause, als ein älteres Paar durch die Drehtür hereinkam. Sie bekamen ihren Schlüssel und verschwanden im Fahrstuhl.

»Er hat gesagt, dass sie beschlossen hätten, ins Gritti zu ziehen. Aus romantischen Gründen.«

»Aus romantischen Gründen? Was soll denn das bedeuten?«

Er betrachtete mich mit einem leicht überheblichen Lächeln, ohne einen Kommentar abzugeben. Ich ließ mir schnell einige verschiedene Alternativen durch den Kopf gehen.

»Ins Hotel Gritti, sagten Sie?«

Er nickte, und ich bat um einen Regenschirm. Er holte einen, und als er zurückkam, hatte er außerdem einen kleinen Briefumschlag in der Hand.

»Da ist auch noch eine Nachricht für Sie.«

»Eine Nachricht. Von wem denn?«

Er zuckte mit den Schultern und überreichte mir wortlos Umschlag und Regenschirm. Ich bedankte mich, spürte eine leichte Verärgerung und ging durch die Drehtür hinaus.

Der Regen war hartnäckig, und ich kehrte schnell in einer Bar am Calle Frezzaria ein. Bestellte mir einen Cognac, öffnete den Brief und las.

Liebe Mr. und Mrs. Z.,
uns hat das Gespräch mit Ihnen gestern Abend sehr gut gefallen. Wäre es möglich, sich noch einmal zu sehen und einige Worte zu wechseln? Wir planen, unsere letzte Nacht im Gritti zu verbringen, wir sind auf Zimmer 208 zu finden.

Beste Grüße
Patricia und Robert

P.S. Wir werden unsere letzte Mahlzeit im Café Quadri zu uns nehmen, sollten aber vor Mitternacht zurück sein.

Die Handschrift. Eine ziemlich weibliche Handschrift. Ich bestellte mir noch einen Cognac. Trank ihn aus, bezahlte und begab mich wieder hinaus in den Regen. Ich spannte den Regenschirm auf und war mir plötzlich nicht mehr sicher, welche Richtung ich einschlagen sollte. Sofort zum Gritti oder zum Markusplatz. Die Gasse, in der ich mich befand, lag leer und verlassen da, und ich hielt vergeblich nach diesen charakteristischen gelben Schildern Ausschau, die die wichtigsten Touristenziele benennen. Ich schaute auf die Uhr, es war einige Minuten nach halb elf, ich begann aufs Geratewohl nach rechts zu gehen, bog nach links ab und dann wieder nach rechts in Gassen, die mir zunächst etwas breiter zu sein schienen, sich dann aber schnell verengten. Schließlich stand ich in einer Sackgasse, die auf einen dunklen Kanal führte, doch im gleichen Moment kam ein Taxiboot angefahren, ich winkte, und der Bootsführer legte direkt vor meinen Füßen an. Ich stieg ein, bat, zum Gritti gefahren zu werden, und nur wenige Minuten später betrat ich das Entrée des berühmten Hotels.

Ein Piccolo kümmerte sich um meinen nassen Schirm, ich fragte nach dem Weg zur Bar, und er zeigte mir die Richtung mittels einer diskreten Kopfbewegung. Ich spürte den Wankelmut in mir rumoren, ließ mich an einem Tisch nieder und bestellte einen Fragolini, um ein wenig Zeit und Entschlossenheit zu gewinnen. Es war noch keine elf Uhr, Gruppen von Menschen in mondäner Kleidung saßen herum und unterhielten sich leise und lebhaft, doch das Paar Hemmelwaite konnte ich nicht entdecken. Vielleicht waren sie auf ihrem Zimmer – oder aber sie waren immer noch im Quadri und bildeten sich ein, Gestalten bei Proust oder Stendhal zu sein und dass ihr bevorstehender Tod nur eine illusorische Frage von Tinte und Papier wäre.

Als der Kellner an meinem kleinen Tisch vorbeikam, bat ich ihn um noch einen Fragolini und fragte gleichzeitig, ob er in Erfahrung bringen könne, ob das Paar in Zimmer 208 im

Hause sei. Und wenn dem der Fall sei, ob sie einen Besucher empfangen würden. Er hob eine Augenbraue und gab mir zu verstehen, dass mein Wunsch nicht besonders passend sei, tat aber dennoch das, was ich wollte. Nein, erklärte er, als er mit meinem Glas zurückkam, die Herrschaften von Nummer 208 hatten gegen acht Uhr das Haus verlassen und keine Information darüber hinterlassen, wann sie zurückkommen wollten.

Ich bedankte mich bei ihm und zündete eine Zigarette an. Zum Teufel, dachte ich. Warum habe ich mich da nur reinziehen lassen? Warum sitze ich nicht lieber in meinem Zimmer im Bonvecchiati und schreibe? Wenn sie nicht in der nächsten halben Stunde erscheinen, streiche ich dieses Melodrama.

Sie tauchte auf, als einundzwanzig der eingeplanten dreißig Minuten verstrichen waren, und mir war sofort klar, dass etwas äußerst Ernstes passiert sein musste.

Schon dass sie allein erschien, war natürlich eine unerwartete Tatsache, aber ich kam gar nicht dazu, über dieses Faktum zu spekulieren, da sie mich sofort entdeckte und zu mir eilte.

»Mr. Z., Gott sei Dank, dass Sie hier sind.«

Sie war sehr blass und ließ sich mit einem Keuchen auf dem Stuhl mir gegenüber nieder. Ihre Augen zeigten eine Art hektischer Röte, als hätte sie vor kurzem geweint oder wäre Augenzeuge von etwas gewesen, das an die Grenze des Erträglichen stieß. Ein Gefühl der Zerbrechlichkeit und des Ausgestoßenseins umgab sie, und ich war gezwungen, dem Impuls zu widerstehen, sie in den Arm zu nehmen und zu trösten. Sie war schmerzhaft schön.

»Was ist passiert?«, fragte ich, wobei ich mich zu ihr vorbeugte, damit wir unbelauscht miteinander sprechen konnten.

Sie holte zweimal tief Luft. Ihre Nasenflügel öffneten sich leicht, und ihre schmalen Schultern in dem ärmellosen grünen Kleid hoben und senkten sich.

»Es ist schief gegangen. Sie müssen mir helfen.«

»Was ist schief gegangen?«, fragte ich und legte vorsichtig meine Hand auf ihre. Sie zögerte einen Moment, zog ihre Hand aber nicht zurück.

»Ich habe es nicht geschafft, den Plan auszuführen«, sagte sie. »Der Mut hat mich verlassen.«

»Was meinen Sie damit?«

»Ich meine, dass …« Sie schaute sich vorsichtig im Lokal um, beugte dann ihren Kopf dicht zu meinem herüber und flüsterte mir ins Ohr.

»Ich meine, dass Robert tot in unserem Zimmer liegt und dass wir etwas dagegen machen müssen.«

Ihre Lippen streiften ganz leicht mein Ohrläppchen, und ich umfasste automatisch ihre Hand.

7

Er lag auf dem Rücken auf dem imposanten Doppelbett und machte insgesamt einen friedlichen Eindruck.

Tadellos gekleidet in dunkler Hose, Schuhen, weißem Hemd und Krawatte. Der Kopf war nach links gedreht, und das Einschussloch in der Schläfe nicht größer als ein Bauchnabel. Das Austrittsloch auf der anderen Seite war wahrscheinlich umso größer, doch ich konnte es nicht sehen, weil er seitlich auf dem Kissen lag. Das einmal weiß gewesen war, jetzt war es rot; Tatsache war, dass es im Zimmer nach Blut roch, und ich spürte, wie mir übel wurde. Ich musste zweimal schlucken und fünf Sekunden lang die Augen schließen, bevor ich sprechen konnte.

»Was ist passiert?«, fragte ich.

Patricia schluchzte und ließ sich auf einem Stuhl niedersinken, ich blieb stehen und unterdrückte erneut den Impuls, sie in die Arme zu nehmen. »Der Mut hat mich verlassen«, wiederholte sie. »Ich habe mich nicht getraut, als ich an der Reihe war.«

»Ich bin froh, dass Sie sich so entschieden haben«, sagte ich. »Eine junge, hübsche Frau wie Sie sollte nicht um der Liebe willen sterben.«

Sie schaute mich mit einem verblüfften Gesichtsausdruck an.

»Wissen Sie«, sagte sie. »Genau dieser Gedanke ist mir in

den Kopf gekommen, als ich die Pistole gegen die Schläfe gedrückt habe. Ich will leben! Ich will nicht sterben! Aber welch ein Verrat an Robert, jetzt ist er ganz allein auf der anderen Seite.«

Sie warf einen Blick auf das Bett, und ein Schaudern durchfuhr sie.

»Er kann warten«, sagte ich. »Sie kommen ja zu ihm, wenn es an der Zeit ist. Er wird schon verstehen, dass Sie verspätet sind.«

»Glauben Sie wirklich?«

»Aber natürlich. Er wartet auf Sie, im Himmel wie in der Hölle gibt es reichlich Zeit, und er wird sich nur umso mehr freuen, Sie wiederzusehen, wenn es noch ein wenig dauert. Und ist es nicht so, dass Sie außerdem ein kleines Kind unter Ihrem Herzen tragen?«

Sie zuckte zusammen und legte eine Hand auf den Bauch: »Woher wissen Sie das?«

»So etwas sieht man«, erklärte ich, und das Mädchen nickte unglücklich. Ich schaute mich im Raum um. Er war in Weiß, Gold und Hellblau gehalten, und es gab ausreichend Lampen in ähnlichem Design wie im Bonvecchiati. Zwei blasse Bilder mit Schwänen hingen an den Wänden, und auf dem nierenförmigen Couchtisch standen eine geöffnete Flasche Champagner in einem Kübel und zwei leer getrunkene Gläser.

»Was ist passiert?«, fragte ich zum dritten Mal. »Ich meine …«

Sie forderte mich mit einer Handbewegung auf, mich zu setzen, und ich nahm den Platz ihr gegenüber ein. Stellte den Champagnerkübel auf den Boden. Sie nahm kurz den Kopf in die Hände, dann sammelte sie sich und sah mich aus ihren unergründlichen grünen Augen an.

»Wir haben gelost«, erklärte sie. »Und daraus ergab sich, dass Robert anfangen sollte. Wir lagen nebeneinander auf dem Bett, wir hielten uns bei den Händen, und er drückte ab, ohne zu zögern. Ich nahm ihm die Pistole aus der Hand, richtete sie auf meine Schläfe und wollte auch abdrücken, als ich eine Stimme in mir rufen hörte, dass ich es nicht tun sollte.«

»Eine Stimme?«, fragte ich, während ich gleichzeitig vorsichtig meine Hand auf ihre auf dem Tisch legte.

»Ja, eine Stimme«, bestätigte sie und schlug die Augen nieder. »Ich hatte schon den Finger am Abzug, ich fühlte das kalte Metall auf meiner Haut … aber plötzlich konnte ich es nicht tun. Die Stimme sagte mir, dass ich leben wollte. Ich und … das Kind.«

Sie schluchzte erneut auf, fasste sich aber schnell.

»Ich verstehe«, sagte ich. »Welch ein Glück, dass Sie Vernunft angenommen haben.«

»Vernunft?«, fragte Patricia und betrachtete mich mit einer Art vorsichtiger Skepsis, die sie fast unwiderstehlich machte.

»Leben, ja. Es wäre doch ein …« Ich überlegte schnell und suchte nach dem richtigen Begriff. »… ein Verbrechen am Leben, wenn eine so schöne junge Frau wie Sie von eigener Hand sterben würde. Ja, genau das, ein Verbrechen am Leben selbst.«

Sie errötete und drückte meine Hand. Dann warf sie erneut einen Blick auf das Bett, und wieder durchfuhr ein Schaudern ihren schmalen Leib.

»Aber was sollen wir tun?«, rief sie aus. »Was um alles in der Welt sollen wir tun? Vielleicht … vielleicht ist es das beste, die Polizei zu benachrichtigen?«

Ich schüttelte zögernd den Kopf.

»Aber wenn ich es mir recht überlege …«

»Ja?«

»Werden die mir glauben? Ich meine …«

Sie zeigte auf die Pistole, die neben dem Bett auf dem Nachttisch lag. Sofort war mir klar, worauf sie hinaus wollte.

»Sie meinen, dass sich Ihre Fingerabdrücke auf der Waffe befinden?«

»Genau.« Sie senkte den Blick und umklammerte meine Hand. »Ich meine, das nehme ich an. Es kann ja sein, dass sie dann irgendwie denken, dass ich ...«

»Schon möglich«, unterbrach ich sie. »Nein, lieber wenden wir uns nicht an die Polizei. Es gibt keinen Grund, die Dinge schlimmer zu machen, als sie bereits sind.«

Plötzlich fing sie an zu weinen.

»Bitte, halten Sie mich fest«, schluchzte sie.

Und das tat ich. Nach nur wenigen Sekunden begann ich außerdem, ihr die Tränen vom Gesicht zu küssen.

Zehn Minuten später hatten wir uns beruhigt und einen Plan geschmiedet. Das Schicksal und die Umstände schienen uns trotz allem in die Hände zu spielen. Zumindest ein wenig. Zimmer Nummer 208 lag im zweiten Stock, und beide Fenster zeigten nicht auf irgendeine Gasse, sondern direkt auf den Kanal. Nicht auf den Grande, sondern auf einen kleineren – dell'Albero, wenn ich mich nicht irrte. Es war einfach ein idealer Platz, sich heimlich einer Leiche zu entledigen. Wir beschlossen, sicherheitshalber ein paar Stunden zu warten, der Bootsverkehr war noch im Gange, aber nach zwei Uhr nachts würde es sicher keine größeren Probleme bereiten, Roberts Körper in das dunkle Wasser zu werfen, ohne dass neugierige Blicke registrierten, was geschah. Es gelang uns sogar, eine Metallstange im Badezimmer loszuschrauben und sie zusammen mit einem Marmoraschenbecher in eine Plastiktüte zu stopfen, die wir später am Gürtel der Leiche befestigen wollten. Das sollte reichen, damit sie umgehend zu Boden sänke.

Während wir den richtigen Zeitpunkt abwarteten, tranken wir aus den kleinen Fläschchen in der Minibar. Cognac, Whisky und einen unerträglich süßen Kirschwein mit dem albernen Namen Malvetinto Barbarotti. Patricia fragte, wie es denn so sei, das Leben eines Schriftstellers, und ich berichtete bereitwilliger als üblich von der Einsamkeit des Berufs.

»Das klingt ja schrecklich«, sagte sie. »All diese Worte und Gedanken.«

»Ja«, gab ich zu, »manchmal kann es schon fast unerträglich werden.«

Als wir die Uhr am Campanile zweimal schlagen hörten, schritten wir zu Werke. Wir öffneten weit das eine Fenster auf den dell'Albero. Der feuchte, milchige Nebel vom Canale Grande wälzte sich augenblicklich ins Zimmer, wie ein taktvolles Leichentuch, bevor er schnell wieder verschwand, und wir fanden beide, das sei ein gutes Zeichen. Es schien eine Nacht zu sein, wie geschaffen für dunkle Taten. Wir packten Robert, ich an den Schultern, Patricia an den Füßen, und mit gemeinsamen Kräften schleppten wir ihn zum Fenster. Befestigten die Plastiktüte mit dem Aschenbecher und der Metallstange am Gürtel und schoben ihn über das niedrige Metallgitter. Nicht einmal eine Katze war zu sehen, und der dumpfe Aufprall, der zu hören war, als sein Körper die schwarze Wasseroberfläche durchstieß, kann nur wenige Meter weit zu vernehmen gewesen sein. Wir schlossen die Fensterhälften, ich hielt Patricia eine Weile in meinen Armen, dann begannen wir mit dem Saubermachen.

Schnell wurde uns klar, dass es nicht möglich war, alle Blutspuren zu beseitigen. Den Fußboden bekamen wir mit Hilfe einiger feuchter Handtücher sauber, doch das Bett und das Bettzeug waren natürlich sowohl von Robert L. Hemmelwaites Blut als auch von seiner Gehirnsubstanz beschmutzt. Schließlich wussten wir uns keinen anderen Rat, als alles den gleichen Weg gehen zu lassen wie bereits Robert. Wir schleppten das ganze prachtvolle Bett quer durchs Zimmer, und mit vereinten Kräften gelang es uns, es in den Kanal zu kippen. Bettdecke, Tagesdecke, Laken und Kissen folgten. Als wir fertig waren, sah das Zimmer zwar ein wenig leer aus, zumindest gab es aber keine Zeichen mehr dafür, dass jemandem hier in den Kopf geschossen worden war.

Einen Moment lang blieben wir stehen und sahen uns unschlüssig an. Ich warf einen Blick auf meine Armbanduhr und stellte fest, dass es inzwischen zwanzig nach drei war.

»So«, sagte Patricia mit erzwungenem Enthusiasmus. »Und was machen wir jetzt?«

Ich fühlte eine ungewöhnliche Mischung aus Müdigkeit, leichtem Alkoholrausch und Tatkraft in mir rumoren – es schien mir, als gäbe es da eine Art Machtkampf. Das Mädchen legte mir die Hand auf den Arm, worauf mir das Blut in den Kopf schoss. Ich schloss die Augen, und für einen kurzen Moment verlor ich jedes Gefühl für Zeit und Raum. Wo befand ich mich? Unter welchen Umständen? Warum?

Die Stadt des Todes und der Seufzer, erinnerte ich mich und öffnete die Augen. Das Leben ist ein Theater. Patricias Gesicht schwebte nur wenige Zentimeter vor meinem, und es schien in einer dunklen Glut zu brennen. Ihre Lippen sahen feucht und warm aus.

»Entschuldige, was hast du gesagt?«, fragte ich.

»Was machen wir jetzt?«, wiederholte sie.

Ich schaute mich im Zimmer um. Erblickte die Pistole auf dem Nachttisch und stopfte sie mir in die Jackentasche. Es wäre riskant und kompromittierend, auch sie einfach in den Kanal zu werfen, das sah ich wohl ein – da sie im Unterschied zu Mr. Hemmelwaite und den Bettutensilien zweifellos geradewegs zu Boden sinken und direkt vor dem Fenster von Zimmer Nr. 208 liegen bleiben würde. »Wir müssen von hier verschwinden«, entschied ich. »Pack deine Tasche und komm mit mir zurück ins Bonvecchiati. Meine Frau befindet sich in Padua, du kannst in unserem Zimmer schlafen.«

Ohne zu zögern, tat Patricia, was ich vorgeschlagen hatte, und zehn Minuten später hatten wir ungesehen das Gritti verlassen.

8

Der Nebel war immer noch kalt und milchig, er erinnerte an ein lebendiges, aber uraltes, unbekanntes Wesen. Sofort legte ich meinen rechten Arm um Patricias dünne Schultern und drückte sie an mich. Ich wollte natürlich auch ihre Tasche tragen, doch sie bestand darauf, sie selbst zu nehmen. Wir überquerten einen menschenleeren Campo Santa Maria Zobenigo und vermieden um Haaresbreite, auf eine tote, aufgeplatzte Taube zu treten. Wir gingen eine immer enger werdende Gasse namens Calle di Piován entlang und gelangten an einen unbekannten Kanal. Gleich war ich mir nicht mehr sicher, welche Richtung wir einschlagen mussten, auf gut Glück bogen wir nach links ab. Nach ein paar Metern blieb Patricia stehen, sie sah mich mit einem nervösen Lächeln an.

»Entschuldige, aber ich muss unbedingt einmal pinkeln.«

Diese jugendliche amerikanische Freimütigkeit, dachte ich und ließ sie los. Begriff, dass sie während der Erledigung dieses Bedürfnisses allein sein wollte, und huschte in eine Sackgasse ein Stück weiter. Wartete eine Minute, starrte ohne etwas zu registrieren auf die nachtleeren Schaufenster eines Juweliers, bevor ich zu dem Platz zurückkehrte, wo ich sie zurückgelassen hatte.

Sie war nicht da. Verwirrt schaute ich mich um. Ein schmaler Kanal mit ein paar sich wiegenden Booten war vom Nebel eingehüllt. Dunkle Hauswände beugten sich über das schwarze

Wasser. Ein gelbliches Licht über einem Torbogen. Die enge Gasse, eine Brücke und eine leere Weinflasche, die jemand an einer Hauswand abgestellt hatte.

Das war alles. Keine Patricia. Nicht ein Mensch, soweit das Auge reichte. Nur eine fette, einsame Taube, die auf dem Brückengeländer saß und mich traurig anglotzte. Etwas sagte mir, dass das sicher der Ehemann oder die Ehefrau des verunglückten armen Teufels war, über den wir vor einer Weile gestolpert waren, aber es steht natürlich in den Sternen, inwieweit derartige Schlussfolgerungen einen gewissen Wahrheitsgehalt beinhalten. Auf jeden Fall war es nicht die rechte Zeit für derartige weitschweifige Gedanken. Ich lief zurück zu dem Juweliergeschäft, vor dem ich gewartet hatte. War ich in die falsche Richtung gegangen? Unmöglich, es war nur die Frage von nicht einmal dreißig, vierzig Metern. Sicher, ich war leicht betrunken, es war bereits vier Uhr morgens, aber eine gewisse Kontrolle hatte ich immer noch.

Ich habe immer damit prahlen können, stets diese gewisse Kontrolle zu behalten, und jetzt lief ich mindestens eine halbe Stunde auf diesem kleinen Bereich um den Campiello Calegari hin und her, während das Morgengrauen auf sich warten ließ und ich langsam nüchtern wurde. Es war totenstill, alle Luken geschlossen, alle Schaufenster leer – bis auf ein kleines Geschäft, das Karnevalsmasken verkaufte; in einem grotesken Durcheinander lagen sie für nächtliche Betrachter wie dahingeworfen da. Das Einzige, was sich veränderte, war der Nebel, er bewegte sich mit einer Art urmächtiger, unbeweglicher Langsamkeit und hüllte mal den einen, mal den anderen Bereich ein, und auf irgendeine Weise vermittelte er den Eindruck, als ob trotz allem etwas von etwas Besitz ergriffen hatte. Dass etwas im Begriff war zu geschehen … dass ich und mein Unglücksbruder, die Taube und die dahinbrütenden, unergründlichen Masken nicht die einzigen Akteure auf dieser stummen, leeren Bühne waren, ich weiß es nicht, mein Inneres begann zielstrebig, in Aufruhr zu geraten. Eine ganz besondere Art wohlbekannter Verzweiflung war dabei, seine Klauen in mich zu schlagen, und ich wünschte mir, ich hätte eine oder einige dieser Fläschchen aus der Minibar dabei, um mich zu stärken. Selbst einen Schluck Kirschwein hätte ich dankbar entgegengenommen, aber natürlich gab es keine derartige Gnade zu empfangen.

Was zum Teufel war geschehen? Wo war das Mädchen geblieben?

Man verlässt ein junges, amerikanisches Wunder für einen Moment, weil sie in aller Ruhe in einer Gasse in Venedig pinkeln will, und Minuten danach ist sie verschwunden. Hat ein Gentleman nicht das Recht, mehr vom Leben zu begehren?, dachte ich. Was ist das hier eigentlich für ein trostloses Sinnbild? Verdammte Scheiße, warum muss uns alles aus den Händen rinnen, wenn es uns endlich zumindest fast gelungen ist, diese mit etwas Gutem und Vielversprechendem zu füllen?

Oder lag ich nur im Bett und träumte das alles? Saß ich nur am Tisch und dichtete? Ich zwickte mich selbst kräftig in den Arm und musste feststellen, dass dem nicht so war. Doch die Grenze zwischen Traum und Wirklichkeit ist in der Stadt des Todes und der Seufzer dünner als irgendwo sonst auf der Welt, daran gibt es gar keinen Zweifel. Hier reiben sich die Archetypen aneinander, und das kollektive Unterbewusstsein tropft aus Nebeln und schwarzen Kanälen. Verdammte Scheiße.

Mit ähnlichen finsteren Gedanken irrte ich also in den nächtlichen Gassen umher, wurde immer müder, immer frustrierter und resignierter, und zum Schluss warf ich das Handtuch. Ich beschloss, mein Zimmer im Bonvecchiati aufzusuchen und zumindest ein paar Stunden wohlverdienten Schlafs zu suchen. Die Dinge hatten eine derartige Wendung genommen, dass es sicher das Beste war zu versuchen, alles zu vergessen, und als ich einmal den Entschluss gefasst hatte, war das ein Gefühl, als ob … als ob ich ein muffiges, altmodisches Kino verlassen hatte, in dem ich schon viel zu lange gesessen und einen Film angeguckt hatte, der mir überhaupt nicht gefiel. Viel zu viele Stunden, viel zu viel verschleuderte Zeit für ein fremdes, bedrohliches Drehbuch.

Nach einer oder einigen Fehlnavigierungen gelang es mir endlich, zum Bonvecchiati zurückzufinden. Der Nachtportier, ein junger, verschlafener Mann, den ich noch nie gesehen hatte und der leicht nach Jasmin oder irgendetwas anderem Esoterischen und Femininen duftete, schenkte mir ein verhaltenes, verschwörerisches Lächeln, als ich an seinem Tresen vorbeistolperte. Er wünschte mir einen guten Morgen und schöne Träume, und bevor ich ins Bett fiel – nur noch in der Lage, mich meines Mantels und der Schuhe zu entledigen – fiel mein Blick noch schnell auf die Uhr.

Es war zehn Minuten vor fünf. Ich dachte noch, ich sollte lieber noch einmal aufstehen und die schweren Gardinen zuziehen, aber der Schlaf war bleischwer, und mit der morbiden, langsam rotierenden Deckenlampe aus Murano auf der Netzhaut sank ich in den Schlaf wie ein Stein in einem Brunnen. Nein, in einem Kanal.

9

Zwei Stunden später wachte ich davon auf, dass mein Magen in Aufruhr war. Am gestrigen Tag musste ich etwas Unverdauliches zu mir genommen haben, ich ging auf die Toilette und war gezwungen, dort gut und gerne zwanzig Minuten zu verbringen, bevor ich wieder in der Lage war, ins Bett zurückzukehren. Doch ich hatte kaum die Augen geschlossen, als ich leise, aufgeregte Stimmen draußen auf der Straße hörte, und unter Aufbietung all meiner Kräfte, die ich eigentlich gar nicht mehr besaß, stand ich auf und trat ans Fenster.

Dort unten, kurz vor der Brücke über den Fuseri, stand eine kleine Ansammlung von Menschen in der graugestreiften Morgendämmerung. Sie hatten mir alle den Rücken zugewandt und ihre Aufmerksamkeit auf etwas unten im Kanal gerichtet. Es dauerte nur wenige Sekunden, dann erkannte ich, was es war. Es war das solide gebaute Bett aus dem Zimmer Nr. 208 im Gritti, daran bestand kein Zweifel. Es schaukelte dort in dem schwarzen Wasser, und jetzt bekamen es zwei Männer mit Bootshaken zu fassen und zogen es an die Kaimauer, und sogar von meinem Aussichtspunkt aus, der sich gut und gern dreißig Meter entfernt befand, konnte ich die Blutspuren erkennen. Große dunkle Flecken auf dem blassblauen Stoff. Wieder rumorte eine aufsteigende Übelkeit in mir, und ich eilte zurück in mein Bett. Legte mich auf den Rücken, drückte mir ein Kissen auf die Augen, und nach einigen erschreckenden dunklen Bildern gelang es mir, wieder einzuschlafen.

Es waren zwei Männer, die an meine Tür klopften und sich mit Hilfe des Hotelpersonals Zugang verschafften. Ich wachte davon auf, dass sie bereits im Zimmer standen und mich mit ausgesucht finsterer Miene betrachteten. Der eine war kurz und untersetzt, der andere lang und mager. Der Kurze führte offensichtlich das Wort, er schien so um die fünfundfünfzig zu sein, mindestens fünfzehn Jahre älter als sein Kollege, und seine Augen hatten die leblose Farbe einer Makrele. Ich begriff sofort, dass das nichts Gutes verhieß, beide trugen tadellose dunkle Anzüge, zweireihig geknöpft, mit gut erkennbaren Nadelstreifen.

»Signor Z.«, begann der Kurze und hielt eine Art Legitimationspapier in die Höhe. »Mein Name ist Kommissar Agliotti, ich komme von der Kriminalpolizei. Und das hier ist mein Kollege, Inspektor Bruneri.«

Bruneri verbeugte sich, indem er seine Kinnspitze einen Viertelzentimeter weit senkte. Ich zog mich halb ins Sitzen hoch. »Angenehm«, sagte ich. »Womit kann ich dienen?«

Ich spürte, dass meine Stimme mir nicht zum Vorteil gereichte, sie schien von irgendetwas perforiert worden zu sein. Einer Art Scham oder vielleicht von einer dunklen Furcht.

»Es gibt da einige Unklarheiten«, erklärte Agliotti. »Beispielsweise: Wo befanden Sie sich gestern Abend?«

»Gestern Abend?« Ich beschloss, einsilbig zu antworten.

»Ja.«

»Ich verstehe nicht.«

»Was verstehen Sie nicht?«

Ich zögerte, während ich nach einer Strategie suchte.

»Warum wollen Sie wissen, wo ich gestern Abend war?«

»Ich würde es sehr zu schätzen wissen, wenn Sie meine

Fragen nicht mit Gegenfragen beantworteten. Das macht keinen guten Eindruck.«

Ich zog mich weiter im Bett hoch und versuchte einen nachdenklichen und dennoch ehrlichen Gesichtsausdruck zu zeigen.

»Ich habe nichts Besonderes gemacht«, erklärte ich. »Ich habe gegessen und ein paar Bars aufgesucht.«

»Wurde es spät?«

»Ziemlich.«

»Waren Sie auch im Gritti?«

»Ein paar Stunden, ja.«

»Was haben Sie da gemacht?«

»Da habe ich nur in der Bar gesessen und ein paar Drinks zu mir genommen.«

»Haben Sie sich mit jemandem unterhalten?«

»Kann schon sein.«

»Bitte genauer.«

»Mit ein paar Frauen.«

»Wie hießen die?«

»Sie haben mir nicht ihre Namen genannt. Wir haben uns nur so unterhalten.«

»Und Sie waren nie in einem Hotelzimmer im Gritti?«

»Nein.«

»Wo ist Ihre Ehefrau?«

»Sie befindet sich in Padua.«

»In Padua?«

»Ja. Sie besucht eine Freundin dort.«

»Ich verstehe. Und das passte Ihnen gut, um sich einen schönen Abend zu machen?«

»Ganz und gar nicht.«

»Ganz und gar nicht? Wann sind Sie denn nach Hause gekommen?«

»Das weiß ich nicht mehr.«

»Wir haben die Information vom Nachtportier, der sagt,

dass Sie ungefähr gegen Viertel vor fünf hier eingetrudelt sind.«

Ich zuckte mit den Schultern. Inspektor Bruneri, der bisher regungslos vor dem Fenster gestanden hatte, räusperte sich plötzlich und hob meine Jacke hoch, die ich auf den Schreibtisch geworfen hatte.

»Ist das Ihre Jacke?«

»Ja, natürlich.«

Er hielt sie mit dem Zeigefinger am Aufhänger. Betrachtete mich mit ernster Miene ein paar Sekunden lang, bevor er seinem Chef einen Blick zuwarf. Dieser nickte wortlos, und Inspektor Bruneri begann die Jackentaschen zu untersuchen.

»Aha!«

Ich schluckte. Sah ein, dass ich ein Detail übersehen hatte.

»Chef, haben Sie mal einen Stift?«

Kommissar Agliotti reichte ihm einen Kugelschreiber, und Inspektor Bruneri fischte elegant die Pistole aus meiner Jackentasche, ohne sie zu berühren. Hielt die Waffe hoch und ließ sie an dem Stift schaukeln, der in dem Bügel um den Abzug steckte. Der Kommissar holte einen Zahnstocher hervor und schob ihn sich in den rechten Mundwinkel. Begann nachdenklich darauf zu kauen. Es vergingen fünf Sekunden.

»Und wie wollen Sie das kommentieren? Ist es für Sie üblich, bewaffnet herumzulaufen?«

»Ganz und gar nicht. Ich habe keine Ahnung, wie ...«

Plötzlich kamen nur noch die falschen Worte. Ich ließ meinen Blick einige Male zwischen den beiden Polizeibeamten hin und her wandern, versuchte irgendeine Art von Zeichen des Wohlwollens oder der Sympathie zu entdecken, doch es gab keine Gnade. Ich beschloss zu schweigen, das war besser, als die Situation noch weiter zu verschlimmern. Ich spürte, dass ich eine Weile in Ruhe und Frieden brauchte, um die Lage und die plötzlich entstandene Situation ordentlich analysieren zu können. Vielleicht brauchte ich auch ein paar Tabletten gegen die Kopfschmerzen, die sich langsam immer hartnäckiger bemerkbar machten.

Aber mich in Ruhe zu lassen, das stand offenbar nicht auf der Tagesordnung. Inspektor Bruneri ließ die Pistole mit einer äußerst routinierten Handbewegung in eine Plastiktüte gleiten, die er aus der Innentasche herausgezogen hatte. Der Kommissar wechselte das Standbein und räusperte sich. »Signor Z., es gibt Zeugenaussagen, die ein ganz anderes Bild davon geben, was Sie gestern Abend getan haben.«

»Tatsächlich?«, brachte ich heraus.

»Mr. Hemmelwaites Körper haben wir gefunden, aber den des Mädchens noch nicht. Es ist natürlich nur eine Frage der Zeit, aber wenn Sie Ihre Lage ein wenig verbessern wollen, dann sagen Sie uns, wo Sie sie hingeschafft haben.«

Ich starrte ihn stumm an, nicht ein Gedanke tauchte in meinem Kopf auf. Ich schloss die Augen und spürte, wie das Zimmer anfing zu schwanken.

»Hiermit nehme ich Sie fest wegen des Verdachts, den amerikanischen Staatsbürger Robert L. Hemmelwaite ermordet zu haben. Es ist meine Pflicht, Ihnen Ihre Rechte vorzulesen. Bitte nehmen Sie das Kissen vom Gesicht, versuchen Sie sich ordentlich zu benehmen, Signor Z.! Wir sind doch trotz allem zivilisierte Wesen. Oder etwa nicht? … Ach, also nicht? Na, das sollte mich eigentlich nicht verwundern. Inspektor Bruneri, darf ich Sie bitten … ja, genau so, ja. Danke. Ja, es ist wohl nicht verkehrt, wenn wir auch gleich die Handschellen anlegen … dass man um dieses pathetische Gehabe einfach nicht drum rum kommt.«

Das Polizeiboot wartete am Kai links von der Brücke. Als wir an Bord gingen, wandte eine kleine Gruppe Zuschauer schnell ihre Aufmerksamkeit von dem prachtvollen Doppelbett ab und richtete ihr blasiertes Interesse stattdessen auf uns. Ein

Polizeibeamter in Uniform stieg zuerst ein, anschließend ich und Bruneri, zusammengeschlossen am linken respektive rechten Arm, und zum Schluss Kommissar Agliotti. Der Himmel war grau in grau, wie ich registrierte, die Temperatur maß sicher nicht mehr als sieben, acht Grad. Meine Kopfschmerzen hatten sich inzwischen voll und ganz entfaltet. Einer der Taschenverkäufer winkte zum Abschied und zeigte ein breites Grinsen, ansonsten verzog keiner der übrigen Anwesenden auch nur eine Miene.

Ich wurde unter das dunkelgrüne Verdeck zwischen den Beamten und Bruneri gedrückt. Der Kommissar setzte sich uns gegenüber, schaltete das blaue Licht an und gab dem Fahrer ein Zeichen, abzulegen.

»Ich kann das erklären«, sagte ich. »Lassen Sie mich erzählen, wie es zugegangen ist …«

»Aber natürlich«, nickte der Kommissar. »Aber ich denke, es ist das Beste, wenn wir warten, bis wir nach Schiavoni kommen.«

»Aber …«

»Glauben Sie mir, Sie werden ausreichend Zeit haben, Ihren Text aufzusagen. Mehr als genug Zeit.«

Und genau in dem Moment entdeckte ich sie. Wir waren noch keine fünfzig Meter auf dem Fuseri gefahren, als ich plötzlich ein Paar sah, das sich gegen eine Hauswand drückte, einen jungen Mann in Lederjacke und mit Pferdeschwanz und eine junge Frau in einem rotschwarzgepunkteten Kleid mit dunklem Haar in Pagenschnitt. Hand in Hand standen sie da, und es gab keinen Zweifel; Patricias und mein Blick begegneten sich für den Bruchteil einer Sekunde, und während dieser unendlich kurzen Zeit begriff ich es. Plötzlich und unwiderruflich begriff ich alles.

Ich starrte sie an und versuchte zu rufen, doch dann verschwanden wir unter einer Brücke und das Bild wurde aus meinem Bewusstsein gelöscht, genauso schnell, als wischte man die Schrift von einer Tafel ab. *Ein Mann in Lederjacke und mit Pferdeschwanz …* und ich wusste plötzlich, dass man nur die Fingerabdrücke einer einzigen Person auf dieser Pistole finden würde, und dass …

… dass es eine ganz andere Geschichte von diesem amerikanischen Paar zu erzählen gab als die, die meiner Ehefrau und mir präsentiert worden war, eine Geschichte, deren Details sich bisher nicht in meinem Besitz befanden oder die ich mir zumindest nicht ins Gedächtnis rufen konnte, schon gar nicht mit diesem Eisenband, das sich langsam um meine Schläfen zog, aber ich hatte meine Schreibutensilien aus dem Hotel mitnehmen können, und der Kommissar hatte mir viel Zeit versprochen. Das würde sich regeln. Alles würde gut werden, plötzlich spürte ich, wie sich eine Ruhe in mir ausbreitete wie eine … wie eine kühle, weitgestreckte Wolke über meinem überhitzten Bewusstsein, geradezu ein Nebel, von dieser milchigen Sorte, die versöhnend und heilend wirken kann. Ich überprüfte, ob ich auch drei neue Stifte und genügend leere Seiten zur Verfügung hatte, ja, natürlich würde sich alles aufs Beste klären. Inspektor Bruneri zündete sich eine Zigarette an, äußerst elegant mit nur einer Hand, ein paar schwere Regentropfen fielen auf das Verdeck, und ich überlegte, dass ich bei dem bevorstehenden Verhör eine äußerst zurückhaltende Taktik einschlagen würde. Entgegenkommend, aber gleichzeitig die volle Integrität wahrend, genauso, wie sich ein guter Schriftsteller seinem Stoff und seinen Lesern gegenüber verhalten sollte.

Und wenn es mir erlaubt sein würde zu telefonieren – ich nahm doch an, dass man auch in der Stadt des Todes und der Seufzer ein derartiges Recht hatte, dann würde ich mich nicht für meine Frau oder einen Anwalt entscheiden, sondern für meinen Verleger.

Eine Novelle, vielleicht auch nur eine Novelletta.

Ich dachte an Proust. An Hemingway und Thomas Mann.

Das Boot bog um eine Ecke und wurde langsamer, Inspektor Bruneri warf seine Zigarette ins Wasser, ein schwarzer Hund stand bellend vor der Polizeipräfektur, und der Regen wurde stärker.

Erledigung einer Sache

Ich war früh losgefahren. An einem grauen Novembermorgen voller Nebel, der sich nicht heben wollte und Regenböen über die Heide trieb. Im Wirtshaus von Moines aß ich einen wässrigen Krabbensalat zum Lunch und schaffte es auch noch, mir die Soße über die Hose zu kippen. Ich versuchte, den Fleck mit Hilfe einer Serviette wegzureiben, die ich in die Selters tauchte, aber das Ergebnis war nicht besonders zufriedenstellend. Vielleicht hätte ich etwas anderes anziehen sollen und nicht gerade meinen Beerdigungsanzug, aber irgendetwas hatte mir gesagt, dass es, wenn man alles recht betrachtete, eigentlich genau um so etwas gehen würde. Um genau so eine Sache. Ich habe immer auf meine innere Stimme gehört, und außerdem hat meine Garderobe im Laufe der Zeit einen ziemlich traurigen Zustand erreicht.

Oben in den Bergen klarte das Wetter auf, sonderbarerweise, und als ich gegen vier Uhr auf dem Markt von K. den Wagen abstellte, brach die Sonne durch die Wolkendecke und ließ das Kupferdach des Rathauses erglühen. Ich genehmigte mir im Bahnhofscafé ein Bier und ein Sandwich, kaufte eine Abendzeitung und blieb eine ganze Weile dort sitzen, während ich mir vorzustellen versuchte, wie der Abend sich wohl gestalten würde. Ich erwog unterschiedliche Varianten, eine beunruhigender und schwer verdaulicher als die andere … Oder vielleicht ganz im Gegenteil. Vielleicht versuchte ich auch eigentlich meine Gedanken ganz und gar von dem Kommenden fern zu halten. Ließ alles auf mich zukommen, ganz einfach, ohne Voraussetzungen, ohne Befürchtungen oder Erwartungen. So im Nachhinein ist es natürlich schwer zu beurteilen. Ganz unmöglich und kaum von besonderem Interesse.

Eine gute Stunde später hatte ich von der weizenblonden Kellnerin in ihrem charmanten Süddialekt genaue Hinweise erhalten, wie ich meinen Weg fortsetzen sollte, und ich begab mich auf die letzte Etappe: einen engen, kurvenreichen Weg, der direkt die Berge hinaufkletterte. Eine Haarnadelkurve löste die nächste ab; mir begegnete kein einziges Fahrzeug, ich sah keinen Menschen und kein Haus, bis sich endlich mit einem Mal das düstere Gebäude vor mir auftürmte. Dichter Nadelwald und schroffe Klippen umgaben es von allen Seiten, aber die schwarzen Schmiedeeisengitter in der Mauer standen offen, und ich konnte bis zum Eingang fahren. Dort stieg ich aus dem Wagen und streckte mich. Eine Krankenschwester mit weißer Haube trat auf die Treppe hinaus. Mit dem Fuß verscheuchte sie eine gestreifte Katze, die auf der untersten Stufe lag, und begrüßte mich.

»Herr Adler?«

»Ja.«

»Bitte, kommen Sie.«

Sie hielt die Tür auf und musterte mich über den Rand einer grau getönten Halbbrille. Wir gingen nach rechts und kamen in ein Büro, einen hohen, engen Raum mit schweren Damastgardinen vor dem Fenster, dessen Wände mit Bücherregalen bedeckt waren. Sie setzte sich hinter einen wuchtigen Schreibtisch und deutete mir an, mich doch auf einen der Stühle ihr gegenüber zu setzen.

»Mein Name ist Schwester Meijskens. Ich bin die Leiterin des Pflegediensts. Sie sind gekommen, um Ihren Vater zu sehen?«

Ich nickte.

»Leider bin ich im Augenblick gerade ziemlich beschäftigt. Es ist auf einer der Abteilungen ein kleines Missgeschick geschehen, um das ich mich kümmern muss ... ich zeige Ihnen am besten gleich den Besucherraum, dort können Sie dann warten, bis es soweit ist.«

»Ich hoffe, es macht Ihnen nicht zu viel Mühe. Sonst würde ich ...«

»Ganz und gar nicht. Wenn ich recht verstanden habe, haben Sie Ihren Vater bis jetzt noch nie gesprochen ...?«

»Ja, das stimmt.«

»Darf ich Sie dann darauf hinweisen, dass Herr Adler eine ziemlich gebrechliche Konstitution hat. Er verfällt bei starken Gemütserschütterungen schnell in Depressionen und Zwangsgedanken. Wir haben ihn ja jetzt bereits seit fünfundzwanzig Jahren bei uns, deshalb denke ich, ich weiß, wovon ich rede.«

»Ich verstehe.«

»Man kann sich leicht von seinem ruhigen, gefassten Auftreten täuschen lassen. Ich will es mal so sagen: Sein Inneres stimmt mit seinem Äußeren nicht überein. Nun ja, Sie haben sicher auch schon über die Situation nachgedacht.«

Ich nickte.

»Aber ich kann doch mit Doktor Weiss vorher sprechen, oder?«

»Ja, natürlich.« Sie stand auf. »Wenn Sie so gut wären, mir jetzt zu folgen, dann zeige ich Ihnen das Besucherzimmer. Doktor Weiss kommt, so schnell er kann.«

Durch eine Hintertür des Büros betraten wir einen leicht abschüssigen Gang, der zu einem großen Zimmer im Souterrain führte. Dort verließ sie mich, und ich nahm an einem runden Tisch Platz, auf dem Zeitschriften und Bücher lagen, eine Wasserkaraffe und Gläser standen sowie ein Aschenbecher mit Streichhölzern. Mit einer gewissen Erleichterung griff ich in meine Tasche und zog eine Zigarette heraus.

»Doktor Weiss?«

Wir begrüßten uns, und er setzte sich auf die andere Tischseite.

»Bitte entschuldigen Sie, dass Sie warten mussten. Es gab da einen kleinen Zwischenfall in einer der Abteilungen…«

»Ich habe davon gehört.«

»Sie sind hier, um Ihren Vater zu sehen…«

»Ja… ich hoffe, Sie haben meinen Brief gelesen und sind dadurch schon etwas über die Umstände informiert?«

»Ja, natürlich.«

Er lachte und klopfte mit der Hand auf seine Innentasche, als wollte er zeigen, dass er das Ganze parat hatte. Ich betrachtete ihn einige Sekunden lang, einen ziemlich stattlichen Mann in den Sechzigern mit graumeliertem, dichtem Haar und einem gepflegten Bart. Ein distinguiertes Gesicht mit scharf geschnittener Nase und einem Vertrauen einflößenden Blick hinter einer Brille mit Metallbügeln.

»Bitte schön«, sagte er immer noch lächelnd. »Ich nehme an, Sie haben da so einiges auf dem Herzen?«

Ich zündete eine neue Zigarette an und begann. »Ich muss mich entschuldigen, dass ich Ihre Zeit in dieser Form beanspruche, aber es geht darum, dass ich jemanden in dieser Angelegenheit um Rat bitten muss…«

»Ich verstehe. Nehmen Sie sich nur die Zeit, die Sie brauchen.«

»Natürlich muss ich selbst entscheiden, was ich machen soll, aber es würde mir sehr helfen, wenn ich meine Gedanken zunächst einem Menschen gegenüber ausdrücken könnte, der ihn ein wenig kennt…«

Er nickte. Holte eine Pfeife aus der Jackentasche und stopfte sie.

»Nun ja, die Situation ist vollkommen neu für mich«, fuhr ich fort. »Schließlich weiß ich erst seit zwei Wochen überhaupt von der Existenz meines Vaters oder… den Umständen um meine Geburt. Erst zwei Stunden vor ihrem Tod hat meine Mutter mich zu sich gerufen und mir die ganze Geschichte erzählt … ja, das habe ich Ihnen ja schon in dem Brief geschrieben … sie litt an der Klimkeschen Krankheit, war das ganze letzte Jahr ans Bett gefesselt, und als sie spürte, dass es zu Ende ging …«

»… da beschloss sie, ihr Gewissen zu erleichtern?«, führte der Arzt den Satz zu Ende und zündete seine Pfeife an.

»So ungefähr, ja. Verzeihen Sie, aber vielleicht sind Sie ja schon informiert?«, kam mir der Gedanke. »Hat er es Ihnen schon erzählt?«

Er schüttelte den Kopf. »Kein Wort. Hat alles in sich verschlossen, genau wie immer. Wenn Sie so gut wären und jetzt zur Sache kommen könnten, ich bin ganz Ohr.«

Ich nickte und fing noch einmal an. »Also, ich bin wie gesagt in Linden geboren, draußen an der Küste. Das einzige Kind und unehelich. Meine Mutter hat nie wieder geheiratet, hat bis zu ihrem Tod in dem gleichen Haus hinter der Schule in Willby gewohnt … in meinem Geburtshaus. Mein Vater und meine Mutter haben zwei Jahre nach meiner Geburt geheiratet. Mein Vater kam aus Linden, er hat dort als Inspektor bei der Eisenbahn gearbeitet … was natürlich diverse Reisen mit sich brachte; meist waren das Unternehmungen von zwei, drei Tagen, und dann musste er in anderen Orten übernachten … ja, so habe ich es jedenfalls verstanden. Wie dem auch sei, so hatte mein Vater einen drei Jahre jüngeren Bruder, eine etwas charakterlose Person, die am liebsten von der Hand in den Mund lebte, wie man so sagt … aber mit einem auffallend eleganten Äußeren und viel Glück bei den Frauen.

Entschuldigen Sie, wenn ich etwas altmodisch klinge, aber ich zitiere eine Person, die ihn kannte; ich habe etwas in der Richtung geforscht, auch wenn es hektische Tage waren … Jedenfalls heißt er Bernard, dieser Bruder, und obwohl er schon über zwanzig war, wohnte er immer noch bei seinen

Eltern. Der Vater war beim Militär und nicht besonders begeistert von dem Lebenswandel seines jüngeren Sohnes …«

»Das, was Sie mir da berichten, haben Sie also erst vor kurzem erfahren?«, unterbrach mich Doktor Weiss.

»Ja. Ich weiß es seit zwölf Tagen. Während meiner ganzen Kindheit … während meines ganzen Lebens … war ich überzeugt davon, dass mein Vater als Marineoffizier bei einem Unglück vor Portugals Küste gestorben ist, einige Monate vor meiner Geburt.«

Doktor Weiss legte seine Pfeife auf den Tisch.

»Aber?«

»Stattdessen hat er sich also hier befunden. Nachdem er sieben Jahre im Staatsgefängnis von Würgau gesessen hat, ist er wegen einer unheilbaren Krankheit hierher verlegt worden … Melancholie und chronische Depressionen, wenn ich es richtig verstanden habe?«

»Ungefähr, ja.«

Ich zögerte kurz, aber die Augen des Doktors waren unbeweglich.

»Was wirklich kurz vor meiner Geburt passiert ist – mein Vater hat seinen Bruder in einem Anfall von Eifersucht ermordet.«

Doktor Weiss strich sich mit der Hand über seinen kurzen Bart.

Draußen auf dem Hof war ein Auto zu hören, das über den Kies fuhr. Ich goss mir ein wenig Wasser aus der Karaffe ein und bemerkte, dass meine Hand zitterte.

»Ermordet?«

»Ja. Offenbar hat er eine Zeit lang den Verdacht gehabt, dass meine Mutter und Bernard ein Verhältnis miteinander hatten … was vor allem vor sich gegangen sein soll, wenn er auf Dienstreise war. Das war natürlich ein schrecklicher Verdacht … und dann ein schreckliches Verbrechen.«

Doktor Weiss sah einen Augenblick lang unsicher aus.

»Wie hat er es gemacht?«

»Er hat ihn erwürgt.«

»Sind Sie sich da ganz sicher?«

»Ja. Gibt es darüber etwas in Ihren Unterlagen?«

Er schüttelte den Kopf.

»Nein. Wir wollen gar nicht immer alles wissen. Aber vielleicht steht es wirklich irgendwo, ich selbst arbeite ja erst seit zehn Jahren hier …«

Ich nickte. Räusperte mich und fuhr fort. »Auf jeden Fall hat meine Mutter mir erzählt, dass sie in einer Oktobernacht ein paar Monate vor meiner Geburt aufgewacht ist und gesehen hat, dass das Bett meines Vaters leer war. Sie hörte Lärm aus dem Erdgeschoss, und kurz darauf tauchte er im Schlafzimmer wieder auf. ›Jetzt ist er tot‹, sagte er. ›Jetzt habe ich ihn mit meinen eigenen Händen erwürgt.‹ Dann ist er ins Bad gegangen und hat sich sorgsam gewaschen … meine Mutter traute sich nicht, irgendetwas zu tun, aber am nächsten Morgen wurde Bernard tatsächlich ermordet in seinem Elternhaus gefunden. Mein Vater wurde wenige Stunden später festgenommen, und er hat sofort alles gestanden.«

Ich machte eine Pause. Zündete mir eine Zigarette an und betrachtete den Dressingfleck auf meiner Hose. Doktor Weiss lehnte sich auf seinem Stuhl zurück und schob seine Hände in die Taschen seines weißen Kittels.

»Eine schreckliche Geschichte«, konstatierte er.

Ich nickte.

»Es war bestimmt richtig von Ihrer Mutter, Ihnen die Wahrheit vorzuenthalten … so lange wie möglich, meine ich.«

Ich dachte nach.

»Kann sein«, sagte ich. »Aber sie muss doch gewusst haben, dass sie letztendlich gezwungen sein würde, es mir zu erzählen.«

Doktor Weiss schaute zur Decke.

»War sie wirklich gezwungen?«, fragte er.

Ich gab ihm nicht sofort eine Antwort. Betrachtete ihn zunächst etwas verblüfft.

»Meine Mutter hat diese Geschehnisse ihr ganzes Leben lang mit sich herumgetragen, Doktor«, sagte ich. »Ich bin inzwischen zweiunddreißig Jahre alt, und ich bin mir sicher, dass sie niemals einen anderen Mann gehabt hat …«

»Was wohl verständlich ist«, sagte der Doktor und lachte kurz auf.

Ich drückte meine Zigarette aus.

»Wissen Sie, ob sie ihn mal besucht hat?«, fragte er.

»Zweimal. Beide Male während des ersten Gefängnisjahres. Er weigerte sich, sie zu empfangen … er war überzeugt davon, dass sie eine Affäre mit seinem Bruder gehabt hat und nicht nur das … auch dass ihr Sohn, das heißt ich, eine Frucht dieser Beziehung war.«

»Dass Sie also nicht von ihm sind?«

»Ja. Er weigerte sich nicht nur, sie zu sehen, er schickte auch ihre Briefe zurück … ungeöffnet und ungelesen … ich glaube, sie hat ein paarmal auch hierhin geschrieben, oder?«

Der Doktor nickte.

»Mit dem gleichen Ergebnis?«

»Ja. Er hat nie geantwortet.«

Irgendwo aus dem großen Haus waren aufgeregte Stimmen und ein rhythmisches Klopfen zu hören. Doktor Weiss nahm seine Brille ab, hauchte sie an und rieb sie mit einem Zipfel seines Kittels.

»Und Ihr … moralisches Dilemma?«, fragte er dann.

Ich setzte mich zurecht. Beugte mich vor und stützte meine Ellbogen auf den Tisch.

»Der letzte Wunsch meiner Mutter«, erklärte ich, »war, dass ich meinen Vater aufsuche und ihm erklären solle, dass all seine Verdächtigungen jeglicher Grundlage entbehren. Ihn davon zu überzeugen, dass niemals irgendwelche unerlaubten Kontakte zwischen ihr und Bernard vorgekommen seien … sie haben sich ein paarmal als Verwandte getroffen, als mein Vater weggefahren war, weil sie sich einsam fühlte und etwas Gesellschaft brauchte. Die Beziehung zu den Schwiegereltern war nicht die beste, und Bernard war fast der einzige Mensch, den sie kannte und an den sie sich wenden konnte. Er war freundlich, nett und er hörte ihr zu … mehr war nicht.«

Ich unterbrach mich und suchte nach einer neuen Zigarette. Der Aschenbecher auf dem Tisch quoll zu dem Zeitpunkt bereits fast über, und ich spürte, wie ich mich nach frischer Luft sehnte. Obwohl es sich ja bis jetzt nur um die Präludien gehandelt hatte; aber vielleicht konnte ich es schaffen, vor der eigentlichen Konfrontation noch einmal hinauszukommen?

Der Doktor sagte nichts. Er rieb weiter an seiner Brille herum.

Ich fuhr fort: »Ich habe ihr also auf dem Totenbett versprochen, dass ich das meinem Vater erklären würde. Ihn dazu bringen würde, zu verstehen, dass seine Ehefrau ihn niemals betrogen hat und dass ich sein Sohn bin. Das war ihr letzter und ausdrücklicher Wunsch. Zwei Stunden später war sie tot.«

Der Doktor schob seine Brille wieder auf die Nase und zwinkerte ein paarmal.

»Das freut mich«, sagte er nach einer Weile. »Mir ist schon klar, dass das alles für Sie sehr aufwühlend sein muss, aber zweifellos haben Sie einen sehr guten Grund herzukommen … für eine gute Sache …«

Er lachte wieder.

»… Sie sind also hergekommen, um Ihren Vater zu treffen, von dem Sie bisher gar nicht gewusst haben, dass er existiert. Und er bekommt einen Sohn, von dem er nicht geglaubt hat, dass es seiner ist … ich muss sagen, ich kann gar nicht sehen, wo da das Problem liegt.«

»Das Ganze hat einen Haken«, sagte ich.

»Tatsächlich?«

Er fuhr sich mit der Hand durch das dichte Haar und schaute mich fragend an.

»Meine Mutter war bis zur letzten Minute bei klarem Verstand«, erklärte ich. »Ich weiß nicht, ob Sie das Klimkesche Syndrom kennen?«

»So in etwa.«

»Kurz vor ihrem Ende rief sie mich noch einmal zu sich. Schickte die Krankenschwester hinaus und bat mich, ihr zuzuhören.«

Der Doktor hustete leicht.

»Sie nahm meine Hand und drückte sie fest, so fest, dass ich kaum glauben konnte, dass sie wirklich bald sterben sollte, und dann sagte sie: ›Du hältst das ein, was du mir versprochen hast?‹ ›Ja, natürlich‹, antwortete ich ihr. ›Du suchst ihn auf und erklärst ihm, dass du sein Sohn bist und dass ich nie jemanden außer ihm hatte?‹ ›Ja, das habe ich dir doch versprochen‹, sagte ich. ›Weißt du, das wird sein Leben retten. Sowohl sein vergangenes als auch das, was er noch vor sich hat. Das verstehst du doch, mein Sohn, oder?‹ Ich nickte und streichelte ihre Hand. Es entstand eine kleine Pause, während sie ein letztes Mal ihre Kräfte sammelte. Dann sagte sie: ›Aber trotzdem möchte ich, dass du weißt, dass er vollkommen Recht hatte. Bernard war dein Vater.‹ Dann schloss sie die Augen, ließ meine Hand los und zehn Minuten später war sie tot.«

Der Doktor sah plötzlich ganz blass aus. Er schluckte und suchte in seinen Taschen nach Pfeife und Tabak.

»Verstehen Sie jetzt?«

Er nickte. Erneut saßen wir schweigend da. Ich holte ein paarmal tief Luft und betrachtete die blassen Aquarelle an der Wand hinter seinem Rücken. Ein paar ziemlich alltägliche Straßenmotive ohne besonderen Glanz oder auffallende Merkmale. Ein Telefon klingelte in einem nahe gelegenen Zimmer. Der Doktor schob seinen Stuhl zurück und stand auf. Er stellte sich ans Fenster und schaute in die Dunkelheit hinaus. Ich wartete ab.

»Und jetzt möchten Sie wissen, was Sie tun sollen?«, fragte er schließlich.

»Ja. Wenn Sie mir einen Rat geben könnten …«

»Ob Sie das Versprechen einhalten sollen, was Sie Ihrer Mutter gegeben haben … was Sie ihr auf ihrem Todesbett zugesichert haben. Oder ob Sie die Wahrheit sagen sollen?«

»Ja.«

Er schien ein paar Sekunden lang zu zögern. Dann wandte er sich mir zu und erklärte mit entschlossener Stimme: »Tun Sie genau das, was Ihre Mutter von Ihnen gewünscht hat. Vielleicht rettet es sein Leben, genau wie sie gesagt hat. Auf jeden Fall garantiere ich Ihnen, dass die Wahrheit ihn ruinieren würde … vermutlich ist es nur dieser dünne Faden der Hoffnung, der ihn die ganzen Jahre über am Leben gehalten hat. Ich kenne ihn ja ziemlich gut, und ich glaube, das kann ich mit ziemlicher Sicherheit behaupten. Er würde es nicht ertragen …«

»Aber …«

»Ihre Mutter hat mit der Wahrheit mehr als dreißig Jahre gelebt. Jetzt sind Sie dran. Sie werden erkennen, dass die Wahrheit eine schwere Last ist, und keiner kann sich ihrer entledigen!«

Er streckte mir die Hand entgegen und lachte sein abgehacktes Lachen.

»Sie müssen mich jetzt entschuldigen, aber die Pflicht ruft mich, Herr Adler. Vielen Dank für das interessante Gespräch. Vielleicht sehen wir uns ja einmal wieder.«

Nachdem er mich verlassen hatte, ging ich ans Fenster und versuchte hinauszusehen, aber dort stieß ich nur auf die Spiegelungen des Zimmers und die meines eigenen Gesichts. Die

Dunkelheit dort draußen schien kompakt und unbeweglich zu sein; ich sah an der Uhr, dass das Gespräch mehr als eine Stunde in Anspruch genommen hatte. Ich fühlte mich nach der Unterredung mit Doktor Weiss gleichzeitig erleichtert und ein wenig verwirrt. Vielleicht auch ein wenig enttäuscht darüber, wie einfach und fast oberflächlich er mein Problem aufgenommen hatte … aber mir war sofort klar, dass ich natürlich seinem Rat folgen musste. Ich schämte mich fast ein wenig dafür, dass ich es nicht allein geschafft hatte, diesen Entschluss zu treffen … aber schließlich waren die letzten Wochen voller Sorgen und Arbeit gewesen.

Ich setzte mich wieder an den Tisch. Blätterte unkonzentriert in einigen Zeitschriften und fühlte, wie eine neue Unruhe vor der Begegnung mit meinem Vater in mir wuchs … der doch nicht mein Vater war, sondern der Mörder meines Vaters … das hatte ich natürlich die ganze Zeit gewusst, mich mit den absurden Voraussetzungen jetzt mehrere Tage und Nächte beschäftigt, aber trotzdem schien die Diskussion mit Doktor Weiss die Konturen geschärft zu haben. Auf eine gewisse Weise war die gesamte Situation dadurch konkreter geworden, und das war ja wohl auch meine Absicht gewesen … ein neutraler, besonnener Richter, der das Problem mit unbelastetem Blick betrachten kann …

Es klopfte an der Tür, und plötzlich spürte ich meinen Puls in den Schläfen. Schwester Meijskens kam herein.

»Sie sind noch da?«, fragte sie überrascht.

Ich erhob mich halb.

»Ja …«

»Warum denn?«

»Ich … warte auf meinen Vater …«

»Wie bitte?«

»Auf Herrn Adler … ich warte darauf, dass ich mit ihm reden kann.«

Sie blieb mitten im Raum stehen und sah mich an. »Aber

Sie haben doch gerade mit Herrn Adler gesprochen. Ich habe ihn getroffen, als er von hier kam … Es tut mir leid, dass Doktor Weiss keine Zeit hatte, zu Ihnen zu kommen.«

»Ich …«

Aber weiter kam ich nicht. Wieder waren Schreie und Rufe irgendwo aus dem Inneren des Hauses zu hören. Für einen kurzen Moment schien es mir, als würde Schwester Meijskens schwanken. Das Bild ihrer weißen, kräftigen Gestalt zerrann wie ein Stück Fett in einer zu heißen Bratpfanne, und dann begann der Raum zu schwanken. Ich schloss die Augen und hielt mich an der Tischkante fest.

Als ich auf den Hof kam, hatte der Regen eingesetzt. Ein schwerer Dauerregen, der zweifellos bis in die Nacht anhalten würde. Ich stieg ins Auto, schaltete die Scheinwerfer gegen die Dunkelheit ein und fuhr vorsichtig durch das Tor hinaus. Ich warf keinen Blick in den Rückspiegel, schaute mich nicht um. Und ich hatte nicht das Gefühl, als würde irgendjemand meine Abfahrt beobachten.

Die Wildorchidee aus Samaria

1

Ich war nicht derjenige, der die Sache ins Rollen brachte. Der die Wildorchidee wieder ausgrub, soviel sei zumindest gesagt. Es war nicht meine Absicht, in keiner Weise. Das Leben steckt so voller beunruhigender und schrecklicher Ereignisse, dass es vollkommen ausreicht, daneben zu stehen und zuzusehen.

Ich weiß, wovon ich rede. In meinen neunundvierzig Jahren hier auf Erden habe ich nicht mehr als vier, fünf wichtige Entschlüsse gefasst, doch jedes Mal haben sie zu den unvorhersehbarsten Konsequenzen geführt. Also habe ich gelernt, mich rauszuhalten. Mit den Jahren habe ich es immer besser verstanden, allem auszuweichen, was in irgendeiner Art und Weise das Gleichgewicht und die Stabilität im Leben gefährden könnte, und zwar in meinem wie in dem anderer.

Verstehen Sie mich richtig. Gewisse Menschen können die erstaunlichsten Dummheiten begehen und fallen doch immer wieder auf die Füße. Was mich betrifft, so brauche ich nur ein wenig mit dem Auge zu zwinkern, und schon habe ich eine fünfundzwanzig Jahre währende Ehe und zwei Töchter am Hals. Nur so als Beispiel.

Ich wohne in Grotenburg. Meine Frau und meine Töchter auch, wenn auch nicht mehr unter dem gleichen Dach. Zwischen Hilde und Beatrice sind zweieinhalb Jahre Unterschied, doch ihre Hochzeiten lagen nur fünf Monate auseinander.

Beide Ereignisse liefen im letzten Winter vom Stapel, und zumindest Hilde ist schwanger. Obwohl ich erst in einem Jahr die fünfzig erreichen werde, bin ich auf dem besten Weg, Großvater zu werden.

Meine Gattin heißt Clara und liebt mich nicht mehr. Das hat sie vor nicht allzu langer Zeit zugegeben, vier Tage vor Anbruch der Sommerferien, und das war eigentlich der Startpunkt für alles. Ja, in gewisser Weise war es tatsächlich Clara, die den Stein ins Rollen brachte. Ich wasche meine Hände in Unschuld. Das tue ich immer, sobald sich die Gelegenheit bietet.

Wie schon gesagt, und das nicht ohne Grund.

Vielleicht hat sie mich überhaupt nie geliebt, und als ich an diesem Abend am Ägäischen Meer im Jahre 1972 mit dem Auge blinzelte, da hatte ich den Kopf mit allen möglichen Dingen voll, aber kaum mit einem Gedanken an Liebe.

Die wirklich heiße Flamme ist bei mir nur einmal entbrannt. Inzwischen ist das dreißig Jahre her, damals reagierte ich aus meiner Hitze heraus, und über die Folgen, die das mit sich zog, will ich berichten.

Darüber und über deren sonderbares, verspätetes Zusammenspiel mit dem Geständnis meiner Ehefrau ausgerechnet an diesem heißen, vielversprechenden Abend im Juni 1997. Dass sie mich nicht mehr liebe.

Ich ließ die Zeitung sinken und blieb eine Weile schweigend sitzen. Clara zupfte weiter an den Tomatenpflanzen, als hätte sie gar nicht gesagt, was sie soeben gesagt hatte. Einen Augenblick lang hatte ich das Gefühl, alles wäre nur Einbildung. Dass ich falsch gehört hatte.

»Willst du dich scheiden lassen?«, fragte ich dennoch.

»Ich denke schon«, sagte sie, ohne aufzusehen. »Jedenfalls möchte ich den Sommer für mich haben.«

»Hast du einen anderen?«, fragte ich.

»In gewisser Weise, ja«, antwortete sie.

Das erschien mir eine merkwürdig dubiose Antwort zu sein, und das erst recht, da sie von meiner Frau kam. Ich überlegte eine Weile, wer der Kerl wohl sein könnte, merkte aber bald, dass es mich eigentlich gar nicht interessierte, und las stattdessen lieber weiter in meiner Zeitung.

Nicht einmal zwei Stunden nach diesem Gespräch rief Urban Kleerwot an. Es mag natürlich merkwürdig erscheinen, dass er ausgerechnet an diesem Abend, als meine ein Vierteljahrhundert währende Ehe ein Ende fand, anrief, aber wie ich schon zu erklären versuchte: So läuft es nun einmal in meinem Leben – und so ist es immer gelaufen. Ein Ereignis zieht das andere nach sich, ganz einfach, es ist eine Art psychischer Magnetismus, von dem ich nicht weiß, wie man eigentlich zu ihm Stellung beziehen oder wie man ihn erklären soll. Also versuche ich es erst gar nicht.

»Henry Maartens?«

»Ja.«

»Hallo. Urban Kleerwot am Apparat. Erinnerst du dich an mich?«

Ich dachte nach und sagte dann, dass ich mich erinnerte.

»Lange her.«

»Ja, nicht gerade erst gestern.«

»Dreißig Jahre, wenn man genau ist.«

Er lachte. Ich hatte ihn nicht an seiner Stimme erkannt, aber sein Lachen erkannte ich wieder. Das hatte bereits während der Gymnasialzeit eine Urkraft in sich und schien sich mit den Jahren und Kilos noch veredelt zu haben.

Zwar hatte ich Urban seitdem nie wieder gesehen, aber wenn es etwas gibt, das in der Lage ist, eine beachtliche Gewichtszunahme zu entlarven, dann ist es ein Lachen.

»Wie geht es dir?«, wollte er wissen.

»Danke der Nachfrage«, antwortete ich. »Befinde mich in Scheidung, wie ich annehme, aber ich will nicht klagen.«

»Oh je«, sagte er. »Dann warst du also verheiratet.«

»Du triffst den Nagel auf den Kopf. Du nicht?«

»Keine Zeit gehabt.«

»Ach so. Und warum rufst du mich an?«

Er simulierte ein Husten, bevor er zur Sache kam.

»Du arbeitest doch als Schwedischlehrer?«

»Woher weißt du das denn?«

»Habe davon gehört.«

»Von wem?«

»Max. Ihr habt euch mal getroffen, hat er mir erzählt.«

Ich dachte nach und erinnerte mich, dass ich Max vor ein paar Jahren auf einer Buchmesse begegnet war.

»Ja, und?«

»Ich brauche ein wenig Hilfe. Du warst doch damals schon so ein verdammtes Sprachgenie, und das kann doch inzwischen nicht vollkommen versandet sein, oder?«

Ich antwortete nicht. Das roch so langsam nach Arbeit.

»Und was machst du?«, fragte ich stattdessen.

»Psychotherapie«, erklärte Urban. »Aber darum geht es nicht. Die Sache ist nämlich die, dass ich ein Buch geschrieben habe. Ehrlich gesagt, einen richtigen Knüller, aber ich brauche jemanden, der es sich einmal anschaut. Sprachlich und so.«

Daran hegte ich keinen Zweifel.

»Wo wohnst du?«, fragte ich.

»In Aarlach. Aber ich habe außerhalb von K. ein Häuschen. Ganz abgelegen direkt am See. Ich wollte fragen, ob wir dort nicht zusammen vielleicht ein paar Wochen im Sommer verbringen könnten. Ich komme für Kost und Logis auf. Du liest und korrigierst. Wir unterhalten uns über alte Zeiten. Ein Cognac und eine Zigarre. Vielleicht ab und zu angeln. Was hältst du davon?«

Ich überlegte zwei Sekunden lang.

»Wann?«, fragte ich.

»Je eher, desto besser. Von mir aus ab dem zehnten, ich muss vorher nur einige Arbeiten abschließen. Was meinst du?«

Ich schaute in meinen Kalender. Er war leer wie ein Karfreitag.

»Zwei Wochen ab dem elften«, sagte ich. »Das sind die Wochen, die ich frei habe.«

»Ausgezeichnet«, rief Urban Kleerwot und lachte wieder. »Also schon in einer Woche. Verdammt, das wird toll. Du warst nicht so oft in K., seitdem wir das Abitur gemacht haben?«

»Kein einziges Mal.«

»Ist das wahr? Du hast seit dreißig Jahren keinen Fuß mehr dorthin gesetzt? Wieso das denn nicht?«

»Das hat so seine Gründe«, erklärte ich.

»Du meinst … wegen dem, was damals passiert ist?«

Ich gab keine Antwort.

»Nun gut«, fuhr Urban nach einer Weile fort. »Ist ja auch egal. Vielleicht reden wir auch darüber.«

»Vielleicht«, sagte ich.

Wir tauschten unsere Adressen und Telefonnummern aus, dann legten wir auf. Ich blieb eine Weile in meinem Arbeitszimmer sitzen und dachte nach. Spürte, wie die Zeit, wie diese drei Jahrzehnte – mehr als die Hälfte meines Lebens –, fast zu einem Nichts zusammenzuschmelzen schienen.

Was ist das Leben eigentlich?, überlegte ich. Was wird aus all diesen Tagen?

Dann machte ich mir im Gästezimmer das Bett, ohne meiner Frau gute Nacht zu sagen. Es dauerte einige Stunden, bevor ich einschlafen konnte, und das, was mich dann bis in die Welt der Träume verfolgte, waren keine Gedanken an meine und Claras in Zukunft getrennte Wege, sondern was es wohl bedeutete, zum ersten Mal wieder Bekanntschaft mit K. und dem Pflaster zu machen, über das ich während meiner letzten

Teenagerjahre so oft gegangen war. In meiner Gymnasialzeit.

Das war alles in allem ziemlich beunruhigend, und mir wurde klar, dass ich unter keinen Umständen auf Urban Kleerwots Vorschlag eingegangen wäre, wäre da nicht der überraschende Vorstoß meiner Ehefrau früher am Abend gewesen. Ihre Äußerung, dass sie nicht länger mit mir zusammenleben wollte.

Wie gesagt, nicht ich war derjenige, der die Wildorchidee wieder ausgrub. Was ich hiermit noch einmal unterstreichen möchte.

2

Als ich mich am Samstagmorgen in aller Frühe auf den Weg machte – am Tag nach dem Schuljahresende –, war meine Frau noch nicht aufgewacht.

Zumindest nahm ich das an, es war natürlich andererseits möglich, dass sie nur so tat, als schliefe sie, um irgendeine Form peinlicher Abschiedsszenen zu vermeiden. Wir waren darin übereingekommen, die Situation erst im August zu diskutieren. Nach fünfundzwanzig Jahren Ehe zwischen zwei Schwedischlehrern sind nicht gerade Worte das Erlösende. Ich hatte ihr erzählt, dass ich plante wegzufahren, mehr nicht. Würde wahrscheinlich zur Mittsommernacht wieder zurück sein. Sie hatte gesagt, das passe ihr ausgezeichnet, da sie wiederum eine Reise für den 24. gebucht habe.

Sollten wir uns dennoch begegnen, dann höchstens für einen Tag.

Ich hatte bereits am Abend zuvor gepackt. Eine Reisetasche mit Wechselwäsche, ein halbes Dutzend Bücher und eine alte Spinnangel, die vermutlich sowohl antik als auch unbrauchbar war. Dennoch ging ich davon aus, dass ich damit ein wenig meinen guten Willen zeigen konnte.

Da das Treffen mit Urban Kleerwot erst für den Montag anberaumt war, ich aber so schnell wie möglich Grotenburg verlassen wollte, hatte ich telefonisch ein Zimmer im Hotel Continental in K. für zwei Nächte reserviert. Es war das einzige Hotel, an das ich mich noch aus den Sechzigern erinnern konnte, und als ich bei der Telefonauskunft anrief, stellte sich heraus, dass es tatsächlich immer noch unter dem gleichen Namen existierte. Ich hatte das Continental als ein ziemlich imposantes Gebäude aus der Jahrhundertwende in Erinnerung, direkt gegenüber dem Bahnhof. Ich hatte zweimal in seinem Speisesaal gegessen, beide Male in Gesellschaft meiner Eltern und meines Bruders, und beide Male mit dem Gefühl, mich in einer anderen Art von Welt zu befinden. Nicht gezwungenermaßen in einer besseren oder vornehmeren Welt als der normalen, einfach nur in einer anderen. Einer daneben existierenden.

Inwieweit das Continental dreißig Jahre später auf mich den gleichen Eindruck machen würde, war natürlich eine offene Frage, als ich an diesem schönen Junimorgen den Weg nach K. einschlug. Wir hatten in unserer Gegend einen späten Frühling gehabt, Traubenkirschen wie auch der Flieder blühten immer noch, und die offene Landschaft, die sich zu beiden Seiten der Autobahn ausbreitete, trug noch etwas von dem hauchdünnen Grün der Unschuld. Keine Sättigung, keine schwere Süße, nur ein Versprechen.

Dennoch war ich nicht in erster Linie auf Naturerlebnisse eingestellt, während ich so hinter dem Steuer saß und Richtung Süden rollte. Natürlich nicht. Ich dachte an K. An die Karlskirche. An das Restaurant Mefisto. An den Bach mit all seinen Brücken. An die Doggersche Lehranstalt und an meine vier Gymnasialjahre – die eigentlich hätten drei sein sollen, aber dank der unverwechselbaren heiklen Dinge dieser Zeit – Freiheit, Revolution, Popmusik, alles unausgegoren, samt dem verräucherten Existentialistencafé »Dreckiger Bulle« – einen unerwünschten Zuschlag erhielten.

Vier Jahre statt drei. Ich war fünfzehn, als wir nach K. zogen, ich war neunzehn, als ich von dort fortging. Mein Vater trat seinen Dienst als stellvertretender Postamtsleiter am 1. August 1963 an, es war nicht das erste Mal, dass wir umzogen, aber dieses Mal sollte es das letzte Mal sein. K. sollte unsere Stadt werden, die meiner Eltern, meine und die meines Bruders. Georg wurde am siebten sechs Jahre alt, pinkelte aber immer noch ins Bett. Meine Mutter meinte, das hätte etwas mit den Umzügen zu tun. Und die Umzüge hatten mit der Karriere meines Vaters zu tun. Seinem postalischen Aufstieg.

Auch wenn man im Postwesen arbeitet, muss man ja wohl nicht herumflattern wie eine Streifbandzeitung, meinte mein Onkel Arnt und geizte nicht mit Kritik.

Aber mit K. sollte es genug sein, so war der Plan. Die Postamtsleiterposition war angesehen genug, nach Höherem strebte er nicht.

Und so wäre es sicher auch gekommen – alle Zeichen deuteten in diese Richtung während dieser optimistischen Jahre mitten in den Sechzigern. Doch dann genas der eigentliche Postamtsleiter Strunke allen Prognosen zum Trotz von seiner alkoholbedingten Leberkrankheit, und im August 1966 war es an der Zeit, wieder die Sachen zu packen.

Und da weigerte ich mich. Im Laufe des vergangenen Jahres hatte ich meinen Lerneifer wiedergefunden, es fehlte nur noch ein Jahr bis zum Abitur, und in einer neuen Stadt in die Abschlussklasse zu springen, erschien mir aus guten Gründen unangemessen und einfach nur schrecklich. Ich glaube, es war der erste wichtige Beschluss in meinem achtzehnjährigen Leben. Es kostete einiges, doch zum Schluss willigten meine Eltern ein. Zuerst meine Mutter und drei Stunden später auch mein Vater. Ich bekam ein Zimmer zur Untermiete.

Die Wirtin hieß Kuntze und war die Witwe eines Schlachters, der ein Blutgerinnsel gehabt hatte. Das Haus hinter dem

Sportplatz unten in Pampas war ein wenig zu teuer geworden, deshalb vermietete sie Zimmer.

Ich bekam ein Giebelzimmer im oberen Stockwerk mit Blick auf einen alten Apfelbaum, eine Fichtenhecke und den allerobersten Teil des ziegelroten Schuldachs. Wenn ich das Fenster geöffnet hatte und in den Startblöcken stand, konnte ich das erste Läuten noch im Bett hören und trotzdem nicht mehr als vier Minuten zu spät kommen. Das war geradezu ideal.

In dem anderen Giebelzimmer wohnte Kellermann, ein introvertierter Optikergehilfe von irgendwas über dreißig Jahren und irgendwas über neunzig Kilo. Er bekam nie Besuch, beschäftigte sich mit Philatelie und Fernschach. Wir teilten uns Toilette und Badezimmer, aber das war auch alles.

Witwe Kuntze selbst hatte zwei heimtückische Katzen, einen Hörapparat der Marke Slingbolt, den sie nur am Wochenende benutzte, sowie einen Liebhaber namens Finckelstroh. Er pflegte einen Samstag im Monat auf einem schwarzen Motorrad zu kommen, blieb die halbe Nacht und war geheimnisvollerweise sonntagmorgens immer schon verschwunden.

Ansonsten interessierten mich diese mir physisch Nahestehenden nicht besonders, weder Kuntze noch Finckelstroh, Kellermann oder die Katzen. Es war das Ende meiner Jugend, ich ging in die Abschlussklasse in der Doggerschen und hatte natürlich edlere Interessen.

Wie beispielsweise Popmusik. Wie beispielsweise Politik und Poesie und Weltanschauungsfragen. Woher und wohin? Hellhound on my trail.

Wie beispielsweise Mädchen. Es war 1966, und die Röcke wurden immer kürzer. Es war nicht leicht, jung, picklig und flaumig im Gesicht zu sein, wahrlich nicht leicht. Die Begierde, ungezügelt und unbefriedigt, steigerte sich im Takt mit Unsicherheit und Unbeholfenheit. In meiner Schwedischklasse in der Doggerschen war die Geschlechterverteilung unausgewogen – dreiundzwanzig Mädchen und zwölf Jungen. Rund gesagt zwei Damen auf einen Herren also, doch was nützte das?

Nun hatte wohl der eine oder andere Beflaumte bereits damit begonnen, von der verbotenen Frucht zu kosten, aber für die meisten von uns stand das alles noch in den Sternen geschrieben. In dem engeren Kreis, in dem ich meistens verkehrte – Niels Bühltoft, Urban Kleerwot und Pieter Vogel – wurden zwar die Regeln der Kunst erörtert, das Kommunistische Manifest, die Situation auf Kuba und die deontologische Ethik, aber wie bei einer Frau eigentlich zur Sache gehen, das wussten wir nicht. Davon hatten wir keinen blassen Schimmer.

Vielleicht lag es in der Natur der Kleinstadt, einer Kleinstadt, die genauso prüde war wie ihre Gymnasiasten. Als meine letzten Ferien begannen, war ich in ein halbes Dutzend Mädchen aus der Klasse verliebt gewesen, hatte mit drei anderen Händchen gehalten und eine geküsst. Sie hieß Marieke und hatte eine ganz passable Rechte, die mich schnell wieder ernüchterte.

Mit anderen Worten: So betrüblich war die Lage. Das Weib war ein Mysterium. Trotz des Zeitgeistes. Trotz der Popmusik. Trotz der Lebensfragen. I can't get no satisfaction.

Es war ein herrlicher Tag, der erste Sommersamstag dieses Jahres, und ich nahm mir reichlich Zeit. Gönnte mir ein paar Stunden Ruhe mitten am Tag an einem der Seen vor Wimlingen, und erst gegen sieben Uhr abends fuhr ich durch das alte, gut erhaltene östliche Stadttor nach K. hinein.

Sofort spürte ich, wie ich auf den Grund der Zeit hinabsank.

Dreißig Jahre?, dachte ich. War es wirklich möglich, dass dreißig Jahre vergangen waren, seit ich diese engen, pastellfarbenen Häusergiebel über der alten Ladenstraße zum letzten Mal gesehen hatte? War es nicht gestern gewesen – oder letzte Woche jedenfalls –, dass ich hier gestanden und zugesehen hatte, wie das Wasser aus den vertrauten Bronzefigurinen des Springbrunnens auf den kopfsteingepflasterten Marktplatz rann? Und waren die jungen Mädchen, die Eis essend auf den Bänken vor dem Rathaus saßen, nicht einige meiner gleichaltrigen Schulkameradinnen?

Ein Blick in den Rückspiegel ließ mich wieder in die Tundra der Wirklichkeit zurückschnellen. Wir schrieben das Jahr 1997. Ich war neunundvierzig Jahre alt, hatte die Zeit der Pickel schon lange hinter mir gelassen, mir dafür aber Geheimratsecken angeschafft, Falten und Tränensäcke unter den Augen. Schrumpelhaut am Hals. *C'est la vie,* dachte ich und fuhr weiter durch den Tunnel, um auf der richtigen Seite der Eisenbahnschienen herauszukommen. *Ou peut-être la mort.* Alles hat seine Zeit, und jedes Ding seinen Platz. Junge Mädchen auf dem Marktplatz, reisemüde Männer mittleren Alters im Continental.

Das Mädchen an der Rezeption war rothaarig und trug einen Pferdeschwanz. Sie lächelte mit achtundvierzig tadellosen Zähnen, gab mir den Schlüssel für Nummer 39 und informierte mich darüber, dass noch bis elf Uhr im Speisesaal serviert werde.

Schließlich war es Samstag. Falls ich mir erst den Reisestaub abwaschen wollte.

Woraus ich den Schluss zog, dass ich nach Schweiß roch. Schnell bedankte ich mich, ohne sie anzuhauchen. Nahm meine Tasche und begab mich zum Fahrstuhl. Zehn Minuten später stand ich unter der Dusche und überlegte, warum um Himmels willen ich zwei Tage früher als nötig in dieses Kaff gefahren war.

Ich würde später noch Gelegenheit erhalten, auf diese Frage zurückzukommen.

Ich aß an diesem Abend im Hotel – Saltimbocca alla romana, um genau zu sein. Trug mich eine Weile mit Plänen für einen Spaziergang durch die Stadt vor dem Insbettgehen, dann liierten sich jedoch zwei Gläser schweren Weins mit meiner steigenden Müdigkeit und schickten mich ohne Pardon ins Bett. Ich hörte durch mein offenes Fenster, wie die Glocken der Karlskirche Viertel nach elf schlugen, an den Schlag zur halben Stunde konnte ich mich schon nicht mehr erinnern.

Offenbar hatte ich Frühstück aufs Zimmer bestellt, denn ich wurde am Sonntag um neun Uhr von der Rothaarigen geweckt, die mit einem gut gefüllten Tablett und einer Morgenzeitung hereinkam. Wieder zeigte sie alle ihre Zähne in einem fast konspirativen Lächeln, und einen Moment lang hatte ich das Gefühl, sie könnte etwas auf dem Herzen haben.

Aber ich war noch zu verschlafen, um irgendeine Form von Konversation zu beginnen, und sie verließ mich ohne weitere Kommentare als dem Wunsch, dass es mir schmecken und ich einen angenehmen Tag haben möge.

Nach Frühstück und Dusche eroberte ich die Stadt. K. Wanderte in dem alten Stadtkern herum, der im Vergleich zu den Sechzigerjahren erstaunlich unverändert schien. Krantzes Buchhandel lag dort, wo er immer gelegen hatte. Die Apotheke, das Polizeirevier, Grote Markt mit all den Tauben … alles schien es hier noch zu geben, genau wie es alles schon immer gegeben hatte und immer geben würde. Der »Dreckige Bulle«, das Existentialistencafé, war aber nur noch eine Erinnerung, das ganze Viertel war abgerissen worden, jetzt herrschten hier Glas, Beton und Postmodernismus. Boutiquen und Geschäfte.

Und die Doggersche. Dieser gotische Wissenskoloss. Zinnen und Türmchen. Das steil herabfallende Dach. Dohlen und schwarz brütende Fenster, mein Herz begann heftiger zu schlagen.

Das Wohnviertel Pampas – vom Doggerschen gesehen auf der anderen Seite des kleinen Flusses – sah auch noch ziemlich intakt aus, die unzähligen Reihen alter Holz- und Ziegelhäuser mit moosdurchsetzten Rasenflächen, Obstbäumen und Fliederhecken. Mein alter Apfelbaum blühte, dass es eine Pracht war, und ich spürte einen Kloß im Hals, als ich auf dem Bürgersteig stand und zu dem Giebelfenster mit den rotkarierten Gardinen hinaufschaute.

Hat sie seit dreißig Jahren die Gardinen nicht erneuert?, dachte ich. Lebt sie immer noch, die alte Kuntze, das kann doch wohl nicht wahr sein?

Ich bekam nie eine Antwort auf diese Fragen. Dieser herrliche Vorsommertag war auch so schon voller unerwarteter und rätselhafter Erinnerungsblitze, und als ich ziemlich spät am Nachmittag zum Continental zurückkam, war mein Kopf bis zum Bersten mit Eindrücken und Erinnerungen gefüllt, so dass ich mich gleichzeitig schwindlig und überreizt fühlte.

Was mich an der Rezeption erwartete, machte die Sache kaum besser. Die Rothaarige war gegen eine Bohnenstange von einem Jüngling mit Stoppelbart und Nasenring ausgetauscht worden. Er hielt mich zurück, als ich gerade in den Fahrstuhl steigen wollte.

»Verzeihung. Hier ist eine Nachricht für Sie.«

»Eine Nachricht?«

Er überreichte mir einen Umschlag mit dem Hotelemblem. Ich bedankte mich, stopfte ihn in die Tasche und fuhr hinauf zu meinem Zimmer.

Kleerwot, dachte ich und zog ein zweimal zusammengefaltetes Stück Papier heraus. Er ist natürlich verhindert. Der Tollpatsch. Doch dem war nicht so. Die Mitteilung war kurz und handgeschrieben. Ich starrte sie eine ganze Weile an.

Es wird Zeit, dass du zurückkommst. Ich lasse von mir hören.

Vera Kall

Ich setzte mich aufs Bett, um dem Schwindel entgegenzuwirken. Spürte einen leichten, aber deutlich zu schmeckenden Metallgeschmack auf der Zunge und fragte mich, wie zum Teufel eine Frau, die seit dreißig Jahren tot war, wissen konnte, dass ich nach K. zurückgekommen war.

3

Von meinen vier Doggerschen Jahren ging ich zwei in die gleiche Klasse wie Vera Kall – die letzten beiden. Der Grund war meine sogenannte Ehrenrunde im zweiten Jahrgang; eine wenig ehrenvolle Ehrenrunde natürlich, andererseits hatte ich in der Volksschule eine Klasse übersprungen, weil ich als frühreif angesehen wurde, was das Alter betraf, so war ich also am Ende des Gymnasiums auf einer Höhe mit meinen Klassenkameraden.

Ich habe bereits erwähnt, wie meine platonische Liebesflamme zwischen einer Handvoll von Mädchen in dieser Versammlung hin und her wanderte. Die Liebe ist ewig, der Gegenstand wechselt, so war es wohl, aber es gab einen Gegenstand, der blieb konstant. Vera Kall. Ich liebte sie ganz einfach vom ersten Augenblick an, und ich befand mich nicht allein in dieser misslichen Lage. Ich glaube, wir wurden alle gleich stark von ihr angezogen. Das ganze männliche Dutzend. Selbst jemand wie Carl Maria Erasmus van Tooth, der ansonsten ein wahrer Bücherwurm war und nur für literarische Gestalten schwärmte.

Dass meine engsten Verbündeten – Urban Kleerwot, Pieter Vogel und Niels Bühltoft – Vera Kall anhimmelten, das wusste ich genau. Wir hatten nicht nur einmal im Dreckigen Bullen über diese Sache geredet. Dass Niels ihr verfallen war, war für alle nur zu offensichtlich; er brachte kein vernünftiges Wort heraus, sobald Vera sich in seinem Blickfeld befand. Wenn er während des Unterrichts etwas vorlesen oder erklären sollte, war er gezwungen, ihr demonstrativ den Rücken zuzuwenden, um nicht stottern zu müssen. Jeder hat sein Päckchen zu tragen.

Pierre Borgmann und Thomas Reisin, denen der Ruf anhing, ein bisschen weiter entwickelt zu sein als wir anderen, hatten beide – jeder für sich – versucht, sich Vera mit einem eher südländischen, männlichen Touch zu nähern. Doch zur Erleichterung aller waren sie freundlich, aber bestimmt abgewiesen worden.

Vera Kall lief nicht mit Jungs herum. Und schon gar nicht mit solchen Jungs. Vera Kall war nicht aus diesem Holz geschnitzt. Ob sie das vielleicht akzeptieren konnten?

Das konnten sie nicht, mussten es aber.

Doch, wir liebten sie wirklich alle. Und vielleicht waren wir in unserem Innersten dankbar dafür, dass sie nicht nachgab und sich für einen von uns entschied. Lieber dem bewundernden Dutzend angehören, der schmachtenden Herde, und seine Sehnsucht und sein Schicksal auskosten.

Lieber keiner von uns als ein anderer als ich. Ich glaube, so dachten wir. Dass ich selbst so dachte, das weiß ich natürlich genau.

Urban auch. Pieter und Niels ebenso.

Denn Vera Kall war eine Offenbarung. Eine Göttin in Frauengestalt. Es ist nicht in Worte zu fassen und dennoch … Ihr Haar, dunkel und dicht wie die Nacht, ihre mandelförmigen Augen, ihr Lächeln und diese unwiderstehliche Zwei-Millimeter-Lücke zwischen den Schneidezähnen. Ihr schlanker Körper und ihre geschmeidige Art, geradezu durchs Leben zu gleiten, lässig und frei wie ein geschicktes Pantherweibchen, sie war eine Symphonie. Oder ein Sonett. Oder was auch immer. Vollkommen natürlich und sich in keiner Weise all dieser

Perfektion bewusst, die sogar eine Doppelstunde in Latein mit Studienrat Uhrin wie einen verklärten Schimmer dahinfließen lassen konnte. So war sie, die Wildorchidee.

»Schickt Vera Kall in die Generalversammlung der UNO«, schlug Niels Bühltoft bei einer Gelegenheit vor, »und wir werden innerhalb einer halben Stunde Frieden auf Erden haben. Oder einen Weltkrieg.«

Vermutlich hatte er damit Recht.

Vermutlich hatte auch Uhrin Recht, wenn er seinen Blick nicht von Vera abwenden konnte, während er den letzten Spruch in der letzten Doppelstunde am letzten Freitag im April 1967 betrachtete: *Quem di diligunt adolescens moritur.*

Wen die Götter lieben, den lassen sie jung sterben.

Die Unerreichbarkeit tat natürlich das ihre. Vera Kall war keine, die zum Tanzen ausging. Vera Kall hing nicht neben der Jukebox im Existentialistencafé der Dreckige Bulle und rauchte zerknitterte Lucky Strikes. Vera Kall stand nicht vor der Bühne in der Grottan und wiegte sich im Takt, wenn die Popgurus der Stadt ihre mittelmäßigen Interpretationen von *Satisfaction, My Generation* und *Do-Wah-Diddy-Diddy* vortrugen. Und wenn man *I Saw Her Standing There* spielte, war sie nie diejenige, die man dort stehen sah… höchstens im hintersten Raum der eigenen Phantasie.

Und sie nahm auch nicht an Treffen oder Klassenfesten in den zufällig elternfreien Häusern teil, wo wir uns mit getrockneter Bananenschale in Maispfeifen high zu rauchen und mit unreifem, halbgegorenem Kirschwein zu betrinken versuchten, der schmeckte, als hätte er bereits ein oder zwei Verdauungssysteme durchlaufen. Igitt, das reinste Rattengift, Bühltoft war derjenige, der die Ware immer aus dem Keller seines Vaters zu klauen pflegte.

Nein, Vera Kall hielt sich daheim.

Ihre Eltern hielten sie daheim.

Letztere Annahme war die wahrscheinlichste, zumindest wurde das in engeren Kreisen so gesehen. In meinen Kreisen. Sie war Einzelkind, ihr Zuhause lag am Ende der Welt – draußen im Wald genau gesagt – in der Gegend von Kerran und Maalby. Der Vater, Adolphus Kall, war Pfarrer der Gemeinde der Aronsbrüder, bekannt für ihre strengen, teilweise geradezu alttestamentarischen Lebensregeln. Und umso desinteressierter an allem anderen. Halt eine dieser Sekten, von denen es zu dieser Zeit in K. und Umgebung so einige gab; die Gegend war bereits seit dem 19. Jahrhundert bekannt für ihre Freidenkerei, und so war es noch immer.

Dass Adolphus Kalls Tochter auf Tanzböden, bei Popkonzerten oder obskuren Gymnasialfesten herumhüpfen würde, das war natürlich weit hinter dem Horizont des Erwartbaren. So war die Lage. Sie schien auf irgendeine finstere Art das Schicksal mit zu bestimmen.

Und die Schönheit reifte, und die Anziehungskraft wuchs.

»Das ist doch einfach zu blöd«, meinte Pieter Vogel. »Das ist, als würde man einem Verdurstenden in der Wüste die Niagarafälle zeigen. Wie ein Sonnenaufgang im Radio, ich werde mich noch kastrieren.«

Unsere Metaphern waren meistens nicht besonders fantasievoll.

Weder die von Pieter Vogel noch die der anderen. Vielleicht höchstens die von Studienrat Uhrin.

Quem di diligunt…

Eine Prophezeiung mit einer einen Monat langen Zündschnur.

Die Wildorchidee.

Und es war auch Pieter Vogel, der sie so taufte, aber das hatte nichts mit Metaphern zu tun. Der Name stammte von einem alten Detektivroman von Richter-Frich, wenn ich mich recht erinnere, den er zwar nicht gelesen hatte, den er aber zusammen mit zehn anderen für lächerliche zwanzig Kronen in Willmotts Antiquariat erstanden hatte.

Die Wildorchidee von Samaria also, denn Samaria hieß der Kallsche Hof. Es gab viele Höfe und Gebäude mit biblischen Namen in der Gegend um K. Jerusalem. Kanaa. Kapernaum. Eine der größten und berüchtigtsten Schweinefarmen lag in Bethlehem. Wenn es Unser Herr gewollt hatte, dass seine Gegenwart allgegenwärtig ist, dann schien er das in höchstem Grade in unserem abgelegenen Landesteil durchgesetzt zu haben.

In dieser abgelegenen Zeit.

Pieter Vogels Idee wurde nicht zum durchgängigen Namen für Vera Kall. Wir benutzten ihn nur ab und zu im engeren Kreis, aber irgendjemand muss ihn vor irgendeinem Journalisten ausgeplaudert haben, denn als die Zeitungen anfingen, davon zu schreiben, wurde sie genau so genannt. Die Wildorchidee aus Samaria.

Und wenn man ihr schönes, etwas geheimnisvolles Gesicht auf allen Fotos sah, wurde einem sofort klar, dass es wirklich ein passender Name war.

Doch ich greife den Ereignissen vor.

Die Austeilung der Abiturzeugnisse war in diesem Jahr auf den 29. Mai festgesetzt worden. Zwei Tage vorher, am Donnerstag, dem 27., wurde die traditionelle Abiturfeier abgehalten. Traditionsgemäß fand sie in den Limburger Speisesälen statt, einem ehrwürdigen Etablissement mit unendlich viel Stuck, Gesimsen und trüben Kronleuchtern – sowie der Erfahrung ähnlicher Begebenheiten seit dem frühen 13. Jahrhundert oder so.

Im Prinzip gliederte sich das Programm in drei Teile.

Zuerst die langsame Ankunft im neuen Abituranzug beziehungsweise Abiturkleid. Das Trinken sprudelnder Getränke in dem großzügigen Foyer mit Säulen aus schwarzem Granit und fünfreihigen Treppen in poliertem Pommerschem Stein hinauf zu dem imposanten Speisesaal. Geistreiche Konversation zwischen Lehrern und Schülern, an diesem außergewöhnlichen Abend stand man das erste Mal auf einer Art gleichberechtigtem Fuß mit seinen Mentoren und Quälgeistern, und hoffentlich auch zum letzten Mal.

Nach dieser etwas angsterfüllten halben Stunde begann das sich lange hinziehende Essen selbst, bei dem die Abiturienten so gut es ging neben irgendwelche Pädagogen platziert wurden und sich auf diese Art und Weise in der Kunst des Tischgesprächs üben mussten, nicht zu kleckern, nicht im Übermaß von dem Wein zu trinken, Vater, Mutter und Schule zu ehren sowie sich insgesamt wohlerzogen zu benehmen. Man sprach nicht über Vietnam und nicht über die Lage in Gaza, verdammt noch mal, da war Gott vor.

Drei Gänge, Kaffee avec sowie eine unendliche Reihe von Reden. *O Jerum* und der Duft blühender Obstbäume durch die geöffneten Fenster. Abiturslieder und *Siehe den Jüngling* und ein gottbegnadeter Abend von der ganz großen Sorte.

Als Drittes gab es Tanz und Getränke an der Bar. Die Doggersche Schulband spielte, eine Mischung aus Jazz und harmloser Popmusik war ihr Repertoire. Die Hollies und so. Abrundung gegen ein Uhr, Deadline eine Stunde später. Es wurde erwartet, dass das Kollegium sich bereits beim Aufbruch vom Tische verabschiedete, dieses Jahr wie jedes Jahr.

Dieses Jahr wie jedes Jahr war der Zustrom gut. Fast hundertprozentig, sowohl unter den Älteren als auch unter den Jüngeren. Sogar der moosbehauptete alte Studienrat Krüggel, der sich während seines eigenen Unterrichts selbst kaum wach halten konnte, fand sich ein. Und sogar der zweifache Studienrat Bisserman, von dem es hieß, er sei sowohl homosexuell als auch Alkoholiker.

Und sogar die Wildorchidee.

Zweiundvierzig Lehrer und Lehrerinnen, um genau zu sein, ein Rektor magnificus Laugermann, einhundertsechsundneunzig Schüler und Schülerinnen

Einhundertsechsundneunzig hoffnungsvolle Abiturienten und Abiturientinnen, eine knospende Schülerschar auf dem Weg hinaus ins Leben. Eine von ihnen war auf dem Weg aus dem Leben.

Sie war an diesem Nachmittag wie üblich früh mit dem Fahrrad gekommen. Im Winter fuhr man auf dem Land mit dem Bus, aber im Sommer war das Veloziped angesagt. Kleidung, Schuhe und Accessoires in einer Papiertüte auf dem Gepäckträger. Dusche und Vorbereitung wie üblich bei der Freundin Claire Mietens, wohnhaft im Deijkstraa-Viertel. Dann gemeinsam ins Limburger, Festivität und Heimkehr. Es war nicht ausgemacht, dass Vera bei Mietens schlafen sollte, auch wenn das eine einfache Sache gewesen wäre.

Einfach für die Familie Mietens ist damit gemeint, nicht für Vater Adolphus. Vera Kall sollte zu Hause schlafen. Sie sollte nach Samaria radeln, wenn alles in Limburg überstanden war. Gut zehn Kilometer durch die Wälder in der Sommernacht, das war kein Grund, um sich aufzuregen. Gott hält seine Hand über die Seinen und schützt sie …

Es wurde viel genau darüber geschrieben.

Über die unangemessene und veraltete Einstellung der Aronbrüder gegenüber der Jugend und der Moral. Über Pastor Adolphus' verantwortungslose Forderung. Ein junges, hübsches Mädchen allein mitten in der Nacht durch den Wald fahren zu lassen. War das etwa klug? War das christlich?

Was war das anderes als ein Zeichen, als es schließlich kam, wie es kommen musste?

In dieser Art schrieben die Zeitungen, obwohl doch im Grunde genommen niemand wusste, wie es sich zugetragen hatte. Außer eventuell der Herr, und falls dem so war, schwieg er.

Es wurde geschrieben und untersucht. Denn Vera Kall wurde seit dieser Nacht nie wieder gesehen. Sie nahm am Frühling der Jugend gemeinsam mit ihren einhundertfünfundneunzig Mitschülern und Mitschülerinnen teil. Am 27. Mai 1967. Trank prickelnde Getränke und unterhielt sich auf der Treppe. Saß bei Tisch. Aß ihre drei Gänge, hörte den Reden zu, sang die Lieder mit, verbreitete Glanz auf dem Fest, besonders was ihren Tischherrn betraf, den Studienrat Lunger, doch in der Pause zwischen dem Essen und dem Tanz verschwand sie.

Irgendwann in diesem Zeitabschnitt. Laut polizeilicher Untersuchungen und Überlegungen verließ die Wildorchidee aus Samaria die Abiturfeier kurz nach 23 Uhr. Kurz vor diesem Zeitpunkt sah sie die letzte Zeugin – eine gewisse Beatrice Mott – auf der Damentoilette; die letzte von insgesamt 251 Zeugen (Servierkräfte mit eingerechnet), welche die Polizei von K. (verstärkt durch ein halbes Dutzend Landesbeamte) in den ersten Juniwochen 1967 verhörte.

Verhörte, verhörte und immer wieder verhörte. Ein, zwei und auch dreimal.

In den Minuten nach 23 Uhr also (höchstwahrscheinlich kurz danach, da Vera Kall ein Mädchen war, das Aufmerksamkeit hervorrief) verließ sie die Limburger Speisesäle, sie holte ihr Fahrrad aus dem Fahrradständer unter der Kastanie draußen auf dem Hof, radelte hinaus in die Sommernacht und verschwand spurlos.

Das wusste man bereits am folgenden Abend. Man wusste es nach einem Monat, und man wusste es auch dreißig Jahre später.

Ich schreibe bewusst »man«. Das hat seine Gründe.

4

Am Montagmorgen kam die Rothaarige nicht mit einem Tablett, also aß ich stattdessen Frühstück im Speiseraum. Ganz gegen meine Gewohnheiten trank ich zwei Tassen schwarzen Kaffee. Ich hatte in der Nacht unruhig geschlafen, wahrscheinlich auch so einiges geträumt, aber nichts, was sich wieder ins Gedächtnis rufen ließe. Überhaupt kann ich mich nur selten an meine Träume erinnern, aber an diesem Morgen war es natürlich nicht besonders schwierig, über ihren Inhalt zu spekulieren.

Vera Kall natürlich. Während ich also dort am Fenstertisch saß und etwas desinteressiert in den Morgenzeitungen blätterte, versuchte ich, die Sache ein wenig in den Griff zu bekommen.

Was es wohl bedeuten könnte, wenn eine Frau, die vor dreißig Jahren gestorben war, jetzt mit mir Kontakt aufnehmen wollte.

Oder war sie gar nicht gestorben? War sie die ganze Zeit am Leben gewesen, ohne sich zu erkennen zu geben?

Oder war das Geheimnis ihres Verschwindens gelöst worden, ohne dass ich davon Kenntnis erhalten hatte? Vor fünf oder zehn oder fünfzehn Jahren vielleicht – ohne dass ich es mitbekommen hatte? Das war natürlich nicht ganz auszuschließen, hatte ich doch jeglichen Kontakt zu K. abgebrochen, aber trotzdem erschien es ziemlich unwahrscheinlich.

Ich war immer davon ausgegangen, dass Vera Kall tot war. Dass sie ihren Mörder an diesem milden Abend vor dreißig Jahren getroffen hatte. Wie hätte sie es denn anstellen sollen, einfach zu verschwinden und dann verborgen zu bleiben … ja, diese Frage hatten sich außer mir noch viele andere eine lange Zeit gestellt, ohne auch nur den Ansatz einer akzeptablen Antwort zu finden.

Und warum? Warum sollte sie sich dazu entschieden haben, ohne die geringste Vorwarnung zu verschwinden? Zwei Tage vor Ausgabe der Abiturzeugnisse.

Das war unvorstellbar, wie gesagt. Ausgeschlossen.

So hatte ich zumindest bis zu dem Montagmorgen im Juni 1997 gedacht.

Ich verließ meinen Frühstückstisch und begab mich zur Rezeption. Es war leer hinter dem blankpolierten Tresen, aber als ich die Glocke klingeln ließ, tauchte der magere Jüngling aus einem Hinterraum auf.

»Verzeihung«, sagte ich. »Ich hätte da ein paar Fragen wegen der Nachricht, die ich gestern bekommen habe.«

»Ja?«, antwortete er gähnend.

»Wie wurde sie abgegeben?«

»Wieso? Was meinen Sie damit?«

»Kam sie per Telefon, oder hat sie jemand vorbeigebracht?«

Er zögerte kurz und betrachtete mich mit müden Augen.

»Das weiß ich nicht.«

»Wieso wissen Sie das nicht?«

»Weil ich nicht hier war, um sie entgegenzunehmen.«

»Wer war denn hier, als sie hereinkam?«

»Woher soll ich das denn wissen?«

»Vielleicht könnten Sie einen Ihrer Kollegen fragen?«

Er zupfte an seinem Nasenring und versuchte die Stirn zu runzeln. »Vielleicht. Mal sehen.«

Weitere Fragen fielen mir nicht ein. Ich bedankte mich und beglich meine Rechnung. Zehn Minuten später verließ ich das Hotel Continental und konnte feststellen, dass der Kaffee zu Sodbrennen geführt hatte.

Wie verabredet traf ich Urban Kleerwot auf der großen Treppe zur Doggerschen genau um zwölf Uhr. Das war natürlich Urbans Idee gewesen, diese nostalgische Wahl des Platzes unseres Wiedersehens.

Er kam ein paar Minuten zu spät, ich nahm an, mit Absicht. Er wollte mich ganz einfach dort stehen sehen. Wollte durch die alte, verschnörkelte Schmiedeeisenpforte hereinspazieren. So tun, als entdecke er mich erst dann. Sein donnerndes Lachen ertönen lassen und die Arme in einer großen Verbrüderungsgeste ausbreiten.

Genau nach diesem Schema geschah es auch. Außerdem gelang es ihm fast, mich zu erdrücken, indem er seine Bärentatzen um mich schlang und zudrückte.

»Verflucht noch mal, Henry, verflucht noch mal«, schnaubte er.

»Urb…«, brachte ich heraus. »Lass los.«

Er war wahrhaftig nicht geschrumpft. Hundertneunzig Zentimeter lang und ungefähr genauso viele Kilo schwer… nun ja, vielleicht nicht ganz, aber ein gutes Stück über hundert auf jeden Fall. Trotz seiner dichten, leicht ergrauten Haare, Bart und Brille war er leicht wiederzuerkennen, und als er seinen Begrüßungsgriff gelockert und mich auf eine Armlänge Abstand hielt, stellte er das Gleiche von mir fest.

»Bis aufs i-Tüpfelchen. Verdammt, Henry, du bist nicht eine Woche älter geworden.«

»Du auch nicht, Urban. Immer noch das gleiche unschuldige Kerlchen wie eh und je.«

»O verdammte Scheiße.«

»Kannst du wohl sagen.«

Wir tauschten noch ein weiteres Dutzend Floskeln von ungefähr dem gleichen Grad an Finesse aus. Dann zog er eine Flasche mit grünschimmerndem Inhalt aus der Manteltasche. Das Etikett fehlte, er schraubte den Verschluss ab und warf ihn sich über die Schulter. Reichte mir die Flasche mit feierlicher Miene.

»Gottestrank von siebenundsechzig«, erklärte er. »Taschenwarmer Wodka-Lemon. Du erinnerst dich doch? Prost und noch einmal willkommen.«

Ich trank. »O verdammte Scheiße«, sagte ich und reichte ihm die Flasche.

Urban trank. »Ja, das ist wirklich ein verdammter Dreck«, gab er zu. Suchte nach dem Verschluss und schraubte ihn wieder drauf. »Aber im Auto habe ich etwas edlere Waren. Ich dachte nur, wir sollten einen kleinen Gedächtnistrunk zu uns nehmen. Wann bist du angekommen?«

Ich erklärte ihm, dass ich mich bereits seit Samstag in K. befand. Urban sah mich etwas verwundert an, dann knuffte er mich in den Rücken.

»Dann hast du den ganzen Mist ja schon gesehen, oder? Und wir brauchen keine Zeit mit Sightseeing zu vergeuden.«

Ich erwiderte, dass ich gesehen hatte, was ich hatte sehen wollen, und wir beschlossen, uns ohne weitere Umwege ins Ferienhaus zu begeben.

Der See Lemmeln ist langgestreckt, mit braunem Wasser, und seine südliche Spitze geht in das schwarze, namenlose Flüsschen über, das durch K. fließt und weiter ins Flachland. Ich weiß nicht, wie üblich es ist, dass deutliche geographische Phänomene keinen Namen tragen, aber was diesen Wasserlauf betrifft, so gibt es entsprechende Belege bis ins vierzehnte Jahrhundert hinein. Er wurde im Laufe der Zeit laut verschiedener Schriften immer wieder erwähnt, aber nie anders als ein Fluss oder manchmal auch als der Fluss bezeichnet. Erklärungen gibt es viele, aber keine ist glaubwürdiger als die andere.

Auf der anderen Seite, im Norden, war der Lemmeln von bewaldeten Stränden umgeben, ab und zu unterbrochen von vereinzelter Bebauung, einsam gelegenen Höfen, der einen oder anderen Fischerhütte, aber keinen richtigen Dörfern oder Ortschaften.

Urban Kleerwots Refugium war eine einfache, umgebaute Fischerhütte direkt am Seeufer, ein paar hundert Meter unterhalb der Straße. Es bestand aus einem größeren Raum mit offenem Kamin und vier Korbsesseln um einen Tisch, zwei kleineren Schlafzimmern sowie einer Küche mit fließend Wasser, jedoch ohne Elektrizität. Herd und Kühlschrank wurden mit Campinggas betrieben. Eine einfache Sauna befand sich um die Ecke, und ein Plumpsklo ein Stück in den Wald hinein. Zur Seeseite herrschte Wildwuchs, ein Stück Grasland, das zum Wasser hinunter führte. Unter Persenningen und einem notdürftig zusammengezimmerten Teerpappedach lagen ein flaches Plastikboot und unordentliche Holzstöße.

»Et voilà«, sagte Urban und schlug mir auf den Rücken. »Willkommen in Urbanhall. Ich war in diesem Sommer schon einmal hier, aber es kann sein, dass es etwas muffig ist.«

Das war es. Wir rissen Fenster und Türen weit auf und fegten eine Weile Rattendreck weg. Trugen Kartons und Proviant hinein. Bis jetzt hatte sich der Himmel trübe bewölkt gezeigt, doch im Laufe des Nachmittags begann die Sonne wieder durchzubrechen. Nachdem wir die praktischen Dinge erledigt hatten – den Kühlschrank zum Laufen gebracht, das Bier in die Wassertonne gestellt, das Boot ins Wasser gezogen und die Ruder hervorgeholt –, gönnten wir uns einen Sprung von dem wackligen Steg. Urban zog es vor, dicht am Ufer mit einem Zigarillo im Mund und einem Bier in der Hand auf dem Rücken zu schwimmen, während ich selbst ein gutes Stück weit hinaus ins dunkle Wasser zog. Das kühle Wasser und die extreme Stille, nur durch den Ruf einzelner Vögel und das regelmäßige Geräusch von Holzhacken in weiter Ferne unterbrochen, wirkten unweigerlich erfrischend auf mich. Schnell bekam ich das Gefühl, dass Zeit – diese Jahre und Jahrzehnte, die verronnen waren – in dieser Stille einen ganz anderen Inhalt bekam. Eine Art neue Dimension. Urban Kleerwot nach so vielen Jahren wiederzusehen hatte eigentlich kein besonders großes Erlebnis für mich bedeutet, abgesehen von der Tatsache selbst. Dennoch schien es mir, als hätten wir uns nur ein paar Wochen nicht gesehen, und plötzlich empfand ich ganz deutlich, was das mit der Relativität und variierenden Dichte der Zeit tatsächlich bedeuten kann.

Sekunden, Tage, Jahre?, dachte ich erneut, während ich langsam im Wasser meine Kreise zog und den umliegenden Wald betrachtete. Im Rückspiegel des Lebens ist das eine nicht größer als das andere. Womöglich gilt das auch für das Teleskop der Zukunft.

Dann begann ich zurückzuschwimmen, weil ich Hunger bekam.

Den ganzen Tag über hatte Urban sein Buch mit keinem Wort erwähnt – obwohl es doch der Grund war, dass wir uns auf diese Weise trafen –, aber nach dem Essen (einem prächtigen Kalbsragout, das er mit Silberzwiebeln und eingelegten Gurken ganz allein zubereitet hatte, trotz meiner ernsthaften Versuche, ihm meine Hilfe aufzudrängen) kam es zur Sprache. Feierlich zog er einen dicken Papierstapel aus einer schwarzen, abgenutzten Aktentasche hervor und erklärte, dass es nun aber verdammt noch mal höchste Zeit sei, mich auch ein wenig nützlich zu machen.

Ich nahm lächelnd das Manuskript entgegen. Die Seiten waren nicht durchnummeriert, aber das Ganze schien ungefähr zweihundertfünfzig bis dreihundert Seiten zu umfassen, soweit ich es beurteilen konnte. Ich schaute auf den Titel und blätterte ein wenig hin und her. Zu meiner Überraschung stellte ich fest, dass es sich um einen Kriminalroman handelte. Ich weiß nicht, was ich eigentlich erwartet hatte, eigentlich hatte ich nicht weiter darüber nachgedacht, aber dass Urban Kleerwot ausgerechnet einen Kriminalroman schreiben würde, das war doch eine Überraschung.

Die Fliege und die Ewigkeit hieß er, und es dauerte nicht lange, da kam mir Vera Kall wieder in den Sinn. Auf so eine halbbewusste Art und Weise war es mir gelungen, sie den ganzen Nachmittag auf Abstand zu halten, aber jetzt war sie in voller Größe wieder zurück. Ich hielt mit mir selbst ein paar Sekunden lang Ratschlag.

»Vera Kall«, sagte ich dann in einem so ungezwungenen Tonfall, wie es mir nur möglich war, während ich auf das Manuskript klopfte. »Apropos Krimi, meine ich… es ist nie herausgekommen, was eigentlich mit ihr passiert ist, oder?«

Urban Kleerwot antwortete nicht unmittelbar. Er saß nur da, drehte sein Cognacglas in der Hand und betrachtete mich über den Rand seiner Nickelbrille. Plötzlich merkte ich, wie mir in den Handflächen der Schweiß ausbrach.

»Weißt du«, sagte er. »Ich hatte immer das Gefühl, dass du mehr über diese Geschichte weißt als wir anderen… nein, verdammt, es ist nichts herausgekommen, überhaupt nichts.«

Ich schluckte. Kippte den Cognac hinunter und versuchte schnell abzuschätzen, wie sehr ich Urban vertrauen konnte. Und ob ich wirklich Lust hatte, den Verschluss von etwas zu öffnen, das so lange Zeit versiegelt gewesen war.

Aber, war es nicht bereits geöffnet worden? Der Umschlag mit der kurzgefassten Mitteilung lag in der Tasche meiner Jacke, die an einem Haken hinter der Tür hing. Spielte es überhaupt eine Rolle, ob ich meinen Wirt daran Anteil haben ließ oder nicht? Das fragte ich mich. Was würde er wohl davon halten?

Urban räusperte sich. »Wenn es so ist… dass du etwas darüber weißt, ja, dann kannst du es mir gern erzählen. Es ist vor fünf Jahren verjährt. Falls du sie umgebracht hast, kommst du auf jeden Fall ungeschoren davon.«

Er lachte so laut, dass es im Rohrsessel knackte. Das entschied die Sache.

5

Der Anzug war ein Gefängnis.

Er war sicher nach allen Regeln der Kunst genäht worden. Meine Mutter war eine Märzwoche lang zu Besuch gewesen und hatte mich zum Schneider Suurna geschleppt, der gezupft, gemessen und mir in den Schritt gekniffen hatte. Ich hatte das Resultat einen Tag vor dem Abituressen in den Limburger Speisesälen abgeholt, mich vor den Spiegel gestellt und die ganze Pracht auf mich wirken lassen: weißes Hemd mit Krawatte, schwarze Strümpfe aus Perlon, Schuhe mit Wülsten wie polnische Konservendosen. Und dieses Anzugmonster. Mit Weste!

Ein Gefängnis, wie gesagt. Von außen möglicherweise akzeptabel, von innen fühlte es sich so lebendig wie ein Sarg an. Falsch. Zahmer Affe in gestohlenen Federn. Lächerlich.

Als Niels, Pieter und Urban am nächsten Abend eine Häuserecke von den Limburgern entfernt auf mich warteten, sahen sie nicht sehr viel glücklicher aus, aber das war nur ein schwacher Trost. »Scheiße«, sagte Niels, »das juckt am ganzen Körper, habt ihr auch so blöde gestärkte Unterhosen?«

»Sure«, seufzte Pieter finster. »Every inch.«

Pieter war bereits zu dieser Zeit anglophil.

Das Limburger Foyer war die nächste Probe. Die nächsten zwanzig Minuten landete ich bei Frau Rektorin magnificus

Laugermann, Chemiestudienrat Hörndli und den Zwillingsschwestern Siewerts, die beide bekannt dafür waren, äußerst mundfaul zu sein, dafür aber umso besser lauthals lachen konnten. Ich bekleckerte sie ein wenig mit dem perlenden Getränk, aber Hörndli erklärte souverän, dass es vermutlich einfach verdunsten würde und dass sie ja zumindest zwei waren, dann konnten die Leute immer die ansehen, die fleckenfrei davongekommen war.

»Hähähähä«, meckerte Ada Siewerts.

»Hihihihihi«, stimmte Beda ein.

»Was halten Sie vom Operettenprogramm im Theater dieses Jahr?«, wollte die Schulleiterin wissen.

Auch am Tisch hatte ich eine Niete gezogen. Zu meiner Linken saß das alte Fräulein Glock, Studienrätin der Mathematik. Ich hatte sie nie im Unterricht gehabt, das Einzige, was ich von ihr wusste, war, dass sie alleinstehend war und während der Weihnachtsferien versucht hatte, sich das Leben zu nehmen. Zu meiner Rechten befand sich eine dorische Säule, die ungefähr genauso wortgewandt war, und mir gegenüber saß ein schüchterner, nervöser Junge aus einer der Biologieklassen. Er hieß Paul und hatte ein Ekzem. Sowohl am Hals als auch als Spezialfach.

Kraft ihres Alters und ihrer Reife war es Fräulein Glock, die als Erste die Initiative zur Konversation ergriff. Und zwar ungefähr nach zehn Minuten. »Und, was willst du im Sommer machen?«, fragte sie und zwinkerte dabei Paul zu, den sie entweder in irgendeiner Klasse gehabt hatte und wiedererkannte oder als Seelenverbündeten ansah.

»Wie bitte?«, fragte Paul.

»Was willst du im Sommer machen?«

»Weiß ich nicht«, antwortete Paul und schaute zu Boden.

Danach wurde nicht mehr gesprochen. Solange die Mahlzeit dauerte, konnte ich sie in aller Ruhe betrachten. Weder Paul noch Fräulein Glock tranken Wein, also musste ich mich damit begnügen, der Säule zuzuprosten. Neben Paul saß Marieke van der Begel – das Mädchen, das ich geküsst und von der ich eine Ohrfeige bekommen hatte –, aber wegen eines gewaltigen Blumenschmucks konnte ich nicht einmal Blickkontakt zu ihr aufnehmen. Was wahrscheinlich auch keinen Unterschied mehr machte.

Als die Tafel nach zweieinhalb Stunden endlich aufgehoben wurde, hatte ich schon seit langer Zeit beschlossen, nach Hause zu gehen. Sicher, der weitere Abend konnte kaum noch schlimmer werden, aber ich war ganz einfach erledigt. Psychisch und physisch; eingesperrt in eine schreckliche Terylenkiste (plus zwanzig Prozent reiner Wolle), in einer depressiven Ecke zwischen Selbstmördern und Ekzemforschern … du fröhlicher Abiturient. Unser neues Leben … ach, leck mich doch, dachte ich.

Der Abend war warm und voller Düfte, als ich hinaustrat. Um nichts zu überstürzen, beschloss ich, zunächst eine zu rauchen und etwas herumzuspazieren, und als ich zur Hälfte das Gelände umrundet hatte, stieß ich auf sie.

Zunächst auf ihren Drahtesel, dann auf Vera Kall selbst.

Das schwarze Damenfahrrad stand etwas nachlässig auf dem Bürgersteig geparkt, gegen einen grauen Stromkasten gelehnt. Eine kleine Reisetasche auf dem Gepäckträger. Vera war zuerst nur ein weißer Fleck in dem verwilderten Garten auf dem Gillberger Grundstück. Das Gillberger Haus war kurz nach dem Krieg abgebrannt, seitdem war das Gelände verwuchert. Ein ausgezeichneter Aufenthaltsort: Wenn man heimlich rauchen wollte. Oder sich im Dunkeln einen Schluck lauwarmen Wodka-Lemon gönnen wollte. Oder einfach nur pinkeln.

Offensichtlich hatte Vera Letzteres getan, aber ich fragte sie nicht danach.

»Hej«, sagte ich nur.

»Henry? Ja, hej, Henry«, sagte sie und strich sich das Kleid glatt. »Wie geht's?«

»Danke, und selbst?«, konterte ich, und im gleichen Moment begriff ich, was mit ihr los war.

Sie war besoffen.

Vera Kall, die Wildorchidee aus Samaria, der Trost unserer Deutschstunden und Engel unserer feuchten Träume, hatte ein bisschen zu viel des Guten abbekommen, und jetzt stand sie da und kippelte auf den Absätzen. Keine Pfennigabsätze, weiß Gott nicht, aber trotzdem. Mein Gott, dachte ich. Das darf doch nicht wahr sein.

»Mir ist so komisch«, kicherte sie und stützte sich am Fahrrad ab. Strich sich das dichte, dunkle Haar aus dem Gesicht und sah mich mit ihren grünen Augen an.

»Wo… wohin willst du denn?«, fragte ich und spürte wieder, wie der Anzug zwickte.

Sie wurde ernst. »Nach Hause«, sagte sie. »Ich muss nach Hause. Es ist schon elf Uhr… obwohl…«

»Obwohl was?«, fragte ich.

»Mir geht es nicht so gut… oder, nein, es geht mir gut, aber ich fühle mich so komisch.«

»Hattest du es nett da drinnen?« Ich deutete hinüber zum Limburgschen.

Sie erstrahlte. »Ja, und wie. Wir haben uns unterhalten, gelacht und gesungen… ich bin das nicht gewohnt… hattest du es nicht nett?«

»Nicht so richtig«, gab ich zu. »Bin in einer blöden Ecke gelandet.«

Sie nickte leicht und holte übertrieben tief Luft.

»Ich muss jetzt los.«

Aber sie machte keinerlei Anstalten, sich aufs Fahrrad zu setzen. Sah mich einfach nur weiterhin an. Ich spürte, wie mir das Blut ins Gesicht schoss.

»Äh… du willst nicht wieder reingehen?«

»Nein.« Sie schüttelte energisch den Kopf. »Nein … ich habe so ein komisches Gefühl.«

Plötzlich kamen Stimmen näher. Ich dachte schnell nach. Dann fasste ich einen Beschluss. »Komm«, sagte ich. Packte ihren Fahrradlenker mit der einen Hand, legte die andere um Veras Schulter. Als ich die nackte Haut auf ihrer Schulter spürte, wurde mir für eine Sekunde lang ganz schwarz vor Augen, dann bekam ich mich wieder unter Kontrolle. »Komm, ich bringe dich ein Stück.«

Sie gehorchte mir, ohne zu protestieren, und ließ meine Hand dort liegen, wo sie war. Bevor das muntere Grüppchen uns erspähen konnte, hatte ich uns in Günders steeg gelotst, eine enge, dunkle, jasminduftende Gasse. Ich muss etwas sagen, dachte ich. Muss mir was einfallen lassen. Reden, reden, reden.

»Warum musst du nach Hause?«, brachte ich schließlich heraus. Ich kannte natürlich die Antwort, aber nach meinen Stunden am stummen Ende der Tafel war das die einzige Frage, auf die ich so auf die Schnelle kam.

»Mein Vater«, sagte sie nur und wirkte so traurig, dass ich dachte, jetzt weinen die Engel.

»Ach so«, sagte ich.

Dann nickte die Wildorchidee.

Anschließend begann sie zu weinen. Ich drückte sie an mich, und wieder wurde es mir schwarz vor Augen.

»Was ist nur mit mir los?«, fragte sie schluchzend. »Ich begreife nicht, was mit mir los ist.«

Zweihunderttausend Gedanken fuhren mir durch den Kopf. Keiner ließ sich fassen.

»Ich weiß, was mit dir los ist«, sagte ich. »Du hast ein bisschen zu viel Wein getrunken. Ich glaube, es ist das Beste, wenn du noch ein bisschen wartest, bevor du nach Hause fährst.«

Sie blieb stehen und sah mich an.

Ihre funkelnden grünen Augen waren voller Tränen, und das war das Schönste, was die Welt jemals hervorgebracht hatte. Diese Augen in diesem Augenblick. Danke, dachte ich. Danke, dass ich diesen Augenblick erleben darf.

»Meinst du…«, fragte sie. »Meinst du, dass ich betrunken bin?«

»Ein bisschen«, nickte ich. »Nur ein kleines bisschen, aber ich denke, es wäre keine gute Idee, so nach Hause zu gehen.«

»Rieche ich?«

Sie stellte sich auf die Zehen, öffnete den Mund und hauchte mir vorsichtig ins Gesicht.

Ich weiß nicht, ob tatsächlich Wein in ihrem Atem zu riechen war. Ich weiß nur, dass ich sie küsste.

Als wir in mein Zimmer gingen, zeigte die Uhr Viertel vor zwölf. Wir hatten die letzten zehn Minuten nicht viel geredet. Nach dem Kuss waren wir nur gegangen. Dicht nebeneinander in der Sommernacht, und mehrere Male hatte ich mich gefragt, ob das tatsächlich wir beide waren, die da gingen. Sie und ich. Vera Kall und Henry Maartens.

Und ob alle Verliebten sich solche Fragen stellten. Ob man tatsächlich so fühlte und dachte.

Würde die Erde sich morgen auch noch drehen? Würde die Sonne aufgehen? Mir war das gleich. Uns war das gleich. Ich liebte sie. Sie liebte mich.

Ich zog meine Jacke aus und warf sie auf meinen roten Untermietersessel.

»Ich denke, am besten legen wir uns schlafen, Vera«, sagte ich. »Jedenfalls für einen Moment.«

Ich weiß nicht, ob ich das erwartet hatte, jedenfalls protestierte sie nicht.

»Ja«, sagte sie nur. »Lass uns das machen. Für einen Moment.«

Dann schlüpfte sie aus ihrem Kleid. Drehte mir den Rücken zu, während sie ihren BH aufknöpfte, zog sich den Slip aus und kroch ins Bett.

Ich riss mir in aller Eile die Kleider vom Leib. Bekam eine heftige, unbändige Erektion, die ich so gut wie möglich zu verbergen versuchte, aber Vera lächelte mich nur an. Ich sah es nicht, fühlte es aber. Ihr Lächeln in der dünnen Sommerdunkelheit.

»Komm«, sagte sie.

Und ich wusste plötzlich, dass lieben nicht schwieriger ist, als einen Apfel zu essen.

Einen warmen, reifen Gravensteiner.

Als ich aufwachte, war sie fort. Die Uhr zeigte zwanzig Minuten nach vier, sie hatte einen Zettel auf dem Schreibtisch zurückgelassen.

Ich fahre jetzt. Ich weiß nicht, wie es wird, aber ich weiß, dass ich dich liebe.

Vera

Ich las die Worte hundert Mal. Die Amseln erwachten draußen im Garten. Ich las sie noch hundert Mal. Dann schlief ich wieder ein.

6

Urban Kleerwot saß noch lange Zeit regungslos da, nachdem ich mit meinem Bericht zu Ende war.

»Das gibt's ja wohl nicht«, sagte er dann. »Ich traue meinen Ohren kaum. Sicher, ich hatte diese ganzen Jahre über das Gefühl, dass da irgendwas war, aber dass … aber dass …«

Er brachte den Satz nicht zu Ende. Schob sich stattdessen einen weiteren Zigarillo zwischen die Lippen und schenkte uns beiden Bier ein. Ich sagte nichts. Fühlte mich erschöpft wie nach einem Bauchkneifen, als wäre ich nicht mehr in der Lage, auch nur noch ein einziges Wort hervorzubringen, nachdem ich diese Beichte abgelegt … diese Bürde nach dreißig Jahren von mir gewälzt hatte. Ja, es war wie nach einer Erlösung, denke ich. Man ist etwas erschöpft. Urban trank einen Schluck und zündete sich seinen Zigarillo an.

»Die Nachricht?«, fragte er. »Das Papier aus dem Hotel. Wo hast du es?«

Ich stand auf und holte den Umschlag aus der Jackentasche. Reichte ihn ihm. Er las den kurzen Text einige Male mit gerunzelter Stirn. Lehnte sich im Sessel zurück und sah mich an.

»Das gibt's ja wohl nicht«, wiederholte er. »Aber warum … warum zum Teufel hast du nichts gesagt? Warum hast du dich nicht gemeldet?«

Ich seufzte. »Das können wir uns morgen vornehmen«, bat ich. »Jetzt schaffe ich es nicht mehr.«

Er sah etwas enttäuscht aus, zeigte dann aber eine verständnisvolle Miene und nickte väterlich. »All right. Aber was hat diese Nachricht zu bedeuten? Da steht ja Vera Kall. Verdammt, du glaubst doch nicht, dass sie …? Nein, ich verstehe überhaupt nichts mehr.«

Ich nahm einen großen Schluck Bier, so dass dessen bitterer Geschmack mir die Tränen in die Augen steigen ließ. Zwinkerte sie fort und schaute auf die dunkle, absolut spiegelblanke Oberfläche des Sees.

»Ich auch nicht«, sagte ich. »Sag mal, wolltest du nicht ein Netz auslegen?«

Ich ruderte, Urban saß auf der Ducht und ließ das Netz mit sicheren, vorsichtigen Griffen ins Wasser gleiten. Ich sollte mir keine zu großen Hoffnungen machen, hatte er mir erklärt, aber der eine oder andere Barsch und die eine oder andere Brachse konnten schon drin hängen bleiben.

Wir redeten nicht viel, während wir langsam durch das schwarze Wasser glitten. Es war kurz nach Mitternacht, und die Stille war vollkommen, ein Gefühl, als säßen wir in einem Bild, und wieder dachte ich über die eigentliche Beschaffenheit der Zeit nach. Wie schlecht unser Empfinden doch mit unserer Art, sie zu messen, übereinstimmt.

Wie schlecht unsere Gefühle mit unseren Gedanken übereinstimmen.

Urban respektierte meinen Wunsch, die Diskussion über die Wildorchidee bis zum nächsten Tag aufzuschieben, aber ich sah ihm an, dass es ihm schwer fiel. Er rauchte verkniffen und brummte ab und zu, wenn die Maschen sich verhakten. Ein paar Mal ertappte ich ihn dabei, wie er mich mit einer tiefen Falte auf der Stirn und zusammengekniffenen Augen betrachtete. Als wüsste er plötzlich nicht mehr, was er von mir halten sollte.

Als wäre die Sache mit mir und Vera Kall im Grunde unbegreiflich, etwas, wovon er sich überhaupt keine Vorstellung machen konnte.

Vielleicht saß er auch nur da und überlegte, wie man einen Kriminalroman darüber schreiben konnte. Als wir das Netz fertig ausgelegt hatten und wieder an Land gekommen waren, verrichteten wir schnell unsere Abendtoilette, wünschten einander gute Nacht und gingen ins Bett. Ich nahm mir *Die Fliege und die Ewigkeit* als Lektüre mit, kam aber nur wenige Seiten weit, bevor mir der Schlaf in den Augenlidern hing.

Aber es waren keine schlechten Seiten. Ganz im Gegenteil: Die Geschichte begann in einer kleinen Stadt draußen am Meer, unklar, wo genau, zwei kleine Mädchen sitzen im Sand und graben darin und finden schließlich eine Leiche. Die Sprache war einfach und nüchtern, ich weiß nicht, was ich erwartet hatte, dass mein Einsatz als Lektor nicht notwendig war, wurde jedenfalls ziemlich schnell deutlich. Immerhin etwas, dachte ich und löschte das Licht.

»Na, was gedenkst du zu tun?«, fragte Urban, nachdem wir uns am nächsten Morgen am Frühstückstisch an der Südwand niedergelassen hatten.

»Tun?«, fragte ich. »Wie meinst du das?«

»Verflucht«, sagte Urban. »Du hast doch nach all dem wohl nicht vor, nur hier so herumzusitzen und vor dich hinzustarren? Verdammte Scheiße, wir sitzen hier mit dem Schlüssel zu einem Verbrechen, über dem die Polizei seit drei Jahrzehnten brütet!«

Ich nahm einen Schluck Joghurt mit Honig zu mir und dachte nach.

Einerseits über sein subtiles Hinübergleiten vom *du* zum *wir.* Andererseits darüber, wie klug es eigentlich war, ihn in mein Geheimnis einzuweihen. Dieser heiße, wolkenfreie Morgen schien dem Krimiautor in seiner schizophrenen Seele die

Möglichkeit gegeben zu haben, das Kommando zu übernehmen.

»Henry, verdammt, nun sag doch was!«, beharrte er. »Wenn du A gesagt hast, dann musst du auch B sagen. Warum hast du nur all die Jahre geschwiegen? Ich habe dir versprochen, bis heute mit dieser Frage zu warten, aber jetzt ist es soweit. Warum hast du der Polizei nicht gesagt, dass sie in der letzten Nacht bei dir gewesen ist? Mein Gott, du hast mit der Wildorchidee in der gleichen Nacht geschlafen, in der sie verschwunden ist, das ändert doch alles …«

»Das ändert gar nichts«, unterbrach ich ihn.

»Wie meinst du das?«

»Genau das, was ich sage. Das verändert gar nichts. Alle wissen, was die Wildorchidee am 27. Mai 1967 bis elf Uhr getan hat. Wann sie zum Fest gekommen ist, neben wem sie saß, worüber sie geredet hat und wann sie von dort aufgebrochen ist. Ich gehe davon aus, dass ich weiß, was sie in den nächsten drei, vier Stunden gemacht hat. Welche Rolle soll das spielen?«

Urban dachte eine Weile nach.

»Meinst du, sie ist mit dem Rad nach Hause gefahren, nachdem sie dich verlassen hat?«

»Was hätte sie denn sonst machen sollen?«

Er zuckte mit den Schultern. »Und warum hast du nichts gesagt?«

»Warum hätte ich etwas sagen sollen?«

Ich sagte das leicht dahin.

Aber ehrlich gesagt wusste ich immer noch nicht, warum ich diese Taktik gewählt hatte. War mir nie darüber klar geworden; eigentlich war es wohl kein wirklich bewusster Entschluss gewesen. Nach dem ersten, einen Schock auslösenden Bescheid über Veras Verschwinden hatte ich nichts über unsere gemeinsame Nacht gesagt, und danach war es irgendwie immer unmöglicher geworden, je mehr Zeit verstrich.

Ich behielt es einfach für mich. Niemand wusste davon, niemand hatte uns zusammen gesehen, das war zwar nur dem Zufall zu verdanken, aber so war es nun einmal.

So hatte es sich ergeben.

Im Nachhinein hatte ich natürlich versucht, meine Handlungsweise zu rechtfertigen, das war nicht besonders schwierig. Denn was auch immer mit Vera in dieser Nacht geschehen war, nachdem sie mich verlassen hatte, so hatte ich auf jeden Fall nicht die Finger mit im Spiel. Das war der Grundstein. Ich hatte keine Schuld. Meine eigene Frustration und Verzweiflung, als ich anfing einzusehen, dass sie nicht zurückkommen würde, waren Strafe genug. Es gab keinen Grund, sich darüber hinaus auch noch selbst verdächtig zu machen. Absolut keinen Grund.

Ein unerreichbarer Traum war für ein paar Stunden in märchenhafte Erfüllung gegangen – nur um dann die Vorzeichen zu verändern und sich in einen unerreichbaren Albtraum für den Rest des Lebens zu verwandeln. So war die Lage. So war das Gefühl.

Wie fliegen und landen.

Und ihre Eltern? Welchen vernünftigen Grund gab es, ihnen zusätzlich das Herz schwer zu machen, indem sie erführen, dass Vera sich als Letztes betrunken hatte und mit einem Jungen ins Bett gegangen war …? Auch wenn ich nie irgendwelche Sympathien für die Aronsbrüder und ihre Lehren gehegt hatte, so war es dennoch schwer einzusehen, welchen Sinn das haben sollte.

»All right«, sagte Urban, nachdem er eine Weile an den Gedankenfäden und Wurstbroten gekaut hatte. »Du hast sicher deine Gründe. Aber trotzdem … trotzdem rückt das die ganze Geschichte in ein neues Licht.«

»Wohl kaum«, widersprach ich. »Irgendein Wahnsinniger hat Vera in dieser Nacht umgebracht. Der einzige Unterschied war vermutlich, dass es ein paar Stunden später geschehen ist, als man dachte.«

»Du vergisst etwas«, sagte Urban.

»Und was?«

»Die Nachricht im Hotel. Hast du schon einen Sonnenstich?«

Ich seufzte.

»Ein Scherz«, sagte ich.

»Ein Scherz?«, schnaubte Urban. »Das ist das Dümmste, was ich je gehört habe. Hast du irgendjemandem sonst von deiner Nacht mit Vera erzählt?«

Ich schüttelte widerstrebend den Kopf.

»Na, siehst du«, sagte Urban. »Und wer sollte dann bitte schön so eine Nachricht schreiben können?«

Ich gab keine Antwort. Einige Minuten lang aßen wir schweigend weiter.

»Wenn du nicht unbewusst gewollt hättest, dass wir über diese Sache reden, hättest du mir nie von ihr erzählt«, stellte Urban dann mit einem therapeutischen Grinsen fest.

»Verdammter Seelenklempner«, sagte ich. »Kümmer dich um deinen eigenen Kram, dann übernehme ich solange den Abwasch.«

Das gute Wetter hielt, was es versprochen hatte. Nach dem Abwasch nutzte ich die Zeit, in der Sonne in einem Liegestuhl zu liegen und Urbans Buch zu lesen.

Auch das hielt, was es versprochen hatte, wie ich fand. Langsam und zielsicher rollte er eine alte, unangenehme Geschichte mit inzestuösen Vorzeichen auf. Das mit der doppelten Zeitbewegung – vorwärts und zurück –, die so charakteristisch ist für einen guten Kriminalroman, war ihm wirklich gelungen, und die Geschichte war spannend. Hier und da machte ich mit dem Bleistift eine Anmerkung, wenn ich der Meinung war, eine sprachliche Korrektur könnte angebracht sein, aber insgesamt hatte ich nur wenige Einwände. Weder gegen den Plot noch gegen seine Art, ihn zu präsentieren.

Urban seinerseits saß in einem anderen Liegestuhl und arbeitete an einigen Akten, die er mitgebracht hatte. Wir hatten beide Kaffee und Bier in Reichweite, aber gegen ein Uhr wurde es zu heiß, um in der Sonne zu sitzen. Mein Wirt zog um in den Schatten einer Rosskastanie, ich selbst gönnte mir einen Sprung in den See und eine Runde schwimmen.

Als ich zurückkam, saß Urban auf dem Anleger, in der einen Hand ein Bier, in der anderen einen Zigarillo, die Füße im Wasser.

»Ich habe da über etwas nachgedacht«, sagte er. »Sollte es wirklich so überraschend sein, wenn sie noch am Leben wäre? Wenn sie einfach nur die Gelegenheit ergriffen hat und in der Nacht abgehauen ist … das kann ja so ein Zufall sein, der sich einem plötzlich bietet. Sie bekam die Gelegenheit, sie zu nutzen und ein neues Leben anzufangen … und hat das getan. Es kann ja kein wahres Vergnügen gewesen sein, da draußen unter Fanatikern zu leben …«

»Ich weiß nicht«, widersprach ich. »Ich habe dreißig Jahre lang darüber nachgedacht … dreißig Jahre lang gehofft, aber wenn ich ehrlich sein soll, so glaube ich es nicht.«

»Wieso nicht?«, fragte Urban und stieß den Rauch aus.

Ich zog mich auf den Anleger hoch. »Wohin hätte sie denn gehen sollen?«, fragte ich. »Wenn es London oder Paris oder New York gewesen wäre, schon möglich, aber ein Bauernmädchen aus Samaria außerhalb von K. … Nein, es ist nicht so leicht, einfach in ein neues Leben zu radeln.«

»Das Fahrrad?«, fragte Urban. »Man hat nie ihr Fahrrad gefunden, oder?«

»Nein«, stimmte ich zu. »Soweit ich weiß, nicht.«

Urban rauchte, trank und dachte nach.

»Dann meinst du also, der Mörder hat sowohl sie als auch ihren Drahtesel vergraben?«

Ich erwiderte nichts. Nahm ihm die Bierflasche ab.

»Nun ja«, sagte er. »Das letzte Wort ist noch nicht gesprochen. Wir werden sehen. Es wäre nur auf jeden Fall gut, ein wenig vorbereitet zu sein.«

»Was zum Teufel meinst du damit?«, fragte ich.

Ich bekam keine Antwort von Urban, aber ein paar Stunden später am Nachmittag bekam er Wasser auf seine Mühle. Reichlich Wasser. Ich hatte einen Spaziergang am Seeufer entlang gemacht, während Herr Kriminalschriftsteller sich den sechs Forellen widmete, die er am Morgen aus dem Netz gezogen hatte und die unser Essen werden sollten. Als ich zurückkam, stand er auf dem Hof und begrüßte mich mit einem breiten Lächeln, das seinen Bart teilte.

»Die Geheimnisse nehmen zu«, sagte er.

»Feister Mann redet mit gespaltener Zunge«, sagte ich.

»Sie kommt am Samstag. Vera Kall.«

»Was zum Teufel …?«

Es wurde weiß in meinem Kopf, und ich sank auf einen Liegestuhl nieder. Wieso weiß?, dachte ich verwirrt. Wieso nicht schwarz, wie es üblich ist? Urban betrachtete mich interessiert, dann wedelte er mit einem Handy, eines der neuesten Modelle offensichtlich, nicht viel größer als eine Zigarettenpackung.

»Sie hat angerufen«, erklärte er. »Auf dem hier. Vera Kall. Kommt am Samstag her und will mit dir reden.«

»Das ist unmöglich«, brachte ich schließlich heraus.

»Nichts ist unmöglich«, widersprach Urban Kleerwot und schob sich einen neuen Zigarillo zwischen die Lippen. »Willst du ein Bier?«

7

An diesem Abend saßen wir ziemlich lange draußen und unterhielten uns. Die Luft war warm, die Mücken summten natürlich, aber ein paar rußende Petroleumlampen hielten sie auf Abstand.

Und Urbans Zigarillos. Pfitzerbooms, die süßere Sorte, er war vor fünfzehn Jahren von den Luugers zu ihnen übergegangen und hatte es nie bereut, wie er behauptete.

Wir tauschten alte Erinnerungen an die Gymnasialjahre und an Vera Kall aus. Nachdem die Nachricht eingegangen war, dass sie herkommen und mich sprechen wollte, hatte ich in gewisser Weise die Deckung aufgegeben. Ich konnte mich einfach nicht länger gegen Urbans Attacken wehren.

Vielleicht hatte ich auch gar keine große Lust dazu. Auf eine Art und Weise war es fast schön, dass wir dem jetzt zu zweit gegenüberstanden, obwohl ich mich früher über Amateurpsychologie und ähnliches immer lustig gemacht hatte. Sollte die Wildorchidee tatsächlich noch am Leben sein und mit mir sprechen wollen, brauchte ich vermutlich jede Unterstützung, die ich kriegen konnte. Selbst von einem wie Urban Kleerwot.

Ob es gut oder schlecht war, dass er in seine berufsmäßige Therapeutenrolle zurückfiel, konnte ich nur schwer beurteilen. Während wir zusammensaßen und diskutierten, hatte ich jedenfalls ab und zu den Eindruck, als betrachte er mich sehr viel mehr als einen Klienten und sehr viel weniger als einen alten Jugendfreund.

Aber vielleicht war das auch nur Einbildung, und eigentlich interessierte es mich auch nicht. Soweit irgendwelche Entscheidungen bezüglich des Samstags getroffen werden mussten, war ich dankbar dafür, sie in Urbans Hände legen zu können. Zumindest an diesem Abend. Und schnell begriff ich, dass man die Geister, die man einmal rief, nicht so schnell wieder los wird. Trotz seines Berufs war Urban Kleerwot kein Meister in Diskretion und taktischem Lavieren.

Aber die Fragen standen sowieso fest. Insbesondere meine hinsichtlich des Telefongesprächs: Wie klang sie? Was hat sie gesagt? Hast du ihre Stimme wiedererkannt? Woher zum Teufel konnte sie wissen, dass ich mich ausgerechnet hier befand?

Urban erklärte eines nach dem anderen:

Sie hatte am Telefon ruhig und gefasst geklungen. Hatte sich einfach als Vera Kall vorgestellt und nach mir gefragt. Urban hatte erwidert, dass man ja lange nichts mehr voneinander gehört habe und ich mich leider im Augenblick auf einem Spaziergang am See entlang befinde …

Worauf sie offensichtlich einen Moment gezögert hatte. Dann hatte sie erklärt, dass das nichts an der Sache ändere und sie am nächsten Samstag kommen und mich treffen wolle, um mit mir zu sprechen.

Gegen Mittag, wenn es denn passe.

Das würde es auf jeden Fall, hatte Urban versichert. Sie hatte sich bedankt und anschließend aufgelegt.

Nein, er hatte ihre Stimme nicht wiedererkannt und war auch nicht dazu gekommen, sie zu fragen, wieso sie denn verdammt noch mal am Leben sei und darüber hinaus auch noch wisse, wo sie mich finden könne.

»Und du hast nicht versucht, noch mehr herauszukriegen?«, wollte ich etwas verärgert wissen.

»Doch, natürlich«, versicherte Urban und blies mir den Rauch ins Gesicht. »Ich habe mehrere intelligente Fragen gestellt, aber sie hatte schon aufgelegt. Wie gesagt.«

»Warum will sie mit mir sprechen?«

»Das hat sie nicht gesagt.«

»Glaubst du, dass sie es war?«

»Verdammt noch mal, woher soll ich das denn wissen?«

»Na, beispielsweise durch Intuition.«

»Ich hatte vergessen, die einzuschalten.«

»Wie nachlässig von dir.«

»Ich habe Urlaub. Prost.«

Später, gerade als wir beschlossen hatten, an diesem Abend aufs Schlafengehen zu pfeifen, richteten wir unser Interesse auf einen ganz speziellen Punkt: nämlich die Frage, wie sie – Vera Kall oder ihre Stellvertreterin – eine derartige Kontrolle über mich haben konnte. Woher konnte sie wissen, wo ich wohnte und wie sie mit mir in Kontakt treten konnte. Sowohl im Continental als auch hier draußen in Urbanhall. Darüber könne man zumindest ein wenig spekulieren, wie Urban meinte.

Denn ganz gleich (wie er behauptete), ob Vera Kall am Leben war oder ob es sich um jemanden handelte, der sich nur für sie ausgab, so war es dennoch klar wie Kloßbrühe, dass alles mit meinem Auftauchen in K. zusammenhängen musste. Meiner Rückkehr an den Tatort sozusagen. Es konnte nicht nur ein zufälliges Zusammentreffen sein, dass jemand – Vera oder Fräulein X – dreißig Jahre gewartet und sich dann entschieden hatte, ausgerechnet jetzt zuzuschlagen. Unmöglich. Ausgeschlossen. Es war meine Reise hierher, die den Stein ins Rollen gebracht, die Lunte gezündet hatte. Das war so sicher wie .... wie das Amen in der Kirche.

Er zwinkerte mir zu, wie um mich zu überzeugen, ihm zuzustimmen. Ich nickte etwas zweifelnd.

»Wer wusste davon, dass du hierher kommst?«

Ich überlegte. »Meine Frau… nein, stimmt gar nicht«, fiel mir ein. »Ich habe mit ihr nie über meine Pläne gesprochen. Hm, niemand… mit anderen Worten: keiner. Außer dir und mir natürlich.«

»Ha!«, rief Urban triumphierend aus. »Wie bei mir. Ich habe mit keinem Schwein über dich geredet… dass ich hier in die Hütte wollte, das habe ich schon erwähnt, aber der Name Henry Maartens ist mir nie über die Lippen gekommen.«

»Danke«, sagte ich, weil ich nicht wusste, was ich sonst sagen sollte.

»Also…«, fuhr Urban Kleerwot fort und knetete seinen Bart. »Also gibt es jemanden, der einen Kieker auf dich hat. Die Wildorchidee oder sonst jemand.«

»Die Wildorchidee oder sonst jemand…«, wiederholte ich. »Scheiße, Urban, es ist doch einfach nicht möglich, dass sie lebt, das musst du dir aus dem Kopf schlagen.«

Er schnaubte. »Bestell du deinen Garten, dann bestell ich meinen! Also, welchen Schluss ziehst du daraus?«

Ich überlegte eine Weile. »Gar keinen«, erklärte ich dann.

»Schwach«, sagte Urban. »Aber kaum überraschend. Wie alt bist du?«

»Neunundvierzig. Was für eine Rolle spielt denn mein Alter dabei?«

»Wie alt warst du, als du aus K. weggezogen bist?«

»Neunzehn. Nun komm endlich zur Sache.«

»Es tut mir leid, wenn ich deine Eitelkeit verletze, aber was denkst du, wie groß die Chance wohl ist, dass dich jemand nach dreißig Jahren hier wiedererkennen könnte? Hm.«

Er zog energisch an seiner Zigarrillo und lehnte sich zurück. Sah aus, als hätte er soeben dem Kronzeugen der Anklage in seinem nächsten Krimi den entscheidenden Stoß versetzt.

»All right«, sagte ich. »Ich verstehe. Das Hotel.«

»Genau«, sagte Urban. »Du hast deinen Namen an einem einzigen Ort hinterlassen. Im Hotel Continental. Das also ist des Pudels Kern.«

Aber verdammt noch mal, woher weiß sie dann, dass ich hier draußen im Wald hocke?, fragte ich mich, sagte aber nichts.

Dann spürte ich plötzlich, wie mir etwas schnell durch den Kopf schoss, aber es ging viel zu schnell, als dass ich die Botschaft hätte aufnehmen können. So ein Pass vom Unterbewusstsein, den ich vor zwanzig Jahren noch hätte halten können, der jetzt aber nur in den zähen Sumpf des beginnenden Alters fiel.

Um es bildlich auszudrücken.

»Woran denkst du?«, fragte Urban. »Du siehst abwesend aus.«

»An nichts«, antwortete ich. »Nichts, was du verstehen würdest.«

In der Nacht träumte ich davon, wie ich aufwachte.

Wie ich an dem bewussten Morgen aufwachte und den Duft von Veras Körper in meinem Bett wahrnahm.

Der Geschmack ihrer Zunge in meinem Mund. Das Gefühl ihrer warmen Haut, ihrer Hände, ihrer Brust, ihres Schoßes. Es war zwanzig nach vier, die Amseln lärmten draußen, und sie war fort. Eine Abwesenheit, die in jedem Kubikmillimeter meines jämmerlichen Mietzimmers pochte. Unser Liebesnest. Ich stand auf, las ihre Nachricht, kroch wieder ins Bett. Lag da in meinem unbegreiflichen, zerbrechlich warmen Glück, rief mir alles ins Gedächtnis, das wir während dieser unbegreiflichen Stunden getan hatten. Alles, was wir gesagt, alles, was wir berührt hatten. Dass sie mich liebte.

Später träumte ich davon, wie ich das nächste Mal spät am Vormittag aufwachte. Wie ich in den Sommer hinausging, wie sich der Tag in einem sonnendurchmischten Dunst dahinzog. Wie ich ging und immer weiter ging. Wie ich spät am Nachmittag meine Eltern und meinen Bruder am Bahnhof traf. Sie kamen aus Anlass der Zeugnisvergabe am nächsten Tag, übernachteten bei Familie Reims, wo wir auch aßen. Ich verließ sie gegen acht Uhr, hier beginnt der Traum zu fallen, hier wird alles langsam in einer starren Spirale von einem starken Sog nach unten gezogen, ein Mahlstrom, die einsetzende Dämmerung, ein kühlerer Wind. Ich gehe am Dreckigen Bullen vorbei, und dort erfahre ich davon. Das erste Gerücht. Vincent Bauer und Clemens de Broot sitzen auf der Treppe und rauchen, ich bleibe stehen, schnorre ein paar Züge und erfahre, dass Vera Kall verschwunden ist.

Sich in Luft aufgelöst hat. Ausgerechnet Vera Kall.

Sie ist verschwunden, niemand weiß, wo sie ist, Ellen Kaarmann hat es gehört, ihr Vater ist bei der Polizei.

Erst habe ich so eine Art Kurzschluss. Vincent Bauer und Clemens de Broot schrumpfen zusammen und verschwinden in einem kreiselnden engen Tunnel. Der gleiche Mahlstrom, der gleiche Wirbel, im Traum wie in der Vorlage des Traums. Ihre Stimmen verzerren sich zu einem unverständlichen Gequäke. Ich rauche hektisch und halte mich am Treppengeländer fest, um nicht zu fallen. Die Welt schwankt, und ich mit ihr. Die Übelkeit steigt in Wellen auf. Ich kämpfe nicht gegen sie an, mit der Zeit verebbt sie. »Verdammt, was ist denn mit dir los?«, fragt Clemens.

Ich gehe ins Café und bekomme mehr Informationen. Ja, Vera Kall hat die Limburger Speisesäle irgendwann gegen elf Uhr verlassen, Fritz Neller und Elizabeth Muijskens haben mit ihr noch kurz vorher gesprochen; jetzt steht Fritz am Flipperautomaten. Es deutet einiges darauf hin, dass sie nicht ganz nüchtern war, aber wer war das schon? Hehe. Auf jeden Fall wird sie nach Hause gefahren sein, niemand hat sie später am Abend noch gesehen. Ihr Fahrrad ist auch weg. Vater

Adolphus hat die Polizei um halb zwölf Uhr vormittags alarmiert. Vorher wurden alle Klassenkameraden angerufen und nach ihr gefragt.

Alle weiblichen Klassenkameraden.

Niemand weiß das Geringste. Es ist ein verfluchtes Mysterium. Was soll man glauben? Was zum Teufel ist passiert? Was ist ihr zugestoßen? Ausgerechnet Vera Kall.

Was denke ich?

Ich denke gar nichts. Ich rauche zwei Zigaretten schnell hintereinander, glotze auf den Flipper und habe alle Mühe, nicht zu schreien.

Ich steckte immer noch im Dreckigen Bullen des Traums, als Urban mich weckte.

»Du hast geschrien«, sagte er.

»Ach was«, sagte ich.

Er betrachtete mich mit professionell gerunzelter Stirn.

»Habe mich wohl verhört. Das Frühstück ist fertig. Anschließend haben wir noch einiges zu erledigen.«

Ich holte zweimal tief Luft und wachte richtig auf. Sah auf der Uhr, dass es zehn Uhr war. Ich schlafe nie so lange. Räusperte mich und versuchte, wieder in Deckung zu gehen.

»Zu erledigen? Was haben wir zu erledigen?«

»Ich habe einen Plan«, sagte Urban Kleerwot. »Wir können doch nicht einfach nur hier herumsitzen und die Hände in den Schoß legen. Oder? Du hast wirklich geschrien.«

Ich setzte mich auf. Schob die Gardine zur Seite und stellte fest, dass die Sonne auch an diesem Tag schien. Der Sommer nahm seinen Lauf. Dreißig Jahre waren vergangen, es schien nichts zu bedeuten.

»Willst du ihn hören?«, fragte Urban.

Ich schüttelte den Kopf. Es nützte nichts, er weihte mich trotzdem ein.

»Zuerst ein gutes, nahrhaftes Frühstück. Dann ein Vorstoß zum Hotel Continental. Je einfacher, desto simpler. Was meinst du?«

»Ich werde eine Runde schwimmen und darüber nachdenken«, versprach ich.

8

Ich blieb im Auto sitzen – Urbans altem, grüngeflammtem Audi –, während Urban das Continental aufsuchte. Als ich den Ellbogen durch das hinuntergekurbelte Seitenfenster schob, erblickte ich mein Gesicht im äußeren Rückspiegel. Stellte fest, dass ich mitgenommen aussah. Fast gehetzt. Ringe unter den Augen, Zwei-Tage-Bart. Verschwommener Blick. Außerdem ein Summen in den Schläfen, wie immer am Tag danach. Ich stieg aus dem Wagen und kaufte mir eine Flasche Mineralwasser am Kiosk gegenüber dem Hotel. Am besten, zumindest den Flüssigkeitshaushalt auszugleichen, dachte ich.

Urban kam schon nach wenigen Minuten zurück.

»Nada«, sagte er und ließ sich auf den Fahrersitz sinken. »Kein Erfolg.«

»Wie bist du vorgegangen?«, wollte ich wissen.

Er zuckte mit den Schultern. »Habe mich natürlich an der Rezeption erkundigt.«

»Und wer stand hinterm Tresen?«

»Ein schmächtiger Jüngling mit Nasenring. Ich sagte ihm, dass ich eine gewisse Vera Kall suche. Er reagierte überhaupt nicht. Ich erklärte ihm, dass ich annehme, dass sie im Hotel arbeite, er erwiderte, dass sie das nicht tue. Er kenne alle, die da arbeiten… in allen Bereichen, wie er behauptete, möchte wissen, ob sie auch ein paar Huren auf Lager haben? Eine Vera Kall gibt es jedenfalls nicht.«

»Kannte er denn die alte Geschichte nicht?«

Urban schüttelte den Kopf und zündete sich einen Pfitzerboom an. »Offenbar nicht. Ich habe nicht danach gefragt.«

»Und du hast sonst mit niemandem geredet?«

»Mit niemandem.«

Ich trank die Mineralwasserflasche leer. »Aha«, sagte ich dann. »Und was machen wir jetzt?«

Er spuckte ein paar Tabakkrümel aus und startete den Wagen. »Plan B. Wir folgen ihren Fußspuren… oder Fahrradspuren. Hol mal die Karte aus dem Handschuhfach.«

Es war nicht besonders schwierig, nach Samaria zu finden. Zuerst knapp zehn Kilometer eine vernünftig breite Asphaltstraße Richtung Westen durch die offene Landschaft. Anschließend, nach der Kreuzung im Ort Kerran, ein paar Kilometer auf einem kurvenreichen Kiesweg durch den Wald. Nach einer Weile gelangten wir an ein gelbes, abgeblättertes Schild mit dem Namen *Samaria* und hielten an, um uns kurz zu beratschlagen.

Die neue Abzweigung hatte einen Grasstreifen in der Mitte und schien mit dem Auto befahrbar zu sein, Häuser waren nicht zu sehen, nur warmer, duftender Nadelwald und ein Meer von Lupinen, Löwenzahn und Kamillen am Wegesrand. An einem Pfosten hingen zwei Briefkästen, auf dem einen stand der Name Clausen in neuen, gelben Lettern. Wir schlossen daraus, dass es immer noch Leben in Samaria gab.

Urban stieg aus dem Auto, kletterte über den Graben und pinkelte gegen einen Kiefernstamm.

»Lass uns umkehren«, sagte ich, als er zurückkam. »Was soll das hier für einen Sinn haben?«

»Rekonstruktion«, sagte Urban.

»Du spinnst doch«, sagte ich. »Wir fahren Veras Radweg dreißig Jahre später nach, und das nennst du Rekonstruktion? Lass uns lieber wieder zurückfahren und angeln. Plan C.«

»Alles zu seiner Zeit«, erklärte Urban. »Lass uns nur kurz vorher einbiegen und hinfahren, wenn wir sowieso schon hier sind. Wir fahren auf der Journalistenschiene.«

»Journalisten …?«

»Genau. Ich bin dabei, eine Artikelserie über unaufgeklärte Verbrechen zu schreiben. Wir schnuppern ein bisschen Atmosphäre. Du bist mein Fotograf.«

»Ich habe keinen Fotoapparat.«

»Liegt in der Tasche auf dem Rücksitz.«

Ich beugte mich über die Rückenlehne und wühlte in einer abgenutzten Schultertasche. Fand eine kleine rote Automatikkamera.

»Die hier? Glaubst du, ein Berufsfotograf läuft mit so einem albernen Spielzeug herum?«

Urban breitete die Arme aus. »Dann bist du eben mein Fahrer, wenn dir das lieber ist. So, und jetzt fahren wir.«

Samaria bestand aus einem gelben, frisch renovierten Wohnhaus mit zwei tiefer liegenden, grauen Nebengebäuden. Offenbar handelte es sich um einen alten Bauernhof. Diverse Morgen Ackerland waren in zweieinhalb Himmelsrichtungen gerodet, im Norden und Nordwesten setzte sich der Wald unberührt fort. Genauso offensichtlich war, dass das Land bereits seit längerer Zeit brach lag; Espen- und Birkengestrüpp wuchs mannshoch aus dem Boden, und auf dem Hofplatz standen zwei ziemlich neue Autos, Zeugen dafür, dass es nicht die umliegenden Felder waren, die den momentanen Einwohnern das Auskommen bescherten. Urban fuhr auf den Hofplatz und parkte neben dem größeren der Autos, einem roten, glänzenden Volvo. Wir stiegen aus. Zwei Kinder, ein Junge und ein Mädchen ungefähr von acht und zehn Jahren, kamen uns entgegen und starrten uns an.

»Gott zum Gruße«, empfing Urban die beiden. »Gibt es denn eine Mama oder einen Papa bei euch zu Hause?«

Die gab es. Ein Mann und eine Frau so um die fünfunddreißig konnten rasch dazu überredet werden, sich in den weißen Gartenstühlen niederzulassen, die in einer schattigen Ecke auf dem Rasen standen. Urban bewunderte der Reihe nach das Haus, den Rasen, die Blumenrabatten, die Jasminbüsche, die Kinder, den Volvo, die abgeschiedene Lage sowie Frau Clausens batikbedrucktes T-Shirt. Ich saß still dabei und versuchte, meine Bartstoppeln einzuziehen.

Als Urban zur Sache kam, ging die Frau ins Haus und setzte Kaffee auf.

»Natürlich wissen wir davon«, sagte der Mann und zündete sich eine Zigarette an. »Wir stammen nicht aus der Gegend, aber der Makler hat uns die ganze Geschichte erzählt, als wir das Haus gekauft haben. Das war vor drei Jahren.«

»Sie haben das Haus von der Familie Kall gekauft?«

»Von Frau Kall«, korrigierte Herr Clausen. »Sie muss fast achtzig gewesen sein und wohnte allein hier, nachdem ihr Mann gestorben war. Zehn Jahre, wenn ich mich recht erinnere. Sie schaffte es nicht mehr, zog direkt in eine Art Pflegeheim… sie ist übrigens jetzt im April gestorben, wir haben die Anzeige in der Zeitung gesehen.«

»Haben Sie mit Frau Kall gesprochen?«

»Ein wenig«, sagte Herr Clausen. »Als wir uns das Haus zum ersten Mal angeschaut haben, wohnte sie noch hier. Sie konnte sich nur mit Mühe bewegen, für alte Menschen ist es nicht leicht, allein hier draußen zu wohnen.«

»Hat sie etwas über ihre Tochter erzählt?«

Er schüttelte den Kopf. »Nein, warum hätte sie? Es war der Makler, der uns darüber informiert hat. Eine schreckliche Geschichte, direkt vor dem Abitur und so… und es soll ja noch schlimmer sein, wenn man nicht richtig weiß, was passiert ist. Schlimmer diese Ungewissheit als die Trauer, so heißt es. Aber sie ist sicherlich ermordet worden, das behauptete jedenfalls Jessmar, der Makler…«

Urban nickte. Trat mich unter dem Tisch gegen das Schienbein, was mir klar machte, dass es an der Zeit war, ein wenig zu fotografieren.

Ich tat meine Pflicht. Machte aus verschiedenen Winkeln ein paar Fotos vom Haus. Überlegte, welches wohl Veras Zimmer gewesen sein könnte, und bekam einen Kloß im Hals. Dann ging ich den Weg ein Stück zurück und versuchte einen Gesamteindruck einzufangen. Der Junge und das Mädchen folgten mir in sicherem Abstand, und zum Schluss bekam ich sie auch noch ein paar Mal auf den Film gebannt.

Dann tranken wir Kaffee und unterhielten uns über die Vorteile, so weit draußen im Wald zu wohnen. Sowohl Herr als auch Frau Clausen schienen das Bedürfnis zu haben, an die Vorteile erinnert zu werden. Sowohl voneinander als auch von anderen.

Nach einer halben Stunde hatte Urban alle Kekse aufgegessen, und wir bedankten uns. Er versprach, Text und Bilder zu schicken, notierte sich Namen und Adresse und tätschelte den Kindern den Kopf.

»Erfolgreiche Operation«, stellte ich fest, als wir auf dem Rückweg waren. »Ich muss gestehen, ich bin beeindruckt, Holmes.«

»Pah«, wehrte Urban ab. »Man weiß ja nie. Jedenfalls war das hier der Weg, den sie mit dem Rad entlanggefahren ist.« Er zeigte bedeutungsvoll auf den Wald zu beiden Seiten. »Wenn … und ich sage wenn … sie wirklich ermordet wurde, dann ist es ziemlich wahrscheinlich, dass sie hier irgendwo liegt. Zusammen mit ihrem Fahrrad in irgendeinem Sumpf vergraben … ja, natürlich ist inzwischen wahrscheinlich nicht mehr so viel davon übrig.«

»Halt die Schnauze«, sagte ich.

»Entschuldige«, sagte Urban. »Die Gedankengänge sind mir einfach durchgegangen.«

»Na, Gedankengänge ist wohl ziemlich hochgestochen.«

»Hm«, entgegnete Urban mürrisch. »Willst du jetzt Klarheit in der Sache haben oder was willst du eigentlich?«

»Je klarer, umso besser«, sagte ich. »Es sind in erster Linie die Methoden, über die ich mich wundere. Warum schauen wir zum Beispiel nicht im Telefonbuch nach? Ob es eine Vera Kall in K. gibt… sie kann ja in aller Stille zurückgekommen sein.«

»Quatsch«, sagte Urban. »Warum sollte sie zurückgekommen sein, wenn sie sich so elegant von hier verabschiedet hat? Es gibt keine Vera Kall im Telefonbuch. Im Einwohnermelderegister auch nicht. Weder in K. noch sonst wo im Land.«

»Woher weißt du das?«

»Weil ich es überprüft habe. Wenn man frühmorgens aufsteht, kann man eine ganze Menge erledigen. Nun, es ist schon möglich, dass das hier nicht so viel gebracht hat, auf jeden Fall wissen wir, dass ihre Eltern tot sind.«

Ich dachte eine Weile nach.

»Wenn es mehr zu wissen gibt, werden wir das am Samstag erfahren.«

Urban nickte ein paar Mal nachdenklich. »Dessen bin ich mir nicht so sicher«, sagte er. »Schließlich haben wir trotz allem keine Ahnung, mit wem wir es zu tun haben, oder?«

Eine Weile schwieg ich. »Ist auch egal«, sagte ich dann. »Entweder es verläuft im Sand, oder etwas passiert. Mir ist das gleich.«

Urban wurde langsamer und sah mich an. »Das meinst du nicht wirklich«, sagte er. »Du hast heute Nacht im Schlaf geschrien, ich bin doch nicht blöd. Auf jeden Fall müssen wir mit jemandem reden, der darüber ein bisschen mehr weiß.«

»Worüber?«

»Na, über die Wildorchidee natürlich«, schnaubte er. »Den Fall Vera Kall. Er wird uns morgen besuchen, ich habe ihm ein paar neue Informationen versprochen, und er klang richtig interessiert. Obwohl es verjährt ist.«

»Von wem redest du?«, fragte ich, obwohl ich es bereits zu ahnen begann.

»Von Kommissar Keller«, sagte Urban und fuhr wieder schneller. »Der 1967 die Ermittlungen geführt hat. Er ist gerade siebzig geworden, aber am Telefon klang er so wach wie ein Neunundvierzigjähriger.«

Ich seufzte vernehmlich und schloss die Augen.

9

Während Urban am Mittwochabend das Essen machte, nahm ich das Boot und ruderte eine Stunde über den See. Saß dort draußen in der großen Einsamkeit und versuchte meine Gedanken zu ordnen.

Was hielt ich eigentlich von der ganzen Sache? Es gab ja nur zwei denkbare Varianten, aber als ich anfing, die Schlussfolgerungen aus diesen Varianten zu analysieren – immer von einer Variante zur anderen –, spürte ich schnell, dass ich mich auf sehr dünnes Eis begab.

Wenn dem wirklich so war, dass Vera Kall noch am Leben war, dann musste sie sich nach unserer wunderbaren Liebesnacht vor dreißig Jahren dazu entschieden haben, zu verschwinden. Nach meiner ersten Liebesnacht und ihrer ersten Liebesnacht. Zwei Tage vor Austeilung der Abiturzeugnisse.

Warum?

Ich wusste genau, dass sie unsere gemeinsamen Stunden genauso genossen hatte wie ich, was nicht zuletzt aus der Nachricht hervorging, die sie geschrieben hatte.

Und wohin hätte sie gehen sollen? Wäre es wirklich möglich gewesen, so ein Manöver in diesem Alter durchzuführen? Mit neunzehn Jahren? Zu dieser Zeit in diesem kleinen Ort?

Oder konnte sie entführt worden sein? Von wem? Entführt, aber immer noch am Leben?

Und warum dann wieder in K. auftauchen? Ausgerechnet jetzt. Wie schon gesagt:

Die Fragen waren zahllos, und auf keine einzige fand ich eine befriedigende Antwort.

Also war sie tot, entschied ich. Genau wie alle geglaubt und vorausgesetzt hatten. Sie starb in dieser Nacht.

Wer war dann die neue Vera Kall, die mit mir sprechen wollte? Jemand, der etwas wusste?

Aber niemand konnte etwas wissen. Ich überlegte. Die einzige Person, die etwas von Vera und mir gewusst haben konnte, war jemand, der uns nachspioniert haben könnte oder der Vera traf, bevor sie starb.

Die Spion-Alternative schloss ich aus. Blieb eine Möglichkeit. Eine einzige. Vera hatte jemanden getroffen, nachdem sie mich in dieser Nacht verlassen hatte.

Konnte dieser jemand jemand anderes sein als …?

Ich saß mehrere Minuten lang vollkommen reglos im Boot, während ich über diese Schlussfolgerung nachdachte, gab ihr eine ehrliche Chance, sich in meinem aufgewühlten Bewusstsein festzusetzen.

Vielleicht gelang es ihr, vielleicht auch nicht. Im Nachhinein ist das schwer zu sagen. Ich schaute auf die Uhr, ergriff die Ruderblätter und ruderte zurück.

Wir aßen Wildragout mit Reis und Mortadella. Tranken dazu einen blutroten Bourgogne. Zitronenparfait als Dessert. Kaffee, Cognac, Schokoladenbiskuits und eine Zigarre. Ich nahm auch eine, hatte seit fünfzehn Jahren nicht mehr geraucht, aber die Mücken waren hartnäckig, und Urban nötigte sie mir auf. Sie schmeckte gar nicht so schlecht.

Ich wusch ab und las anschließend drei Kapitel aus *Die Fliege und die Ewigkeit.* Es hielt tatsächlich, was es versprochen hatte, ich drückte Urban gegenüber meine Hochachtung aus, er lachte peinlich berührt und zupfte sich am Bart.

Dann blieben wir noch zusammen sitzen und unterhielten uns eine Weile über alte Lehrer – Oberstudienrat Bluum, Studienrat der Sprachwissenschaft Lingonstroem, Studienrat Uhrin natürlich – die Wildorchidee ließen wir ruhen. Als hätten wir darüber eine Übereinkunft getroffen. Etwas später heizten wir die Sauna und verbrachten diverse Stunden mit heißem Dampf, Laubreisern, Pilsnern und schnellen Sprüngen in das nachtdunkle Wasser.

Sowie jede Menge alten Tratsches und Klatsches.

Ich glaube, es war schon nach zwei Uhr, als wir ins Bett fielen.

Kommissar Keller kam am Donnerstag gegen elf Uhr in einem alten Buick angefahren. Ich erkannte ihn nicht wieder, aber schließlich hatte ich nicht wirklich ein Bild von ihm. Während der Untersuchungen hatte ich nicht mit ihm gesprochen, nur sein Gesicht in der Zeitung gesehen. Ich war genau wie alle anderen verhört worden – zweimal, beide Male auf Betreiben eines rötlichen, ziemlich unscheinbaren Schutzmannes. Mit Hilfe eines Tonbandgeräts.

Mein erster Eindruck vom Kommissar an diesem heißen Vormittag war, dass er offenbar dabei war, aus diesem Leben hinauszuschrumpfen. Alles erschien zu groß für ihn: der Anzug, die Brille, das Auto, die braune Aktentasche, die er mit einer gewissen Mühe auf unseren wackligen Gartentisch manövrierte. Ich überlegte, ob er zumindest ein Drittel von Urbans Gewicht erreichen könnte, dachte aber gleichzeitig, dass man einen Menschen nicht nach dem Äußeren beurteilen sollte. *Homo Bananicus non est,* wie Uhrin immer zu sagen pflegte, wenn er ungefähr jede zweite Stunde zu scherzen beliebte.

»Ich habe einige alte Unterlagen vom Fall mitgebracht«, erklärte Keller. »Sind Sie Henry Maartens?«

Wir begrüßten uns und setzten uns hin. Urban holte drei

Biere aus der Tonne und öffnete sie. Keller hängte seine Jacke über die Rückenlehne und krempelte die Hemdsärmel hoch. Es war deutlich zu merken, dass der alte, eingeschlummerte Polizeibeamte in ihm wieder zu neuem Leben erwacht war. Er beugte sich auf den Ellbogen vor und ließ seinen Blick zwischen Urban und mir hin und her wandern. Seine Physiognomie hatte etwas Vogelhaftes an sich, besonders der Kopf und die Art, ihn auf dem dünnen Stab von Hals zu drehen, der aus einem vier Nummern zu großen Kragen hervorragte. Er strich sich seinen dünnen Schnurrbart und sein noch dünneres grauweißes Haar glatt und begann.

»Die Fakten im Fall Vera Kall. Was zum Teufel habt ihr mir zu erzählen?«

Nach gut einer halben Stunde war er zufrieden. Lehnte sich zurück und leerte sein Bierglas, der spitze Adamsapfel fuhr ein paar Mal wie ein überhitzter Fahrtenschreiber auf und ab.

»Das ist ja wohl nicht zu glauben«, fasste er schließlich zusammen. »Da haben Sie dreißig Jahre lang grundlegende Informationen zurückgehalten. Die Sache ist ja verjährt, aber wenn ich nicht so alt wäre, ich würde Ihnen eins aufs Maul hauen.«

»Ich wollte sie nicht ins Gerede bringen«, sagte ich.

»Blödsinn«, wehrte Keller ab. »Das sind Ausreden im Nachhinein. Die Toten interessieren Skandale nicht.«

»Ich dachte eher an die Überlebenden«, versuchte ich es noch einmal. »An ihre Mutter und ihren Vater.«

»Sie haben an Ihre eigene Haut gedacht«, widersprach Keller.

»Hm, nun ja«, mischte Urban sich ein. »Wie dem auch sei, jedenfalls hat er nichts gesagt. Und daran lässt sich nicht mehr viel ändern. Die Frage ist doch, was es für die Ermittlungen bedeutet hätte, wenn Henry Farbe bekannt hätte?«

Keller betrachtete sein leeres Bierglas und strich sich den Schnurrbart glatt. »Nun, was es bedeutet hätte?«, brummte er und musterte mich. »Sie wären auf jeden Fall verdächtigt worden, das muss Ihnen ja wohl klar sein.«

Ich gab keine Antwort. Urban zündete sich eine Zigarillo an und stieß eine ablenkende Rauchwolke aus. »Hatten Sie überhaupt jemals Verdächtige?«, fragte er.

»Nicht eine Menschenseele«, bellte Keller verärgert. »Wir brachten Tausende von Arbeitsstunden mit dem Fall zu, aber wenn man nicht einmal eine Leiche hat, dann gibt es kaum irgendwelche Verdächtigen. Wir haben ein paar denkbare Gestalten ausgegraben, einen Vergewaltiger, der ein halbes Jahr zuvor freigelassen worden war, und einen alten Hitzkopf, der an ihrem Weg wohnte. Aber beide hatten ein Alibi.«

»Und Zeugen?«, wollte Urban wissen. »Die sie irgendwann im Laufe der Nacht gesehen haben oder so.«

Keller öffnete die Aktentasche und wühlte in einem Ordner. »Keine zuverlässigen«, stellte er fest und zog ein Papier heraus. »Nur ein paar Hysteriker und Verrückte. Wie die hier zum Beispiel.«

Eine Weile schwieg er, während er die Unterlagen studierte, die er in der Hand hielt. »Ein gewisses Fräulein Paisinen«, erklärte er. »Gab an, dass sie Viertel vor vier in der Nacht eine engelähnliche Erscheinung auf dem Fahrrad gesehen habe. In Baarenstraat am Rande von Pampas. Ein dunkelhaariger Engel auf dem Weg nach Westen, um genau zu sein … die Alte meldete sich einen Monat später, nachdem sie tonnenweise in den Zeitungen Artikel über den Fall gelesen hatte … aber verflucht noch mal, sie kann sogar Recht gehabt haben. Wir haben sie in erster Linie aufgrund des Zeitpunkts abgewimmelt. Wenn Vera Kall das Fest um elf Uhr verließ, dann wäre sie innerhalb von fünf Stunden schon sehr viel weiter gekommen, wie wir annahmen … wenn sie in der Zwischenzeit nicht etwas anderes getan hat. Hm.«

»Ich verstehe«, sagte ich.

Urban servierte mehr Bier, während Keller weiter in der Aktentasche grub. Ich trank einen wohl abgemessenen Schluck und überlegte, was passiert wäre, hätte ich mich damals gemeldet und gleich alles erzählt. Was hätten meine Eltern gesagt? Und Veras? Die Lehrer? Hätte ich überhaupt die Abiturientenmütze bekommen? In einem derartigen Szenarium ist es schwer, überhaupt irgendwelche Lichtpunkte zu finden, und in aller Stille dankte ich meinem glücklichen Stern, der mir genügend Verstand gegeben hatte, den Mund zu halten.

Obwohl es vielleicht gar nicht so viel mit Verstand zu tun gehabt hatte. Wenn man ehrlich sein wollte.

»Theorien?«, fragte Urban. »Welche Theorien hatten Sie? Es muss doch einige gegeben haben, die nicht an die Öffentlichkeit gedrungen sind?«

Keller seufzte. »Natürlich hatte ich Theorien. Zwei Tonnen Theorien und fünfzig Gramm Fakten. Ihr müsst wissen, dass mich die Wildorchidee erst nach vielen Jahren losgelassen hat. Aber viel klüger bin ich auch im Laufe der Zeit nicht geworden … von Anfang an bewegte sich da nichts, und so ging es die ganze Zeit weiter.«

»Kann ich mir denken«, nickte Urban. »Aber ihr seid auf jeden Fall davon ausgegangen, dass sie umgekommen ist, oder?«

Keller dachte eine Weile lang nach.

»Von einer Sache war ich jedenfalls überzeugt«, sagte er dann. »Wenn sie weggelaufen ist, dann muss sie es geplant haben. Es kann nicht so ein spontaner Einfall gewesen sein … obwohl das Einzige, was für diese Variante spricht, diese verfluchten Aronsbrüder sind. Ich habe stundenlang mit diesem Prediger von Vater geredet, und eines muss ich sagen, wäre ich unter der Fuchtel so eines Dickschädels aufgewachsen, ich wäre auf meinem ersten Dreirad abgehauen.«

Urban und ich nickten zustimmend. »Gibt es die noch?«, fragte Urban.

Keller schüttelte den Kopf. »Haben sich ein paar Jahre später aufgelöst. Es gab nie mehr als dreißig, vierzig Mitglieder. Der Oberpriester wurde nach dem, was mit seiner Tochter passiert ist, etwas verdreht im Kopf, nun ja, auf jeden Fall ging es danach bergab. Nichts Böses, was nicht auch etwas Gutes in sich birgt.«

Wieder blieben wir einen Moment lang schweigend sitzen.

»Und diese … diese neue Wendung?«, fragte Urban. »Was meint der Kommissar dazu? Wer kann diese Vera Kall sein, die nach dreißig Jahren Kontakt mit Henry aufnehmen will?«

Keller öffnete den obersten Knopf seines grünen Nylonhemds und betrachtete uns einen nach dem anderen. Zuerst Urban, dann mich.

»Ich denke mir so eine ganze Menge«, sagte er. »Aber eines weiß ich, und zwar, dass hier einer lügt. Entweder sie oder ihr.«

»Oder alle drei«, fügte er nach einer kurzen Denkpause hinzu. Er trank sein Bier aus und stand auf. »Lasst nach dem Besuch am Samstag von euch hören«, sagte er. »Ganz gleich, wie es auch ausgeht. Tut ihr das nicht, werde ich euch bei der Polizei anzeigen.«

Dann drehte er sich auf den Hacken um, kletterte in sein riesiges Auto und fuhr brummend davon.

Ich schaute Urban Kleerwot an. Sah, dass er einige Probleme mit der Aufhängung des Unterkiefers hatte.

Wir verließen Urbanhall die nächsten zwei Tage nicht. Urban hatte für ausreichend Proviant gesorgt. Wir aßen, tranken, diskutierten, redeten über alles Mögliche, angelten und gingen in die Sauna. Das Wetter wurde mieser, was gar nicht schlecht war. Ich las *Die Fliege und die Ewigkeit* zu Ende und gratulierte meinem Freund zu der wahrlich überraschenden – und dennoch vollkommen glaubwürdigen – Auflösung. Wir beschlossen, dass ich das Ganze in der folgenden Woche noch einmal durchgehen würde. Mit Argusaugen und gespitzter Feder.

In der Nacht von Freitag auf Samstag schlief ich so gut wie gar nicht. Ich drehte und wendete mich in dem schmalen Bett, während ich den Gewittern lauschte, die immer wieder über uns hinwegzogen. Am Samstag nahmen wir zum ersten Mal unser Frühstück drinnen ein, aber im Laufe des Vormittags tauchten erneut blaue Flecken am Himmel auf. Ich hoffte, dass das ein gutes Zeichen wäre.

Es war fast auf die Minute genau zwei Tage her, dass Kommissar Keller uns mit seinem Buick verlassen hatte, als das nächste Auto den holprigen Weg heruntergeschlichen kam.

Es war ein weißer Renault, der bereits einige Jahre auf dem Buckel hatte. Er hielt neben dem Holzvorrat, der Motor wurde abgestellt, und in den wenigen Sekunden, bevor die Tür geöffnet wurde und der Fahrer ausstieg, passierte mein Leben vor meinem inneren Auge zehntausend Mal Revue.

10

Der Mann, der aus dem Wagen stieg und sich streckte, war so um die fünfunddreißig Jahre alt. Er war mindestens hundertneunzig Zentimeter groß und sah durchtrainiert aus. Trug Jeans, Joggingschuhe, T-Shirt und eine dünne Windjacke mit hochgeschobenen Ärmeln.

Braungebranntes Gesicht, helles, kurz geschnittenes Haar. Ein Handballspieler, der gerade nach Hause gekommen war, nachdem er Weltmeister geworden war, so in der Art. Ich warf Urban einen Blick zu. Er stand fünf Meter von mir entfernt mit einem nicht angezündeten Pfitzerboom in der Hand, und sein Gesicht war ein einziges Fragezeichen.

Der Mann betrachtete uns einen Moment lang, ohne eine Miene zu verziehen. Dann ging er um den Wagen und öffnete die Beifahrertür.

Eine Frau von etwa neunundvierzig stieg aus.

Sie war dunkelhaarig. Dunkelhaarig und schön. Feingliedrig und mit reinen Zügen. Gekleidet in ein einfaches dunkelgrünes Baumwollkleid, eine Strickjacke in der gleichen Farbe über den Schultern.

Das konnte sie sein, das konnte jemand anderes sein.

Ich weiß nicht, wie viel Zeit verstrich, bevor wir uns aus dieser eingefrorenen Sekunde befreiten, aber ich konnte mehrere Male für mich entscheiden, dass es Vera Kall war und dann doch wieder nicht. Und ich konnte denken, dass Gott seinerseits beschlossen haben musste, genau diesen Augenblick zu fotografieren und das Bild in sein großes Album einzukleben, er aber wohl Probleme mit der Scharfeinstellung hatte, so dass es deshalb so lange dauerte.

Und dass es verdammt merkwürdig war, dass derartige Gedanken einem durch den Kopf gehen konnten.

Schließlich brach Urban das Schweigen. »Herzlich willkommen«, sagte er. »Mein Name ist Urban Kleerwot. Das hier ist Henry Maartens. Ich gehe davon aus, dass wir uns noch nicht begegnet sind.«

»Adam Czernik«, sagte der Mann und ergriff die ausgestreckte Hand.

»Pieters«, sagte die Frau. »Ewa Pieters.« Etwas lockerte den Griff um etwas in meiner Brust. Plötzlich wurde es einfacher zu atmen, aber gleichzeitig uninteressanter.

Sehr viel uninteressanter.

»Haben Sie angerufen?«, fragte Urban. Sie nickte. »Aber ich dachte, Sie hätten einen anderen Namen angegeben?«

»Ich hatte gute Gründe dafür.«

Die ganze Zeit sah sie verkniffen und ernst aus. Der Mann ebenso. Urban führte uns mit Gesten zum Tisch. »Ich denke, wir haben so einiges zu bereden«, sagte er. »Bier oder Kaffee?«

Die Frau schüttelte den Kopf. »Weder noch«, sagte der Mann.

Eine Weile blieb es still, und ich ahnte, dass das eine Art Taktik war. Wie bei einer Bridgepartie. Ein Gespräch beginnen, das hieß, den ersten Stich weggeben, obwohl es mir etwas schwer fiel zu verstehen, warum.

»Dürfte ich mal vorschlagen, dass Sie uns erklären, welche Absichten Sie zum Teufel überhaupt haben«, sagte Urban, als er nicht länger warten konnte. »Sie haben uns … und besonders meinem guten Freund hier … Sie haben uns in den letzten Tagen ein wenig Kopfzerbrechen bereitet.«

»Ihrem guten Freund Henry Maartens?«, wiederholte die Frau.

»Genau«, sagte ich. »Wer sind Sie und wieso behaupten Sie, Vera Kall zu heißen?«

Ein unbewusstes Lächeln huschte über ihr Gesicht, und ich begann zu ahnen, dass die Haltung, die sie zu wahren versuchte, nicht ihre natürliche war. Sie hustete zweimal in ihren Ellenbogen.

»Darf ich zunächst erklären, dass Adam nichts mit all dem hier zu schaffen hat«, sagte sie und deutete auf den Handballriesen. »Er ist nur im Hinblick auf meine Sicherheit mitgekommen. Außerdem habe ich einigen Personen mitgeteilt, wo ich mich befinde. Nur dass Sie das wissen.«

»Was zum Teufel soll das bedeuten?«, fragte Urban.

»Was meinen Sie damit?«, fragte ich.

Sie zog eine Zigarette aus ihrer Handtasche und zündete sie an. Ich schaute Herrn Czernik an. Bodyguard, dachte ich. Mein Gott.

»Ich bin ihre Cousine«, sagte Ewa Pieters. »Vera Kalls Cousine. Verstehen Sie?"

Urban schüttelte den Kopf. Ich schüttelte den Kopf.

»Ich habe gewisse Dinge erfahren.«

»Gewisse Dinge?«

»Ja. Die die Polizei nie erfahren hat.«

Ich spürte, wie die Wut in mir aufstieg. Vielleicht war es auch Angst.

»Wenn Sie so freundlich wären und uns erzählen könnten, was Sie wissen«, forderte ich sie auf. »Zum Beispiel, was mit Vera passiert ist. Wissen Sie darüber etwas?«

Sie zögerte. »Wie kommen Sie auf die Idee?«

»Warum sonst sollten Sie diese alberne Geheimniskrämerei veranstalten?«, warf Urban ein und sah noch wütender aus.

Sie zögerte zwei Sekunden mit ihrer Antwort. »Weil ich

weiß, dass Ihr Freund etwas mit dem Tod meiner Cousine zu tun hat«, erklärte sie dann.

»Verflucht, was für Behauptungen stellen Sie hier auf?«, donnerte Urban. Adam Czernik schob seine Brille zurecht und beugte sich vor.

»Verzeihung«, versuchte ich zu vermitteln. »Aber ich kann Ihnen versichern, dass es sich hier um reine Phantasien handelt. Wir haben nicht die geringste Ahnung, was mit Vera passiert ist, weder Urban noch ich. Ich glaube, das Beste wäre, wenn Sie uns jetzt erst einmal alles erklären könnten.«

Sie rauchte eine Weile schweigend weiter, während sie mit sich selbst zu Rate zu gehen schien. Suchte kein einziges Mal den Blickkontakt zu Adam Czernik, es war offensichtlich, dass er nicht weiter eingeweiht war. Dass er sich nur als eine Art Sicherheitswache hier befand, genau wie sie es gesagt hatte. Ich betrachtete seine Oberarme und stellte fest, dass er wahrscheinlich in dieser Funktion sehr effektiv war. Vor allem, wenn man die gegnerische Seite betrachtete. Urban ging zur Tonne und fischte vier Bier heraus.

»All right«, sagte Ewa Pieters schließlich. »Ich werde erzählen, was ich weiß, und ich hoffe, Sie können mir dann eine befriedigende Erklärung liefern. Könnte ich ein Glas bekommen, ich bin es nicht gewohnt, aus der Flasche zu trinken.«

Urban stand noch einmal auf. »Sie werden eine Erklärung bekommen, wenn Sie mir erst einmal sagen, was ich erklären soll«, versprach ich.

Endlich begann sie.

»Ich mochte Vera sehr gern«, setzte sie an, und jetzt war ihr Tonfall bedeutend weicher. Das stand ihr besser, viel, viel besser. »Auch wenn wir nur Cousinen waren, so fühlten wir uns fast wie Schwestern … obwohl wir ziemlich weit entfernt voneinander wohnten. Wir waren beide Einzelkinder, und vom Alter her liegen nur zwei Monate zwischen uns. Ich glaube, dass die Ereignisse mich genauso schwer getroffen haben wie ihre Eltern ...«

»Wo haben Sie gewohnt?«, fragte ich.

»In Linden. Sechzig, siebzig Kilometer von hier. Aber wir waren immer in den Ferien und an allen Wochenenden zusammen, unsere Mütter waren Schwestern ... die angeheirateten Väter hatten nicht viel gemeinsam. Ja, so war es.«

Ich nickte. Urban schenkte das Bier ein.

»Es war ein Schock, als sie verschwand. Ich habe genauso viel wie alle anderen darüber gegrübelt, was wohl passiert ist ... dreißig Jahre lang. Schließlich musste ich einsehen, dass wir niemals eine Erklärung bekommen würden, ich glaubte wie wohl die meisten, dass sie in dieser Nacht einem Gewalttäter zum Opfer gefallen sein musste. Einem Wahnsinnigen, der sie überfiel, sie umbrachte und ihren Körper anschließend verscharrte. Aber dann im letzten Frühling ...«

Sie machte eine Pause. Trank einen Schluck Bier und zündete sich eine neue Zigarette an.

»... also, im Frühling lag Tante Ruth im Sterben. Veras Mutter. Ihr Vater, Adolphus, ging schon vor mehr als zehn Jahren von uns.«

»Das wissen wir«, rutschte es mir heraus.

Sie betrachtete mich einen Moment lang verwundert, bevor sie fortfuhr.

»Sie litt unter mehreren Krankheiten, Tante Ruth, hatte aber ein starkes Herz, das sie am Leben hielt, obwohl sie die letzten drei Jahre ans Bett gefesselt war – jedenfalls mehr oder weniger. An einem Tag im April, das ist ja erst ein paar Monate her, bekam ich eine Nachricht vom Krankenhaus, in dem sie lag, dass sie mit mir sprechen wolle. Ich fuhr hin ... nach Ulmenthal draußen am Meer, ich weiß nicht, ob Sie das kennen ... zuerst sprach ich mit einem Arzt, und er erklärte mir, dass sie nur noch wenige Stunden zu leben habe. Wenn ich ihn recht verstand, war es so, dass sie ganz einfach beschlossen hatte, nicht länger zu kämpfen, wollte aber unbedingt noch einige Worte mit mir wechseln, bevor es soweit war. Ich war ihre einzige noch lebende Verwandte, meine Eltern starben bereits vor mehreren Jahren, und ja, da gab es etwas, was sie mir sagen wollte ...«

»War das überraschend für Sie?«, unterbrach Urban. »Dass sie mit Ihnen reden wollte, meine ich ... haben Sie sie sonst besucht?«

»Nicht so oft«, gab Ewa Pieters zu. »Es ist ziemlich weit bis Ulmenthal, und es war nicht so einfach, mit ihr zu sprechen. Sie hatte nach einem Schlaganfall vor ein paar Jahren Probleme mit dem Sprechen ...«

»Was wollte sie?«, fragte ich, etwas verärgert über Urbans Unterbrechung. »Warum wollte sie unbedingt mit Ihnen reden?«

Ewa Pieters sah plötzlich verlegen aus. Strich sich das Kleid ein paar Mal glatt und schaute zu Boden.

»Ich weiß es nicht«, sagte sie. »Ich bin mir nicht sicher, was sie eigentlich wollte. Wenn ich es verstanden hätte, wäre ich natürlich zur Polizei gegangen ... vielleicht hätte ich es sowieso irgendwann gemacht, wenn Sie nicht hier im Ort aufgetaucht wären.«

»Was zum Teufel wollen Sie damit ...«, begann Urban, aber ich hob eine Hand und brachte ihn damit zum Schweigen. »Erzählen Sie«, sagte ich.

Ewa nickte. »Als ich ins Zimmer kam, war sie schon sehr schwach«, erklärte sie. »Nur noch in ihren Augen war Leben zu finden, sie waren voller ... ja, wie soll ich es sagen? Eifer? Eifer und Dankbarkeit, nehme ich an ... Dankbarkeit darüber, dass ich gekommen war, und Eifer, das sagen zu können, was sie sagen wollte, bevor es zu spät war. Ich wünschte, sie hätte nicht so lange gewartet. Dass sie ein bisschen mehr Kraft gehabt hätte, aber dem war nun einmal nicht so. Ich setzte mich auf die Bettkante und nahm ihre Hand, wie ich es immer getan hatte. Sie sah mich mit feurigem Blick an, und ihre Lippen begannen sich zu bewegen… doch sie brachte keinen Laut hervor. Ich beugte mich näher hinunter und lauschte, dicht an ihrem Mund, es war nicht mehr als ein leises Zischen zu hören. Ich rief eine Krankenschwester und fragte sie, ob man etwas machen könne, doch diese zuckte nur die Schultern und setzte eine bedauernde Miene auf. Als wir wieder allein waren, unternahm Tante Ruth eine letzte Kraftanstrengung. Ich beugte mich wieder zu ihr hinunter, und jetzt konnte ich etwas verstehen.«

»Sie haben sie verstanden?«, fragte ich. Sah, dass Urban wieder den Unterkiefer fallen gelassen und Czernik tatsächlich die Ohren gespitzt hatte, sogar er.

»Ja«, sagte Ewa Pieters. »Da habe ich es verstanden. Sogar ziemlich deutlich, und sie wiederholte den Namen zwei Mal: ›Vera…‹ sagte sie, ›aufgeschrieben… Henry Maartens, Henry Maartens' Schuld‹. Das war alles. Dann schloss sie die Augen, und eine Viertelstunde später war sie tot.«

Es blieb still am Tisch. Die Sonne brach durch die Wolken hindurch und warf ein überraschendes, zuckendes Muster aus Licht und Blätterschatten über Ewa Pieters' Kleidung. Ich schluckte. Adam Czernik verschränkte die Arme vor der Brust.

»Können Sie das noch einmal wiederholen«, bat Urban.

»Vera… aufgeschrieben… Henry Maartens, Henry Maartens' Schuld. Den Namen zweimal. Und ich schwöre, ich habe richtig gehört.«

Ich lehnte mich auf meinem Stuhl zurück. Die Sonne überlegte es sich doch anders und verschwand hinter den Wolken.

11

Innerhalb einer halben Minute traf ich eine Entscheidung, doch es dauerte eine halbe Stunde, meinen Teil der Geschichte zu erzählen.

Oder unseren Teil. Es gab natürlich keinerlei Gründe, Urbans und meinen Besuch in Samaria oder unser Gespräch mit Kommissar Keller zu verschweigen. Ewa Pieters hörte zu, rauchte und stellte Fragen, und es war ganz offensichtlich, dass sie glaubte, was sie da hörte. Warum sollte sie auch nicht? Sie schien mir auch nicht besonders viel vorzuwerfen. Es war etwas peinlich, von Veras und meiner Liebesnacht zu berichten, aber es war notwendig, und ich glaube, Ewa sah einen kleinen Lichtblick in der Tatsache, dass ihre Cousine zumindest einmal die Freuden der Liebe erlebt hatte, bevor sie starb.

Oder war sie trotz allem doch nicht gestorben? War Vera Kall wirklich tot? Es war schon absurd, dass wir es immer noch nicht wussten. Neue Fakten waren für beide Seiten in diesem Fall zu Tage getreten, sowohl für uns als auch für Ewa Pieters, aber während wir immer noch draußen auf Urbans Gartenmöbeln saßen und diskutierten, waren wir bei weitem noch nicht so weit gekommen, den springenden Punkt benennen zu können.

Was war in der Nacht zum 28. Mai 1967 passiert? Oder genauer gesagt am Morgen, in diesen frühen Stunden, die uns gleichzeitig so nah und doch so unendlich fern erschienen?

Was Ewas Verhalten nach meiner Ankunft in K. betraf, lichteten sich schnell die Nebel. Nach Frau Kalls Tod im April hatte sie auf etwas amateurhafte Art und Weise versucht, die Rätsel um die letzten Worte der Tante zu lösen. Sie wusste also, dass ein gewisser Henry Maartens während der letzten beiden Schuljahre mit Vera in eine Klasse gegangen war. Sie hatte sich vorsichtig bei ein paar anderen Klassenkameraden umgehört, ob etwas zwischen Vera und mir gelaufen sei, hatte als Antwort aber nur Kopfschütteln und negative Mitteilungen erhalten. Sie wusste nicht, wo ich jetzt wohnte, und auch nicht, wie sie es anstellen sollte, es herauszubekommen… ja, ungefähr so war der Stand der Dinge, als ich plötzlich vor einer Woche im Continental auftauchte. Ewa Pieters arbeitete seit vier Jahren im Hotel, war verantwortlich für die Finanzen. Zumindest ein Punkt für Urban, dachte ich. Sie hatte meinen Namen auf der Anmeldung gesehen, mehr steckte nicht dahinter.

Da sie nicht wusste, was sich hinter Frau Kalls Andeutungen auf dem Sterbebett verbarg, hatte sie – nachdem sie einige Nächte gegrübelt und verschiedene Strategien verworfen hatte – beschlossen, sich kühn unter Vera Kalls Namen zu melden. Um zumindest meine Reaktion zu beobachten. Sie hatte einen guten Freund, Adam Czernik, den jüngeren Bruder ihres früheren Mannes, in ihre Pläne eingeweiht. Zumindest so halbwegs. Am Montag waren sie uns von K. bis nach Urbanhall gefolgt, und danach ging es nur noch darum, Urbans Urlaubsadresse und seine Handynummer übers Kraftfahrzeugregister herauszubekommen. So einfach war das.

Dass sie bis Samstag mit ihrem Besuch wartete, lag einfach daran, dass Adam vorher keine Zeit hatte. Sie traute sich nicht, uns allein zu begegnen – nun ja, wer's glaubte…

So verhielt es sich also. Plötzlich lagen alle Karten offen auf dem Tisch, und wir sahen schnell ein, dass wir alle im gleichen Boot saßen. Das erschien uns anfangs als eine Erleichterung, zumindest was meine Person betraf, aber mit der Zeit überwog doch die Frustration.

Die Frustration darüber, dass wir immer noch nicht weitergekommen waren. Nicht die Antwort auf die Frage gefunden hatten, was mit Vera passiert war. Ich hatte der Begegnung mit Ewa unglaublich angespannt entgegengesehen, und ihr war es natürlich genauso gegangen, aber nachdem ich jetzt wusste, wer sie war und wir unsere vermeintliche Feindschaft begraben hatten, war es das Grundproblem an sich, das seinen hässlichen Kopf zeigte.

Was war mit Vera in dieser Nacht vor dreißig Jahren passiert? Immer wieder die gleiche alte Frage.

»Verflixt noch mal«, fluchte Urban. »Ich habe mit mir selbst gewettet, dass wir heute die Lösung finden werden. Aber so langsam glaube ich, dass ich verlieren werde. Alle Karten auf dem Tisch, und immer noch genauso verzwickt …«

»Eine Karte ist noch nicht aufgedeckt«, warf ich ein. »Was hat sie damit gemeint?«

»Wer?«

»Ruth Kall natürlich. Wenn wir verstehen, was hinter ihren letzten Worten steckt, dann haben wir die Antwort.«

»Du setzt also voraus, dass sie es wusste?«, fragte Urban.

»Du etwa nicht?«

Urban gab keine Antwort. Er betrachtete seine Zigarillo.

»Sprich weiter«, sagte Ewa Pieters.

»Hm«, räusperte ich mich. »Welche Schlüsse hast du draus gezogen? Als du angefangen hast, über diese Worte nachzudenken, meine ich.«

»Keine endgültigen«, erklärte Ewa Pieters nach einer kurzen Pause. »Zuerst habe ich angenommen, dass du derjenige gewesen sein musst, der Vera umgebracht hat, und dass ihre Mutter das wusste. Aber dann habe ich mich gefragt, warum um alles in der Welt sie das dann für sich behalten hat, und darauf habe ich keine Antwort gefunden.«

»Weil es keine derartige Antwort gibt«, sagte ich. »Ich habe deine Cousine nicht umgebracht. Ich habe sie geliebt.«

»Was ein gewisser Unterschied ist«, brummte Urban.

In diesem Moment nahm Adam Czernik seine Brille ab und mischte sich ins Gespräch ein. »Ihr wirkt ein wenig verwirrt, wenn ich das sagen darf«, erklärte er und zeigte, dass er seine Zähne sehr sorgfältig geputzt hatte. »Glaubt ihr nun, dass Veras Mutter gewusst hat, was in der Nacht passiert ist?«

Ich überlegte. Urban kratzte sich am Bart.

»Sie wusste es«, sagte Ewa Pieters. »Lasst uns mal annehmen, dass sie es wirklich wusste.«

»Wie?«, fragte Czernik. »Wie konnte sie es wissen?«

Eine Wolke stummer Gedanken zog über den Tisch.

»Weil der Mörder es ihr geschrieben und gestanden hat«, schlug Urban vor. »Daher das Wort ›geschrieben‹.«

»Und mit dem Namen Henry Maartens unterschrieben hat«, fügte ich hinzu.

»Es gibt noch andere Alternativen«, sagte Czernik. »Wie waren die Worte, Ewa, sag sie doch noch mal.«

»Vera … aufgeschrieben … Henry Maartens, Henry Maartens' Schuld«, sagte Vera zum vierten oder fünften Mal.

»… aufgeschrieben …«, wiederholte Czernik. »Da fehlt etwas am Anfang. Und wenn da ›ich habe es‹ fehlt. Was würde das dann bedeuten?«

»Dass sie etwas aufgeschrieben hat, was sie wusste«, antwortete Ewa. »Ich habe mir das auch schon überlegt, aber ich habe nichts gefunden … sicher, es fehlen Worte in ihrer Botschaft, aber ich weiß ja nicht, welche.«

»Hast du gesucht?«, fragte Adam Czernik. »Nach etwas, das sie geschrieben haben kann, meine ich. Du hast doch sicher ihre Hinterlassenschaften durchgesehen?«

»Nur zum Teil«, gab Ewa zu. »Ich habe nicht die Zeit dazu gehabt, es ist ein halber Vorratskeller voll, aber wenn es euch interessiert, dann …«

Urban schaute zweifelnd drein. »Wenn sie etwas bezüglich Vera aufgeschrieben haben sollte und wirklich wollte, dass die Welt davon erfährt, dann hätte sie es doch wohl an einem Ort hinterlassen, wo es gefunden werden kann?«

»Sie kann es vor langer Zeit aufgeschrieben haben«, bemerkte Ewa Pieters. »Gegen Ende war sie nicht mehr ganz klar im Kopf, wir können nicht die ausgefeilteste Logik erwarten ...«

In dieser Richtung diskutierten sie noch eine Weile weiter, aber ich merkte, dass meine Gedanken in eine andere Richtung abschweiften. Ich begann, Vera wieder vor meinem inneren Auge zu sehen, rief mir ihre Gestalt in der besagten Nacht zurück ... ihren bezaubernd schönen Körper im blassen Sommernachtsdunkel ... wie wir uns streichelten, wie wir uns liebten, wie sie mich aufnahm, die Beine um meinen Rücken ... wie sie sich später von unserem Liebeslager vorsichtig weggeschlichen haben muss, um mich nicht zu wecken. Sich anzog und mir ihre letzte Nachricht schrieb, dass sie nicht wisse, was werden sollte, aber dass sie mich liebe ... wie sie die Treppe hinunterschlich, hinaus in den Junimorgen, und in ihrem weißen Kleid, mit ihrem dichten dunklen Haar aufs Fahrrad stieg ... in dieser jungfräulichen Dämmerung durch die schöne Landschaft fuhr; Frühsommer 1967, der Sommer, der der große Flower-Power-Sommer werden sollte, der Freiheitssommer, den sie nicht mehr erleben durfte, ich konnte mir nicht länger vorstellen, was dann passiert war, und ich begriff, nein, nicht begriff, ich ahnte, begann zu ahnen, dass es auf ihrem Weg nie einen Verbrecher gegeben hatte, dass sie nie einem Wahnsinnigen zum Opfer gefallen war ... denn wenn das, was heute endlich ans Licht gekommen war, stimmte, dann konnte das nur eins bedeuten ... Mein Gott, dachte ich, so kann es sich auch nicht zugetragen haben.

Wir verbrachten drei Stunden damit, Ruth Kalls Hinterlassenschaft in Ewa Pieters' Vorratskeller am Langvej durchzusehen. Das heißt, das, was davon noch übrig war. Die gesamte Kleidung und alle Textilien waren Kleidersammlungen und wohltätigen Zwecken zur Verfügung gestellt worden, und vieles war bereits in den letzten Lebensjahren von Frau Kall verteilt worden. Wie viele alte Damen hatte sie ihr Dahinscheiden geplant. Vieles fortgegeben und dafür gesorgt, dass nicht allzu viel von ihr zurückblieb.

Dennoch gab es so einiges. Schränke und Kartons in erster Linie, gefüllt mit Büchern, alten Zeitschriften und Papieren. Pastor Adolphus' handgeschriebene Predigten und theologische Betrachtungen beispielsweise. Veras Schreib- und Rechenhefte bis zur ersten Klasse zurück, es war sonderbar und fast Ehrfurcht erweckend, sie in der Hand zu halten. Mitgliedslisten und Aufstellungen der Zusammenkünfte der Aronsbrüder. Etcetera. Es war kein Traumjob, da unten zu hocken und in allem herumzuwühlen, und als Adam nach ungefähr der halben Zeit verschwand, fiel es mir doch schwer, ihm zu glauben, dass ihm plötzlich ein Termin im Sportverein eingefallen war.

Auf jeden Fall sah Urban als Erster Licht und spielte seinen Trumpf aus, als wir im Großen und Ganzen all das staubige Zeug durchgesehen hatten.

»Gab es kein Testament?«, fragte er.

Ewa Pieters streckte den Rücken. »Ein Testament? Nein, ich war ja die einzige Erbberechtigte, also bekam ich alles, das hier und ein paar Hunderter auf einem Bankkonto. Aber es gab tatsächlich einen Notar …«

»Einen Notar?«, fragte ich. »Wieso das?«

Ewa wischte sich mit dem Handrücken Schweiß und Staub aus der Stirn und sah nachdenklich aus. »Ich weiß es nicht«, sagte sie. »Ich glaube, ein Überbleibsel aus Adolphus' Zeit. Notar Hegel. Er ließ jedenfalls von sich hören und erklärte, dass es kein Testament gebe.«

»Dass es kein Testament gebe?«, wiederholte ich. »Er hat angerufen und das mitgeteilt?«

»Ja.«

»Und das war alles, was er wollte?«, wunderte Urban sich.

»Ja«, bestätigte Ewa. »Das war alles.«

Urban schloss den Aktenschrank, den er gerade durchgeschaut hatte. »Hegel, hast du gesagt?«, fragte er. »Lass uns raufgehen und ihn anrufen, mir reicht es hier unten.«

Notar Hegel hatte sein Büro auf der Südseite des Grote Markt zwischen den wohlhabenden Bürgerhäusern von der Jahrhundertwende. Obwohl es Samstag und bereits sechs Uhr abends war, schlug er vor, uns dort zu empfangen.

Wenn ich die Lösung auch noch nicht im Gefühl hatte, so war das zumindest ein gutes Zeichen. Dass er sich die Zeit nahm. Während wir vor der reich verzierten Jugendstilfassade warteten, fühlte ich plötzlich, dass ich keine Lust mehr hatte, weiter dabei zu sein.

Absolut keine Lust.

12

Ungewöhnliche Anweisungen?«, fragt Urban Kleerwot nach und zieht die Augenbrauen hoch. »Was meinen Sie damit?«

Wir sitzen tief versunken in den Ledermöbeln in Notar Hegels geräumigem Büro. Urban und ich auf dem Sofa. Ewa Pieters und Hegel auf Sesseln. Hegel hat soeben eine von Urbans Pfitzerbooms dankend angenommen und lehnt sich nach dem ersten Zug zurück. Ich sehe ihn aus den Augenwinkeln heraus an: Er erinnert teilweise an den good guy in einem amerikanischen Gerichtsfilm, und das ist wohl auch so beabsichtigt. Wahrscheinlich ist er einiges über sechzig, aber mit durchtrainiertem Körper und distinguierten grauen Schläfen. Dunkler Anzug, hellblaues Hemd und diskreter Schlips. Ich fühle mich dreckig und verschwitzt, nachdem wir Ewas Keller durchwühlt haben, und hoffe nur, dass der Zigarrenduft den Schweißgeruch überdeckt.

»Die Anweisungen«, wiederholt Hegel, »sind ungewöhnlich, wie gesagt. Ich kann mich so auf die Schnelle nicht an Ähnliches erinnern, aber man muss sich natürlich den Wünschen der Mandanten fügen. Rules of the Game.«

Er klopft auf den braunen Umschlag und betrachtet uns der Reihe nach, als könnte er sich nicht das Vergnügen verkneifen, uns noch ein paar Sekunden länger schmoren zu lassen.

»Verdammter Scheiß«, platzt Urban der Kragen. »Was für Wünsche denn?«

»Krrm«, räuspert sich der Anwalt. »Ich habe es jetzt fast dreißig Jahre in Verwahrung gehabt, achtundzwanzig, wenn man genau sein will. Frau Kall hat es mir zwei Jahre, nachdem ihre Tochter verschwunden ist, übergeben … sowohl den Brief als auch die Anweisungen.«

Er macht erneut eine Pause, doch niemand bricht das Schweigen.

»Die also folgendermaßen lauten«, fährt Hegel fort. »Unter keinen Umständen durfte der Brief weitergegeben oder geöffnet werden, solange das Ehepaar Kall noch am Leben war. Nach dem Tod beider hatte ich ihn sicher zu verwahren bis zu dem Tag, an dem jemand – wer immer das auch sein mochte – nach ihm fragte. Höchstens zehn Jahre, dann sollte er vernichtet werden. Ungelesen.«

»Was?«, ruft Ewa Pieters aus. »An jemanden, wer immer das auch sein mochte? Und Sie hatten nicht die Anweisung, ihn nach ihrem Tod auszuliefern?«

Hegel schüttelt den Kopf. »So lauteten ja gerade die Anweisungen. Und der Wille des Mandanten ist Gesetz. Ungewöhnlich, nicht wahr? Ich glaube, sie wollte das irgendwie in Gottes Hände geben, aber darüber kann man natürlich geteilter Meinung sein …«

»Aber …«, sagt Ewa. »Aber jetzt sind wir also gekommen und haben danach gefragt, nicht wahr?«

»Genau«, stimmt Hegel ihr zu und zieht an seiner Zigarre. »Jetzt sind Sie gekommen, und jetzt tue ich meine Pflicht. Bitte schön. Es ist erlaubt, den Inhalt zu erfahren.«

Er überreicht Ewa den Umschlag. Sie nimmt ihn entgegen, wiegt ihn in der Hand und beäugt ihn.

»Kein Adressat?«, fragt sie.

»Kein Adressat«, bestätigt Hegel. »Nur das Datum und ihr eigener Name.«

Einige Sekunden lang bleibt es still.

»Öffne ihn!«, sagt Urban dann. »Lies!«

Notar Hegel hilft mit einem schmalen Brieföffner. Ewa schlitzt den Umschlag auf und zieht den Inhalt heraus – zwei zweimal gefaltete Briefbögen, handbeschrieben. Sie legt sie vor sich auf den Tisch, streicht sie glatt und schaut auf die erste Seite.

»Laut!«, sagt Urban. »Mensch, nun lies endlich vor, sonst krepiere ich gleich.«

Ewa holt tief Luft und fängt an zu lesen:

»Gott im Himmel, der Du über alles herrschst. Ich weiß mir keinen Rat, das hier ist meine Beichte …«

Es sollte bis Montagvormittag dauern, bevor wir loskamen.

Urban und ich verbrachten den ganzen Sonntag draußen am Ferienhaus, wurden aber via Urbans Handy über die Vorbereitungen auf dem Laufenden gehalten.

Es ist ein sonderbar stiller Tag, dieser Sonntag: kein Wind. Ein bleicher Himmel, an dem die Sonne nicht durch die Wolkendecke dringt. Eine Temperatur, die die Haut nicht wärmt. Wir fahren auf den See hinaus und angeln ein paar Stunden, ohne dass auch nur einer anbeißt. Essen dann Fertiggerichte, die wir am Samstagabend in K. gekauft haben. Am Abend gehen wir in die Sauna und diskutieren den Plot in Urbans Krimi. Wir sprechen kaum über die Wildorchidee.

Wahrscheinlich ist es nicht gemäß den Vorschriften, dass es uns erlaubt wird, den montäglichen Untersuchungen beizuwohnen, ich glaube, Kommissar Keller hat eine Art Sondererlaubnis erwirkt. Das hatte eher etwas mit Mustern und Stil als mit den üblichen Polizeiprozeduren zu tun, im übrigen war er ja bereits seit einigen Jahren pensioniert. Wir fuhren alle zusammen in seinem großen Buick, Ewa Pieters, Urban und ich. Wir hatten einen Streifenwagen vor und einen hinter uns in unserer Karawane, und ich sah Keller an, dass es seine letzte große Operation war, die nun vor ihm lag. Er schien noch mehr in sich zusammengeschrumpft zu sein als vorher, wie er dort hinter dem Steuer saß und auf einem Zahnstocher kaute. Noch verbissener und konzentrierter. Kein Wunder, dachte ich und bereute es erneut, nicht gebeten zu haben, doch zu Hause bleiben zu dürfen.

Ewa Pieters saß mit mir auf dem Rücksitz und machte sich Vorwürfe. »Das hätte ich mir früher ausrechnen können«, klagte sie. »Ich hätte wissen müssen, was es bedeutet, dass sie alles wusste.«

»Das spielt doch keine Rolle«, versuchte ich sie zu trösten. »Das war nicht leicht zu verstehen.«

»Doch, das war leicht«, widersprach Ewa. »Wenn Ruth etwas wusste – ganz gleich, was – dann musste das doch bedeutet haben, dass Vera an diesem Abend nach Hause gekommen ist.«

»Ja, sicher ist sie nach Hause gekommen, wie immer«, brummte Urban vom Beifahrersitz. »Aber es ist doch eine Schweinerei, das Gesetz in die eigenen Hände zu nehmen und so zu schweigen.«

»Es gibt Menschen, für die gibt es mehrere Gesetze«, konstatierte Keller säuerlich. »Ab und zu ein bisschen private Moral ist sehr beliebt. Besonders unter den Radikalen Linken, nehme ich an.«

Ewa wand sich. »Trotzdem halte ich es nicht für so unverantwortlich, wie Tante Ruth sich verhalten hat. Sie haben ja trotz allem ihre Strafe erhalten, es wäre doch nichts damit gewonnen, wenn sie etwas gesagt hätte, oder?«

Keller verzog wütend das Gesicht. »Es waren ein bisschen zu viele, die in dieser Geschichte nie etwas gesagt haben«, erklärte er und fing meinen Blick im Rückspiegel ein. »Denkt doch nur einmal daran, was die Ermittlungsarbeiten den Steuerzahler gekostet haben!«

Das war natürlich ein Argument. Mir fiel dazu nichts ein, und sonst auch niemandem.

Kurz nach elf Uhr hatten wir Samaria erreicht. Herr Clausen stand draußen auf dem Rasen und begrüßte uns verhalten, als wir aus den Wagen stiegen. Ich registrierte, dass der rote Volvo nicht vor Ort war, und schloss daraus, dass Frau Clausen mit den Kindern fortgefahren war. Unnötig, sie in dieser ländlichen Idylle traumatischen Erlebnissen auszusetzen, keine Frage.

Vollkommen unnötig, es war so schon schlimm genug.

Sechs Polizeibeamte in Arbeitskleidung holten Spaten aus dem Kofferraum und begaben sich unter Führung des Befehlshabers und Kommissars Keller zu dem angegebenen Platz. Wir übrigen hielten Abstand, und als das Graben in Gang gekommen war, ging Herr Clausen ins Haus und setzte Kaffee auf. Wir ließen uns auf den gleichen Plastikstühlen wie beim letzten Mal nieder, und nach einer Weile bemerkte ich, dass Ewa angefangen hatte zu weinen. Ich strich ihr etwas unbeholfen über den Arm, sie zog ein Taschentuch heraus und putzte sich die Nase.

»Das ist zu viel«, sagte sie.

»Ja«, nickte ich. »Das ist zu viel.«

»Und so unwirklich«, fuhr sie fort. »Ich kann nicht glauben, dass es wahr ist… obwohl ich doch weiß, dass es sich genau so zugetragen hat. Er konnte so aufbrausend sein.«

Urban räusperte sich. »Eine Sache frage ich mich«, sagte er. »Wenn sie nicht so verdammt ehrlich gewesen wäre, dann wäre es wohl nie passiert.«

»Wie meinst du das?«, fragte ich.

»Sie hätte einfach nur lügen sollen«, seufzte Urban. »Da kommt sie um halb fünf Uhr morgens nach Hause und gibt zu, sich betrunken zu haben und mit einem Jungen ins Bett gegangen zu sein, verflucht, was hat sie eigentlich erwartet?«

»Er hat sie normalerweise nicht geschlagen«, sagte Ewa. »Vielleicht hätte sie geschwiegen, wenn sie gewusst hätte, dass er das tut. Aber Vera war immer ehrlich… und vergiss nicht, dass es sich um einen Unfall handelte. Wäre sie nicht so unglücklich gefallen, dann …«

Sie verstummte. Urban nickte, und danach schien niemand mehr etwas zu sagen zu haben. Wir konnten nur noch warten. Ich schloss die Augen und ließ die Szene in meinem Kopf abspulen, ich weiß nicht, zum wie vielten Mal seit dem Samstagabend.

Vater und Mutter sitzen am Küchentisch und warten. Beunruhigt und übernächtigt.

Vera kommt herein, bleibt mitten im Raum stehen. Gestärkt – wie ich es mir zumindest einbilde – durch ihre Liebe zu mir, beginnt sie zu berichten. Von allem, was sie erlebt hat. Offenherzig und aufrecht.

Der Vater, dieser unversöhnliche Prediger, wie er sich erhebt und wortlos seine Strafe erteilt.

Vera, die gegen die spitze Herdecke fällt.

Vera, die binnen einer Minute stirbt. So hat ihre Mutter es aufgeschrieben. Binnen einer Minute.

Mann und Ehefrau, die dann dastehen, der Mann, der Gottesmann, der mit seiner Wut seine Tochter getötet hat … es ist ein schöner Sommermorgen, die Spatzen zwitschern draußen in dem blühenden Fliedergestrüpp, ihr rotes Blut trocknet langsam auf dem kalten Küchenfußboden, und sie stehen da … sie haben verzweifelt versucht, sie wieder zum Leben zu erwecken, aber ihr Herz ist stehen geblieben, und jetzt stehen sie da …

Quem di diligunt adolescens moritur.

Sie müssen Gebete gesprochen haben. Hunderte von Gebeten müssen sie an diesem Morgen zu ihrem unbegreiflichen Gott hinaufgeschickt haben, der in seiner großen Gnade ihre einzige Tochter hat sterben lassen.

Sterben durch die Hand ihres Vaters.

Und vielleicht, vielleicht hat ja der unergründliche Gott der Aronsbrüder geantwortet und gesagt, dass er ihnen vergibt und dass sie sie in der Erde begraben und die Spuren beseitigen sollen.

Wen Gott liebt …

Und dass die Schuld, diese unerhörte Schuld, ihnen von den Schultern genommen und übertragen wurde auf Henry Maartens, denn es ist Henry Maartens' Schuld …

Ich zucke zusammen, als Ewa mir die Hand auf die Schulter legt.

Spüre, wie ich in der Sommerwärme zittere.

»Sie haben etwas gefunden«, sagt Ewa, sie flüstert fast. »Sie sind auf morsches Holz gestoßen, das muss der Sarg sein.«

Ja, sie haben ihr einen Sarg gegeben, auch das hat sie in dem Brief geschrieben.

Und jetzt wird sie ausgegraben. Nicht ich bin derjenige, der die Wildorchidee ausgräbt, aber ich gehe hin und sehe zu.

Ewa Pieters auch. Ich weine, und ich halte ihre Hand in meiner. Es ist ein Gefühl, als gehöre sie dorthin.

Sämtliche Informationen in der Sache

Es geschah zu dieser Zeit, dass in der Universitätsstadt ein junger Mann namens S. lebte.

Seine Eltern schieden schon früh dahin, seine einzige Schwester zog einige Jahre, bevor unsere Erzählung ihren Anfang nimmt, nach Australien – doch trotz seines offensichtlichen Mangels an lebenden nahen Verwandten ist S. nach außen hin durchaus ein wohlgeratener, lebensfroher Mensch. Nach einigen Jahren verschiedener, doch stets erfolgreicher akademischer Studien entscheidet er sich, möglicherweise Lehrer zu werden. Da er eine gewissenhafte Person ist und nicht riskieren will, auf einem falschen Gleis des Lebens zu landen, bewirbt er sich zunächst um eine Vertretungsstelle während des Sommerhalbjahres in einer Oberstufenklasse im Ort H. – und bekommt diese Stelle. Sollte sich herausstellen, dass ihm der Beruf zusagt, ist er nach dieser Probezeit bereit, das Lehrerseminar zu besuchen, an dem er sicher dank seiner guten akademischen Zeugnisse ohne Probleme aufgenommen wird. So sehen seine Pläne aus.

Er findet in H. ein Zimmer zur Untermiete in der Nähe der Schule, an der er unterrichten soll, verlässt seine Freundin und seine Zwei-Zimmer-Wohnung in der Universitätsstadt, und Anfang Januar beginnt er mit seiner pädagogischen Arbeit. Das übrige Kollegium besteht aus gut vierzig Lehrern verschiedenen Alters und unterschiedlicher Beschaffenheit, die Schule ist schön gelegen mit Blick auf einen Binnensee, und S. findet sich fast umgehend in seinem neuen Milieu gut zurecht.

H. ist eine alte Bergbaustadt mit einem einzigen großen Industriebetrieb, einem Stahlwerk, bei dem praktisch alle arbeitsfähigen Einwohner ihr Auskommen finden. Die Schule ist eine reine Oberstufenschule mit ungefähr vierhundert Schülern, zwei Drittel aus dem Ort direkt, ein Drittel aus den umliegenden Dörfern, grob gerechnet. Auf dem Schulhof steht eine Bronzeskulptur des prominentesten Schülers der Lehranstalt, einem erfolgreichen Skilangläufer mit einem Dutzend Landesmeisterschaftsmedaillen auf seiner Meritenliste. S. unterrichtet in Schwedisch und Englisch in drei verschiedenen Klassen, einer siebten, einer achten und einer neunten. Er stellt bald fest, dass ihm der Lehrerberuf gefällt, und das in jeder Hinsicht. Er mag die Schüler, er schätzt den Umgang mit seinen Kollegen, er findet die Unterrichtssituation selbst – die Möglichkeit, Fähigkeiten zu lehren und einzuüben – inspirierend. Besonders was die Neunte betrifft, deren Schüler ja nur acht, neun Jahre jünger sind als er selbst, empfindet er die Situation als äußerst zufriedenstellend, und er meint außerdem feststellen zu können, dass auch die Jugendlichen ihn als Lehrer schätzen. Darüber hinaus ist er auch noch Klassenlehrer für diese Klasse. Er hat diesen Posten von einer alten, reizbaren Frau mit kränkelnden Nieren übernommen und kann feststellen, wie dankbar es ist, die Nachfolge ausgerechnet einer derartig deprimierten und verbrauchten Pädagogin anzutreten.

Das Schuljahr geht seinen Lauf, und im Mai wird es langsam Zeit, die Schüler zu benoten. Doch drei Wochen vor dem Schulabschluss ereignet sich ein äußerst tragischer Unfall. Ein Mädchen der betreffenden neunten Klasse, Sofia, verunglückt bei einem Verkehrsunfall. Sie wird von einem Auto überfahren, als sie an einem frühen Mittwochmorgen auf dem

Weg zur Schule ist. Das Geschehen wird von einigen unabhängigen Zeugen beobachtet, aber der Fahrer begeht Fahrerflucht, und trotz umfangreicher Nachforschungen gelingt es der Polizei nicht, ihn zu fassen.

Sofias Tod wirft einen dunklen Schleier auf die Schularbeit in den letzten Wochen vor den Sommerferien. An der Beerdigung des Mädchens in H.s schöner Kirche nehmen mehr als die Hälfte aller Schüler der Schule teil, und bei einer Sonderkonferenz am Tag nach dem Begräbnis versammeln sich Schulleitung und alle Lehrer zum feierlichen Gedenken an das Mädchen. Auf dieser Konferenz wird außerdem verkündet, dass Sofia ihr Abschlusszeugnis erhalten soll, auch wenn sie sich nicht mehr unter den Lebenden befindet.

Den Beschluss fasste die Schulleitung in Übereinstimmung mit den Fachlehrern, und eine offene Kritik daran wurde nicht geäußert. Schließlich war das Mädchen trotz allem neun lange Jahre zur Schule gegangen, bevor sie so tragisch aus dem Leben gerissen wurde, es steht auch keine entscheidende Prüfung mehr aus, also kann eine gewisse Logik in dem Vorgang gesehen werden.

Als S. an dem Freitag dieser Woche in sein Zimmer zurückkehrt, fühlt er eine unsägliche Trauer. Normalerweise fährt er übers Wochenende immer in die Universitätsstadt zu seiner Freundin, dieses Mal beschließt er jedoch, das Wochenende in H. zu verbringen. Er braucht ein paar Tage Ruhe, um die Zeugnisnoten zu bestimmen. Alle müssen am folgenden Dienstag in die entsprechenden Papiere eingetragen worden sein, und da S. sich noch nie zuvor in einer ähnlichen Entscheidungssituation befunden hat, möchte er besonders genau vorgehen und ausreichend Zeit zur Verfügung haben.

Das mit Sofia bedrückt ihn jedoch. Während er einsam und allein dasitzt, fällt es ihm schwer, den Sinn darin zu sehen, warum er ihr eine Note geben soll. Was soll ein totes junges

Mädchen mit einem Zeugnis?, fragt er sich. Wozu soll das gut sein?

Und nach welchen Kriterien soll es abgefasst werden? Der Schulleiter hat deutlich gesagt, dass Sofia genau die Zensuren bekommen soll, die sie auch bekommen hätte, wenn sich der Unfall nicht ereignet hätte. Der obligatorische hellbraune Umschlag mit dem Siegel der Schule – zwei stilisierte Schwäne auf dem Flug über einen See – wird den Eltern am Abschlusstag zugesandt werden. Es steht die Idee dahinter, dass der Gedanke für ihren Vater und ihre Mutter schön sein kann, dass sie es trotz allem geschafft hat, die Schulstufe zu beenden.

Es ist außerdem betont worden, dass es umso wichtiger ist, gerecht zu bleiben, gerade weil es sich um eine tote Schülerin handelt. Ein toter Schüler hat keine Möglichkeit, für sich zu sprechen, das Zeugnis wird für sich allein stehen, unwidersprochen für alle Zeiten.

Mit der Zeit gelingt es S., alle Gefühle von Widerwillen und Frustration beiseite zu schieben. Er beschließt, zunächst alle anderen Schülernoten festzulegen und mit Sofia bis zum Schluss zu warten. Deshalb geht er erst spät am Samstagabend die Noten und Beurteilungen des toten Mädchens durch.

Bei Englisch läuft es verhältnismäßig einfach. Sofia gehörte bei allen Arbeiten und eingesammelten Hausaufgaben zu den zwei, drei Besten der Klasse, und auch ihre mündlichen Beiträge lagen in der Spitzenklasse. Im Herbstzeugnis hatte sie ein »Sehr gut«, und so kann S. mit gutem Gewissen die gleiche Note ins Abschlusszeugnis des Jahrgangs 9 eintragen.

In Schwedisch ist es schwieriger. Am Ende der 8. Klasse hatte Sofia zwar auch in diesem Fach ein »Sehr gut«, aber im Laufe des ersten Halbjahres rutschte dieses zu einem »Gut« ab. Während des Frühlings hat sie darum gekämpft, wieder ihre Eins zu bekommen, und es stand wirklich auf Messers

Schneide. Auch ohne die tragischen Umstände hätte S. Probleme gehabt, eine Entscheidung zu treffen, das weiß er. Bei der so genannten Vergleichsarbeit erreichte Sofia 91 Punkte – einen zu wenig für die Note Eins. Sie hat zwei Aufsätze geschrieben, die S. mit einer Zwei und einer Eins benotet hat, und bei dem Grammatiktest im April erreichte das Mädchen 62,5 von 68 Punkten, eine starke Zwei oder eine schwache Eins, die Grenze zu der besseren Note verlief genau bei 63.

S. überprüfte all diese Ziffern noch einmal und erinnerte sich daran, dass die alte, mürrische Lehrerin mit den kaputten Nieren ihm gesagt hatte, dass Sofia eine Schülerin sei, die genau an der Grenze zwischen Eins und Zwei stehe, als sie sich vor Weihnachten einmal getroffen hatten – und dass sie sich dazu entschieden habe, die schlechtere Note zu wählen, weil es ja nur das Zwischenzeugnis sei und so das Mädchen möglicherweise dazu angeregt werden könnte, sich im Laufe des Frühlings noch einmal ordentlich ins Zeug zu legen.

Ich gebe ihr eine Eins, dachte S. und nahm den Stift auf, um die Note in seinen Kalender einzutragen. Doch da schien ihm, als packte etwas seinen Arm – vielleicht war es sein Gerechtigkeitsempfinden –, und er hielt inne. Es gab noch ein anderes Mädchen in der Klasse, das sich genau in der gleichen Situation befand wie Sofia – und ihr hatte er gerade eine Zwei gegeben. Sollte Sofia vorgezogen werden, nur weil sie tot war?

Sollte er nicht eher dem anderen Mädchen – sie hieß Ellinor – die bessere Note geben? Sie hatte jedenfalls ihre Sonderaufgabe in Literatur abgegeben (über den Schriftsteller C.S. Lewis, eine schwache Eins oder vielleicht eher eine starke Zwei, er hatte bewusst, dem Rat eines älteren, erfahrenen Kollegen folgend, vermieden, diese Arbeit offiziell zu benoten), während er Sofias Arbeit über Karin Boye nicht einmal gelesen hatte. Sie hatte wahrscheinlich an dem Morgen, an dem sie totgefahren wurde, in ihrer Schultasche gelegen, es war der letzte Termin für die Abgabe der Arbeit gewesen, aber es war nicht dazu gekommen, dass S. das Produkt hatte einsehen können.

Natürlich gibt es Fragen im Leben, die nicht so einfach zu beantworten sind, dachte S. Die man aber dennoch beantworten kann.

Er brühte sich frischen Tee auf und rief seine Freundin an. Sie sprachen über alles Mögliche, was sie eventuell im Sommer machen wollten, aber nach einer Weile kam er auf seine Probleme beim Notengeben. Die Freundin studierte Psychologie und war eine gute Zuhörerin. Als er seinen Bericht beendet und ihr sämtliche Informationen in der Sache gegeben hatte, erklärte sie, dass er sich unbedingt bemühen solle, gerecht zu verfahren, sie selbst aber natürlich zu wenig über die Fähigkeiten des Mädchens wisse, um einen konkreteren Rat geben zu können.

»Eins oder Zwei?«, fragte S.

»Du bist derjenige, der das entscheiden muss«, antwortete die Freundin. »Ich bin mir sicher, dass du es auf die beste Art und Weise machen wirst. Du bist immer ein gerechtigkeitsliebender Mensch gewesen.«

Dann beendeten sie ihr Gespräch. S. trank drei Tassen Tee und rauchte sechs Zigaretten.

Diese Sonderaufgabe hätte die Sache entschieden, dachte er.

Er trank noch zwei weitere Tassen Tee und rauchte vier Zigaretten. Dann fasste er einen Beschluss und legte sich schlafen. Der Notenkalender lag immer noch aufgeschlagen auf seinem kleinen Schreibtisch unter dem Fenster, das direkt auf einen blühenden Apfelbaum zeigte. Der Duft von Vorsommer drang durch die Gardinen und trug den Zigarettenrauch hinaus in die frische Luft. S. schlief bereits nach wenigen Minuten ein.

Am folgenden Morgen frühstückte er und las die Sonntagszeitung. Anschließend holte er seinen Schulkalender hervor und suchte die Telefonnummer der Eltern des toten Mädchens. Er rief dort an und bekam nach vier Freizeichen jemanden an den Apparat. Eine Frau meldete sich, er nahm an, dass es Sofias Mutter war. Er nannte seinen Namen und erklärte, dass er während des letzten Halbjahrs Sofias Lehrer in Schwedisch und Englisch gewesen sei.

»Ja«, sagte die Frau schwermütig. »Ich bin ihre Mutter. Was möchten Sie?«

S. erklärte, dass er dabei sei, die Zeugnisnoten festzulegen, und dass er aufgrund von Sofias Leistungen etwas unsicher sei.

»Aber das Mädchen ist doch tot«, sagte die Mutter.

»Sie soll trotzdem ein Abschlusszeugnis bekommen«, erklärte S. »Das hat die Schulleitung beschlossen.««

»Aber warum denn?«, fragte die Mutter.

»Weil es so als das Beste angesehen wurde«, antwortete S. und fühlte sich mit einem Mal unsicher, ob es denn richtig gewesen war, bei dem Mädchen zu Hause anzurufen. Obwohl er diesen Beschluss eine ganze Nacht überschlafen hatte, wie er es bei problematischen Fragen immer zu tun pflegte.

»Ach so«, sagte die Mutter. »Nun ja.«

Sie klang traurig, was ja auch verständlich war, und er konnte nichts aus ihrer Stimme heraushören, woraus man hätte schließen können, dass sie der Meinung wäre, die Schulleitung hätte eine falsche Entscheidung getroffen.

»Und man möchte ja die Bewertung so gut wie möglich machen«, fuhr er fort. »Und gerecht natürlich, auch wenn Sofia leider nicht mehr am Leben ist.«

Es war ein Geräusch in der Leitung zu hören, er konnte nicht ausmachen, ob es ein Niesen oder ein Schluchzen war.

»Ich bin ziemlich neu an der Schule und habe nicht so große Erfahrungen mit dem Zensurengeben, aber ...«

»Was wollen Sie eigentlich?«, unterbrach die Mutter ihn.

»Natürlich nur, wenn es Ihnen keine Mühe bereitet«, erklärte S.

»Was?«, fragte die Mutter nach.

»Nun ja, ich würde gern eine Arbeit lesen, die Sofia an dem Tag abgeben sollte, als sie … ja. Es ging um Karin Boye, ich bin mir sicher, dass die Arbeit sich in ihrer Schultasche befand, als … nun ja. Und ich nehme an, dass Sie die Tasche an sich genommen haben.«

Eine Weile blieb es still im Hörer.

»Kann ich Sie gleich wieder zurückrufen?«, fragte die Mutter dann. »Ich glaube, das muss ich erst mit meinem Mann besprechen.«

»Aber selbstverständlich«, sagte S. »Ich möchte um Entschuldigung bitten, dass ich Sie damit belästige. Aber ich wusste mir keinen anderen Rat.«

»Aber ich bitte Sie«, entgegnete die Mutter, bekam seine Nummer und legte auf.

Nach diesem Gespräch duschte S., zog sich an, und als er damit fertig war, klingelte das Telefon. Es war Sofias Vater.

»Meine Frau war etwas aufgewühlt von dem Gespräch, das Sie mit ihr vor einer Stunde geführt haben«, erklärte er.

»Das bedaure ich außerordentlich«, sagte S. »Ich hatte wirklich nicht die Absicht …«

»Aber es ist natürlich nicht Ihr Fehler, dass die Schulleitung diese Entscheidung getroffen hat.«

»Ich möchte gern, dass Sofia eine so gerechte Note wie möglich erhält«, erklärte S.

»Natürlich«, stimmte Sofias Vater ihm zu. »In diesem Punkt sind wir der gleichen Meinung. Und wir haben die Arbeit über Karin Boye gefunden. Aber wir geben sie nicht gern aus den Händen …«

»Wie meinen Sie?«, fragte S.

»Sie können sie sich gern ansehen«, erklärte der Vater, »aber unser Vorschlag wäre, dass Sie herkommen und sie hier lesen. Wenn Sie verstehen.«

»Ich verstehe. Aber …?«

»Es passt uns gut, wenn Sie in ungefähr einer halben Stunde da sind. Am Nachmittag sind wir eigentlich beschäftigt.«

»Ich weiß nicht recht …«

»Die Adresse ist Rosenstigen zwölf. Dann erwarten wir Sie gegen elf Uhr, ja?«

»Ja, vielen Dank, ja«, sagte S. »Ich komme natürlich. Das passt gut.«

Der Rosenstigen war eine kurze Straße in einem ziemlich neuen Reihenhausgebiet am südlichen Rand von H. Niedrige weiße Ziegelhäuser mit winzigen Gärten davor und mit Flachdächern. S. stellte sein Fahrrad an einem kleinen Ständer ab, an dem bereits zwei Damenfahrräder lehnten, und klopfte mit Hilfe eines herzförmigen Metallklöppels an die Tür.

Ein rothaariger Junge öffnete ihm. Acht, neun Jahre, schätzte S., er trug einen blauen Trainingsanzug und musterte intensiv seine nackten, ziemlich schmutzigen Füße. Sofia war auch rothaarig gewesen.

S. fragte, ob Mama oder Papa daheim seien. Der Junge antwortete, ohne aufzusehen, dass sie ihn auf der Terrasse erwarteten.

»Du musst Sofias Bruder sein«, sagte S. und trat in den Flur. Der Junge schluchzte und verschwand nach rechts in ein Zimmer und machte die Tür hinter sich zu. Eine Frau unbestimmbaren Alters kam ihm entgegen. Sie trug einen abgetragenen hellblauen Kittel und ging, ohne die Füße anzuheben. Das Haar war dünn und farblos, und ihre Körperhaltung erinnerte ihn an einen verletzten Vogel, um den er sich einmal gekümmert hatte, als er ein kleiner Junge gewesen war.

»Wir sitzen draußen«, sagte sie und zeigte mit der Hand auf

eine offene Glastür. S. folgte ihr hinaus auf eine kleine, geflieste Terrasse. Ein ovaler weißer Plastiktisch stand dort, umgeben von vier Plastikstühlen. Auf einem saß ein Mann in den Fünfzigern mit schütterem Haar. Er trug eine dunkle Hose, ein weißes, kurzärmliges Hemd und eine Krawatte. Seine Oberlippe war von einem spärlichen rötlichen Schnurrbart bedeckt und sah ein wenig deformiert aus. S. nahm an, dass hier eine Hasenscharte involviert gewesen war. Der Mann erhob sich halb und reichte S. die Hand. S. setzte sich auf einen der anderen Stühle und schaute sich um. Es gab einen Vogelkäfig mit zwei reglosen Wellensittichen, einen Rasenmäher, ein schmales Blumenbeet mit roten und weißen Blumen und einen gepflasterten Weg zu einer Rasenfläche hin mit einem schlaff herabhängenden Badmintonnetz. Zwei Schläger waren in eine Plastikverpackung gestopft, die gegen einen mickrigen jungen Obstbaum lehnte. Eine Thermoskanne und Tassen standen auf dem Tisch. Die Mutter ging zurück ins Haus und kam mit einer kleinen Kuchenplatte in der einen Hand und einem gelben Hefter in der anderen zurück.

»Mein herzliches Beileid«, sagte S. »Es muss schrecklich für Sie sein.«

Die Mutter nickte und setzte sich.

»Das kann man sich nicht vorstellen«, sagte der Vater. »Seit es passiert ist, hat meine Frau nicht mehr geschlafen.«

S. betrachtete sie etwas genauer. Sie hatte schwere dunkle Ringe unter den Augen und schien nicht recht anwesend zu sein. Sie schenkte aus der Thermoskanne in drei Tassen ein, ohne vorher zu fragen.

Ein grauweißer Pudel kam auf die Terrasse, schaute sich um und ging zurück ins Haus.

»Fifi«, sagte die Mutter. »Sofia hat sie zu ihrem zehnten Geburtstag bekommen. Sie versteht nicht, wo Sofia bleibt.«

»Es tut mir leid, Sie belästigen zu müssen«, sagte S. »Es geht nur um die Zensur.«

»Wir verstehen«, nickte der Vater. »Wir haben Sofias Arbeit hier. Margarete, wenn du so gut wärst …?«

Seine Ehefrau überreichte ihm die Mappe. »Bitte, lesen Sie«, sagte sie, und ihre Stimme zitterte. »Wir werden still sein. Und nehmen Sie doch ein Stück Kuchen. Die sind noch von der Beerdigung übrig.«

»Vielen Dank«, sagte S. und zog sechs handgeschriebene Seiten aus der Mappe.

»Nehmen Sie ein Stück Kuchen«, wiederholte Sofias Mutter.

S. entschied sich für ein Mandelstückchen mit einem kleinen Kreuz darauf, nippte am Kaffee und begann zu lesen.

Die Einleitung war ausgezeichnet, das stellte er sofort fest. Karin Boyes Lebensgeschichte wurde in aller Kürze in klaren und wohlformulierten Begriffen aufgezeichnet. Und Sofia hatte eine schöne Handschrift, was zwar jetzt nicht mehr offiziell in die Benotung einging, aber es schadete natürlich nichts.

»Wie sieht es aus?«, fragte die Mutter und versuchte zu lächeln.

»Es sieht ausgezeichnet aus«, bemerkte S., ohne den Blick von den Papieren zu heben.

»Sie hat sehr viel Arbeit reingesteckt«, sagte der Vater. »Sofia war ein ehrgeiziges Mädchen, daran gibt's nichts zu rütteln.«

»Und begabt«, fügte S. hinzu und las weiter. »Sie hätte es weit bringen können.«

Die Mutter griff unter dem Tisch nach der Hand des Vaters, aber keiner von beiden hatte weitere Kommentare abzugeben. S. war nach sieben, acht Minuten fertig mit der Lektüre. Normalerweise hätte er sich sofort an einen weiteren, genaueren Durchgang gemacht, aber er hatte das Gefühl, dass das in diesem Fall nicht angezeigt war. Die Arbeit war rundherum ausgezeichnet, er hatte keine einzige Anmerkung mit seinem Korrekturstift machen müssen. Es herrschte kein Zweifel: Das musste mit einer Eins bewertet werden. Eine vollkommen sonnenklare Eins, was ja erfreulicherweise das Pendel in die richtige Richtung ausschlagen ließ, was Sofias Abschlussnote im Fach Schwedisch betraf. Mit einem zufriedenen Seufzer schob S. die Seiten zurück in die Mappe und nickte den Eltern wohlmeinend zu.

»Das war eine ganz ausgezeichnete Arbeit«, erklärte er. »Sie haben allen Grund, stolz auf Ihre Tochter zu sein.«

»Das sind wir auch«, sagte der Vater und strich sich nachdenklich mit Daumen und Zeigefinger über seinen Schnurrbart. »Und wie gesagt hat sie viel Arbeit reingesteckt.«

»Das ist zu erkennen«, bestätigte S.

»Hat an dem Tag vor dem Unfall die halbe Nacht noch drangesessen. Ich glaube fast…«

Er machte eine Pause und warf seiner Frau einen Blick zu, den sie erwiderte.

»Viel Arbeit«, sagte die Ehefrau traurig.

»Sie war ein ehrgeiziges Mädchen«, sagte S.

Der Vater setzte sich auf seinem Stuhl zurecht.

»Gewissenhaft und ehrgeizig«, sagte S.

Der Vater räusperte sich. »Ja, ich glaube sogar, es lag daran«, sagte er langsam, während er die stummen Wellensittiche in ihrem kleinen Metallkäfig betrachtete. »Dass es so gekommen ist. Es war kaum möglich, sie an dem Morgen zu wecken. Sie war noch hundemüde und einfach unkonzentriert.«

S. sagte nichts.

»Sie ging seit drei Jahren den gleichen Weg zur Schule«, sagte die Mutter.

Der Hund kam wieder auf die Terrasse. Er betrachtete die Anwesenden mit traurigem Blick und kehrte dann ins Haus zurück.

»Das ist nicht so einfach für den Hund«, sagte der Vater.

»Er begreift es nicht. Ja, ich habe die Lampe noch um halb drei in der Nacht in ihrem Zimmer brennen sehen. Als ich auf der Toilette war.«

Plötzlich bemerkte S., dass er fror. Mitten in der ersten Sommersonne saß er zitternd da und hatte Gänsehaut auf den Armen.

»Sie können diese Arbeit auch gern benoten«, sagte der Vater. »Es wäre doch schön zu wissen, dass das Letzte, was sie in ihrem Leben gemacht hat … nun ja.«

Er brach ab. Zog ein Taschentuch aus der Hosentasche und putzte sich die Nase.

»Ich habe die Sonderaufgaben der anderen Schüler nicht bewertet«, erklärte S. »Aber ich bin bereit, in Sofias Fall eine Ausnahme zu machen.«

»Dafür sind wir dankbar«, sagte der Vater.

Und dann holte S. seinen Korrekturstift heraus und schrieb eine Eins und seine Unterschrift unten auf das letzte Blatt.

Eine Stunde später schrieb er die gleiche Ziffer in seinen grünen Lehrerkalender, den Rest des Tages verbrachte er in seinem Zimmer. Stunde um Stunde lag er auf dem Rücken in seinem Bett und starrte die Decke an, obwohl es doch ein schöner Frühsommertag mit einer sanften, vielversprechenden Brise und leichten Wolken war. Er rauchte keine Zigaretten, er las nichts, aber der Duft des blühenden Apfelbaums drang durch das offene Fenster und hüllte ihn wie ein tröstender Schleier ein.

Im Herbst des gleichen Jahres bekam S. einen Platz am Lehrerseminar in der Universitätsstadt, aber er lehnte den Platz dankend ab. Stattdessen begann er im darauf folgenden Frühling an der Bibliothekshochschule in B. zu studieren, und hat seit 1982 als Bibliothekar in einer mittelschwedischen Kleinstadt gearbeitet.

Das unerträgliche Weiß zu Weihnachten

Das Rattengift sah genauso aus wie Schnee.

Ihr gefiel der Gedanke, dass ihre Mutter durch ein wenig Schnee sterben sollte. So hing irgendwie alles zusammen. Die Farbe, das Friedvolle und all das. Und Weihnachten.

Obwohl natürlich niemand erfahren würde, woran sie gestorben war. In Wirklichkeit. Niemand würde diese Verbindung zwischen dem Schnee und dem Rattengift ziehen, niemand außer ihr selbst. Das war schade, vielleicht konnte sie es ihrem Vater sehr viel später einmal, in ferner Zukunft, erzählen. Nachdem er eine andere, sehr viel bessere Frau gefunden und fast vergessen hatte, dass er vor vielen, vielen Jahren mit Beates hoffnungsloser Mutter verheiratet gewesen war.

Vielleicht würde er ihr dann dankbar sein. Es war gut, dass du deine Mutter umgebracht hast, würde er sagen. Sie war so anstrengend, es ging uns doch so viel besser, uns beiden, nachdem sie unter der Erde war. Ja, vielen, vielen Dank, Beate, das mit dem Rattengift, das war wirklich schlau von dir.

Aber vielleicht brauchte sie ja gar nicht zu sterben, wenn man es genau betrachtete. Es war noch zu früh, sich in dieser Sache endgültig festzulegen. Viel zu früh.

Sie drehte den Kopf und schaute auf die kleine Kalenderuhr, die über ihrem Nachttisch an der Wand hing.

Der 23. Dezember, stand darauf, 23.55 Uhr.

Morgen, dachte sie und löschte das Licht, morgen ist Heiligabend. Dann werden wir sehen. Entweder ich kriege ein Hundebaby. Oder ich bringe Mama um.

Und obwohl es ein langer Tag gewesen war und obwohl sie so müde war, dass ihr der Kopf brummte, faltete sie die Hände und sprach ihr Abendgebet. Es dauerte nur ein paar Sekunden, denn sowohl sie als auch der liebe Gott kannten die Worte auswendig. Doch bevor sie die Hände wieder auseinander nahm, fügte sie noch ein paar Sätze hinzu.

»Lieber Gott, ich hoffe trotz allem, dass es ein Hundebaby wird«, flüsterte sie in die Dunkelheit. »Bestimmt ist es ziemlich anstrengend, wenn man noch so jung ist wie ich und keine Mama mehr hat. Und manchmal kocht sie richtig gutes Essen, das muss man ihr lassen. Besonders diese Pfannkuchen mit Brombeermarmelade, du weißt schon, welche ich meine.«

Zufrieden mit diesem freundlichen und gerechten Gedanken drehte sie sich auf die Seite und schlief ein.

Papa hatte ihr das Hundebaby gezeigt.

Oder die Hundebabys, genauer gesagt, denn als sie es zum ersten Mal sah, waren es vier Stück plus Mama Cleopatra – und sie waren gerade frisch geboren, bis auf Cleopatra natürlich, und sie lagen zusammen auf einer Matratze in der Küche daheim bei der Familie Verhaven acht Häuser weiter die Straße hinunter, fast direkt bei der Kirche.

Papa und Herr Verhaven arbeiteten beide bei Pinkertons, das taten fast alle Männer hier im Ort, und alle wussten, dass Vladimir Verhaven ein richtiger Prachtkerl war. Beate war sich nicht sicher, was das eigentlich war, außer dass es auf jeden Fall etwas Gutes sein musste, und konnte man nichts anderes werden, dann konnte man zumindest versuchen, ein Prachtkerl zu werden. Beates Mutter beispielsweise war ganz und gar kein Prachtkerl.

»Verhavens haben Welpen gekriegt, willst du mitkommen und sie dir angucken, Beate?«, hatte Papa sie eines Abends gefragt, als er von Pinkertons heimgekommen war und Mama erklärt hatte, das mit dem Abendessen würde noch mindestens eine Stunde dauern. »Das passt doch gut, zieh dir die Jacke an, dann gehen wir gleich hin.«

Und wie gut das gepasst hatte. Nie zuvor in ihrem Leben hatte Beate etwas so Niedliches gesehen. Vier kleine, zottige, braune Klumpen – und ein großer zottiger Klumpen, in den sie sich hineinzubohren versuchten. Ohren, groß und weich, die wie von selbst flatterten, und Schwänze, die wedelten, und Tatzen, die auch mehrere Nummern zu groß waren. Cleopatra hatte sich mit Buller vom Schlachter gepaart, wie Herr Verhaven erzählte, und das war nun dabei herausgekommen.

Nach einer Weile war auch Frau Verhaven nach Hause gekommen, und sie hatte sofort einen der Welpen hochgenommen und ihn Beate in die Arme gelegt. Er war warm und weich, zitterte ein wenig und leckte ihr die Hände. Ich liebe dich, kleines Hündchen, hatte sie gedacht. Mit dir will ich zusammen sein.

Nie zuvor war ihr dieser Gedanke gekommen, und hinterher hatte sie begriffen, dass das ein Zeichen dafür war, dass sie erwachsen wurde.

Zehn Jahre. Denn es ist schon ein gewaltiger Unterschied zwischen zehn und erst neun.

Ganz zu schweigen von acht.

Während sie am Kanal entlang nach Hause gegangen waren, hatte sie ihre Hand in Papas geschoben und ihm die Sache erklärt.

»Ich will diesen Welpen«, hatte sie gesagt. »Ich kann ganz genau fühlen, dass ich ohne ihn nicht leben kann.«

»Ich glaube nicht, dass das möglich ist«, hatte er auf diese wehmütige, besorgte Art und Weise geantwortet, in der er ab und zu sprach, als trüge er den Kummer der ganzen Welt auf seinen Schultern. »Nein, so, wie es im Augenblick aussieht, haben wir wohl keine Möglichkeit, uns einen Hund zu halten.«

Wie es im Augenblick aussieht.

Was um alles in der Welt sollte das bedeuten?

Sie war schon drauf und dran, ihn danach zu fragen. *Was soll das bedeuten? Wie es im Augenblick aussieht?*

Aber sie fragte nicht, wusste sie doch ganz genau, worum es ging. Ganz genau.

Es ging um Mama. Mama wollte keinen Hund. Mama wollte auch keine Katze. Sie wollte sowieso nie etwas haben, zumindest nichts, was auch nur die geringste Arbeit machen konnte.

Kein Auto. Kein Aquarium. Keine weiteren Kinder, mit Beate war es schon schlimm genug. Natürlich sagte sie das nicht, aber Beate wusste, dass sie genau das dachte.

Alle anderen Mädchen in Beates Klasse hatten Geschwister. Einige sogar mehrere. Die merkwürdige Madeleine hatte drei Brüder und drei Schwestern. Mama schnaubte jedes Mal, wenn die Sprache auf sie kam, und sagte, das habe etwas mit ihrer Religion zu tun.

Und Kanarienvögel und Kaninchen und Paddelboote und alles mögliche andere hatten sie auch noch.

Wie zum Beispiel Hunde. Christa hatte einen Pudel und Frida einen großen Dalmatiner, der Blixten hieß.

Aber keiner hatte ein Tier, das auch nur annähernd mit Lazarus zu vergleichen war.

Lazarus?, dachte sie verwundert. Ja, so hieß er tatsächlich. Noch bevor sie an diesem Tag zu ihrem verspäteten Essen nach Hause kamen, hatte sie ihm bereits einen Namen gegeben. Das musste ja wohl etwas zu bedeuten haben.

Dass sie zusammengehörten, Beate und Lazarus. Das war so sicher wie das Amen in der Kirche und Frau Apfels Arsch, wie Herr Apfel aus dem Nachbarhaus zu sagen pflegte. Sie hatte nie so recht begriffen, was er damit eigentlich meinte, jedenfalls hatte es überhaupt nichts mit Religion zu tun, und vielleicht war es einfach nur so, dass man das, was man nicht richtig verstand, am besten im Gedächtnis behielt.

Eine Sache, die sie hingegen verstand: Wären sie eine Zwei-Personen-Familie gewesen – Beate und Papa – statt eine Drei-Personen-Familie, dann wäre es überhaupt kein Problem mit einem Hund. Und mit anderen Dingen auch nicht, sie könnten sich sowohl Geschwister wie auch eine Popcornmaschine und japanische Tanzmäuse anschaffen, wenn sie nur zu zweit wären.

Inzwischen waren sieben Wochen vergangen, seit sie die Welpen zum ersten Mal gesehen hatte. Jeden Tag hatte sie mit Papa über Lazarus geredet. Nicht genervt, nur geredet. Ihn sozusagen im Vorübergehen erwähnt, immer darauf bedacht zu betonen, dass sie sich dieses Jahr wirklich nichts zu Weihnachten wünsche.

Überhaupt nichts.

Nur Lazarus.

Sie hatte das auch Mama gesagt, besonders in den letzten Tagen, als der Schnee gekommen war und es plötzlich so aussah, wie es an Weihnachten aussehen sollte – aber bei Mama hatte sie darauf geachtet, sich in etwas anderer Tonlage auszudrücken.

Verständiger, erwachsener.

»Ich habe gehört, dass Leute, die einen Hund haben, friedvoller werden«, erwähnte sie beispielsweise beiläufig.

Oder: »Letzte Woche stand in der Zeitung, dass Haustiere das Liebesleben verbessern.«

Manchmal wusste sie selbst nicht so recht, was sie da eigentlich von sich gab, doch sie hatte gemerkt – und ganz besonders in der letzten Woche –, wie Mama weich wurde.

Nicht, dass sie jemals zugab, wie lustig es sein könnte mit

einem kleinen Lazarus im Haus. Oder dass sie Beates Weihnachtsgeschenk schon besorgt hätten und sie damit zufrieden sein würde. Nein, so etwas sagte Mama nie, aber es war etwas an ihrer Art, die Tochter anzusehen, wenn sie erfuhr, dass »Hunde tatsächlich lernen können, auf die Toilette zu gehen und anschließend zu spülen«, das darauf hindeutete, dass ... wie sagte man? ... dass ihre Abwehr zu bröckeln begann?

Einen Sprung bekommen hatte, dachte Beate, als sie die Augen am Morgen des Heiligabend aufschlug. Denn natürlich hatten Mama und Papa sich entschieden. Sie wussten schon lange, was ihre Tochter zu Weihnachten bekommen sollte, es machte keinen Sinn, noch weiter mit der listigen Hundepropaganda fortzufahren.

Entweder – oder, heute war der Tag der Entscheidung.

Und wurde es kein Lazarus, dann wurde es also Rattengift.

Papa war derjenige gewesen, der ihr auch das gezeigt hatte. Vor ein paar Wochen – eigentlich ganz kurz, nachdem sie Lazarus zum ersten Mal gesehen hatte – hatte Mama berichtet, dass sie Ratten im Keller bemerkt habe. Oder zumindest Spuren von ihnen, und am nächsten Tag war Papa mit einem Päckchen aus der Apotheke nach Hause gekommen.

Er hatte Beate mit zu dem Geräteschuppen genommen und ihr erklärt, dass das weiße Pulver in der Dose dazu da war, die Ratten im Keller loszuwerden, und dass es so giftig war, dass ein Mensch nur einen Viertelteelöffel davon zu sich nehmen musste, um auf der Stelle daran zu sterben. Es gab viele Beispiele derartiger Unfälle, und Beate musste ihm versprechen, nie, nie, nie überhaupt auch nur in die Nähe der braunen Dose zu kommen, und wenn sie irgendwo in einer Ecke im Keller etwas Weißes sah, dann musste sie einen großen Umweg darum machen.

Beate hatte erwidert, dass sie ja nun kein Dummerchen

mehr sei, wenn sie das denn überhaupt jemals gewesen war, und Papa tätschelte ihr die Wange und sagte, dass er das schon wisse, aber sie könne doch trotzdem Papas kleines Mädchen bleiben, oder?

Sie wollte schon darauf antworten, dass es eigentlich nur zwei Dinge auf der Welt gab, die ein Mädchen ihres Kalibers brauche, und das seien ein Papa und ein Hund, aber das wäre an der Grenze zur Schleimerei gewesen, deshalb sagte sie stattdessen, dass es jetzt für sie an der Zeit sei, sich an ihre Matheaufgaben zu setzen.

Schon eine Messerspitze sei genug, um einen Boxer umzubringen, hatte Papa unterstrichen, sich auf die Zehen gestellt und die Dose aufs oberste Regal gestellt.

Als ihr ein paar Tage später klar wurde, wofür sie das weiße Pulver benutzen konnte, hatte sie fast das Gefühl, als hätte er es verstanden. Schon damals, an diesem Tag im Geräteschuppen, da war etwas mit seiner Stimme, als er das von dem Boxer sagte.

Nein, so konnte es nicht sein. Manchmal tauchten einfach Gedanken in Beates Kopf auf, die so verrückt waren, dass sie sie einfach vernichten musste.

Wie Unkraut.

Gegen Mittag kam Mamas Bruder Widmar mit seiner Frau Clara zum Essen. Es war genau wie in allen Jahren zuvor, nur dass sie dieses Mal ein kleines Baby dabei hatten. Es war erst zwei Monate alt, und irgendetwas stimmte nicht mit ihm. Es lag in seinem Körbchen und schlief die ganze Zeit, und hinterher erklärte Mama, dass es irgendeine Krankheit von Clara geerbt habe und vermutlich nicht sehr lange leben werde.

Beate bekam von Onkel und Tante ein Buch, wie jedes Jahr. Dieses Mal hieß es »Ein wahres Leben. Christlicher Wegweiser für junge Mädchen«, und es war von einem gewissen Pastor Alois Hingsen geschrieben. Beate war überzeugt davon, dass es keine zwei langweiligeren Menschen auf der ganzen Welt geben könne als Widmar und Clara Jeffermoos, und nur ein Glück, dass sie einander gefunden hatten, so dass niemand sonst betroffen war.

Wenn ich deren Baby wäre, hätte ich auch versucht, so schnell wie möglich zu sterben, dachte sie.

Später, im Laufe des Nachmittags, schneite es noch ein wenig, schnell wurde es dunkel, und so langsam kamen die Gefühle auf, die zum Heiligabend gehören. Papa zündete das Feuer im Kamin an, Mama holte Glühwein, Bonbons, Feigen und einen Mandelkuchen hervor, und dann war es Zeit fürs Verteilen der eigenen Weihnachtsgeschenke.

Schnell wurde ihr klar, dass es doch kein Lazarus werden würde. Es sei denn, sie würden ihn aufsparen als die besonders tolle Überraschung bis ganz zum Schluss, wenn schon fast alles vorbei war.

Dann würde Papa aus seinem Sessel aufstehen, sich strecken und sagen, dass sie ja noch etwas vergessen hätten, wie konnten sie nur so vergesslich sein? Und dann würde er hinausgehen und einen großen, bellenden Karton aus dem Schlafzimmer holen. Beate hatte sich bewusst den ganzen Nachmittag über vom Schlafzimmer fern gehalten, um ihnen diese Möglichkeit nicht zu versperren. Denn schließlich gab es nicht so viele Orte im Haus, an denen man einen kleinen Hundewelpen verstecken konnte.

Bis auf den Keller, aber in dem war ja Rattengift ausgelegt worden.

Doch es gab keine derartige Überraschung. Statt Lazarus bekam Beate einen gestrickten Pullover mit roten Äpfeln drauf, ein Paar gebrauchte Schlittschuhe, die zwei Nummern zu groß waren, so dass sie gut hineinwachsen konnte, sowie eine alberne, aber vermutlich ziemlich teure Dose mit Perlmuttdeckel für ihre Stifte und Radiergummis.

Mama bekam von Papa einen weißen Bademantel und von Beate einen dünnen Topflappen, den sie im Handarbeitsunterricht gehäkelt hatte und der von Anfang an nichts hatte werden wollen. Papa bekam von Mama ein kariertes Hemd und von Beate ein Paar Stiefel. Mama hatte die Stiefel gekauft, aber Beate war mitgewesen und hatte das Geschenk eingewickelt.

Aber kein Lazarus.

Kein Papa, der aufstand und sagte, er habe noch etwas vergessen. Kein bellender Karton mit einem braunen, unwiderstehlichen Knäuel darin, was bedeutet hätte, dass das Leben endlich ein wenig Sinn bekäme. Sie sah Papa an, dass er sich wünschte, es wäre so. Dass es so einen Karton gäbe. Er saß da und schien traurig zu sein und … wie sagte man? … *bedrückt*, wie er es manchmal war, besonders in letzter Zeit, sie hatte das schon häufiger gedacht, es war, als schwebte eine dunkle Wolke um seinen Kopf, ja, genau so sah es wirklich aus.

Armer Papa, dachte Beate, du hast auch kein besonders lustiges Leben – während Beates Mama unbeeindruckt das Geschenkpapier einsammelte, die Bögen zusammenfaltete, die noch einmal benutzt werden konnten, und sie in einen Schrank stopfte, um dann den Rest ins Feuer zu werfen.

»Zeit, in die Kirche zu gehen«, sagte sie. »Zeit, ein bisschen daran zu denken, warum wir heute eigentlich feiern.«

Na gut, dachte Beate. Das entscheidet alles.

Sie hatte bereits die entsprechende Dosis herausgeholt, und sie hatte einen Plan.

Der war einfach und praktisch, wie Pläne sein sollen, und sie folgte ihm Punkt für Punkt.

Als sie aus der Kirche zurückkamen, zeigte die Uhr bereits Viertel nach neun, sie waren noch eine Weile stehen geblieben und hatten mit Pastor Grillenpfatz und einigen anderen Gottesdienstbesuchern gesprochen, einander Frohe Weihnachten gewünscht, Frieden auf Erde und was man so wünscht, und Beate hatte ausreichend Zeit gehabt, die Details noch einmal im Kopf durchzugehen.

Es war wirklich nicht besonders kompliziert.

»Soll ich euch euren Abendtee kochen?«, fragte sie, als sie noch im Flur standen und sich aus den Mänteln schälten.

»Das ist aber lieb von dir, Beate«, sagte ihre Mutter. »Ja, mach das, Papa und ich setzen uns schon ins Wohnzimmer.«

»Vielen Dank, Beate«, sagte Papa. »Du kannst uns dann auch etwas von dem Rosenzwieback mitbringen.«

»Ja, natürlich«, nickte Beate und huschte hinaus in die Küche.

Sie hatte das Rattengift unter der Spüle versteckt. Genau gesagt hinter der Putzlade in einem Fingerhut, und als sie das Pulver in Mamas roten Teebecher kippte, dachte sie, dass sie das eigentlich schon viel früher hätte tun sollen. Alles wäre viel einfacher gewesen, wenn Mama vor drei, vier oder fünf Jahren gestorben wäre.

Andererseits war natürlich eine gewisse Reife nötig, um seine Mutter zu töten, das lag in der Natur der Sache. Sie rührte beide Becher um, holte aus der Blechdose in der Speisekammer eine Handvoll Zwieback und legte sie auf den kleinen Brotteller, stellte alles auf ein Tablett und trug es ins Wohnzimmer.

Papa hatte den Kamin wieder angezündet, Mama blätterte in einer Zeitschrift. Plötzlich hatte sie große Lust, etwas Freundliches zu Mama zu sagen, jetzt, wo sie zum letzten Mal die Gelegenheit hatte, mit ihr zu sprechen, aber sie wusste nicht, was. Es schien, als wollten die Worte nicht auf ihre Zunge kommen.

»Hast du dir selbst nichts mitgebracht?«, fragte Papa etwas verwundert. »Wir könnten doch noch ein bisschen zusammen sitzen und uns unterhalten.«

»Nein, danke. Weißt du, Papa«, sagte Beate. »Es war so ein langer Tag, ich glaube, ich gehe lieber hoch und leg mich schlafen.«

»Ja, mach das, mein Herzchen«, sagte ihre Mama, die bald tot sein würde, und Beate dachte, dass es doch merkwürdig sei, dass sie jetzt so etwas Freundliches, Liebes wie »mein Herzchen« sagte. Das sagte sie sonst nicht.

Aber vielleicht begriff sie ja in ihrem tiefsten Inneren, dass sie bald tot sein würde, und das ließ sie genau diese Worte wählen. Es gab vieles, was im Zusammenhang mit dem Tod unklar war, und auch mit Menschen, die nur noch wenige Minuten zu leben hatten. Sie konnten so eine Art sechsten Sinn entwickeln, das hatte sie gelesen, auch wenn sie sich selbst dessen gar nicht bewusst waren.

»Gute Nacht, liebster Papa, gute Nacht, liebste Mama«, sagte sie, und beide schauten einen Moment lang ein wenig verwirrt auf. Vielleicht war es ihnen ja peinlich, dass sie ihr keinen Hund geschenkt hatten, zumindest Papa, aber jetzt war es zu spät, noch etwas an der Sache zu ändern.

Oder besser gesagt zu früh. Morgen wären sie nur noch eine Zwei-Personen-Familie, und dann würde alles irgendwie einfacher sein.

Unendlich viel einfacher.

»Gute Nacht, Beate«, sagte Mama.

»Schlaf gut, mein Mädchen«, sagte Papa.

»Ich hoffe, der Tee schmeckt euch«, sagte sie. »Ich habe ihn vielleicht ein bisschen stark werden lassen.«

Dann nickte sie ihnen zu, nahm ihren Pullover, ihre Schlittschuhe und ihre Perlmuttschachtel und ging die Treppe hinauf.

Sie drehte den Kopf und schaute auf die kleine Kalenderuhr, die sie von daheim mitgenommen hatte.

Der 23. Januar, stand da. 23.55 Uhr.

Sie hatte ein wenig geweint. Vielleicht hatte sie deshalb nicht einschlafen können. Sie hatte den Ausdruck gehört, man könnte sich in den Schlaf weinen, aber bisher hatte das bei ihr noch nie geklappt. Wenn man weint, ist man wach, dachte sie, sonst ist es ja irgendwie kein richtiges Weinen.

Sie überlegte, ob sie eigentlich traurig war. Und wenn ja, wie sehr.

Natürlich war es betrüblich, dass Papa tot war. Gleichzeitig war sie ein wenig wütend auf ihn. Dass er auch so verdammt dumm sein konnte, aus dem roten Becher zu trinken, wo er doch sonst immer, wirklich immer den blauen nahm, ja, da hatte er wirklich selbst Schuld. Wenn sie irgendwann einmal in den Himmel kommen und mit ihm würde sprechen können, dann wollte sie es ihm erklären.

Und jetzt hatte sie seit einem Monat jeden Abend zu Gott gebetet, dass er ihm das doch erklären möge. Es wäre wirklich zu dumm, wenn ihr Papa da oben zwischen den Engeln in dem Glauben herumliefe, dass Beate ihn tatsächlich mit Absicht ermordet hätte. Ja, das wäre wirklich schrecklich, und vielleicht hatte sie ja deshalb geweint – und natürlich weil sie gezwungen war, ein ganzes Leben lang zu warten, bis sie ihn wiedertraf. Das *war* traurig.

Auch mit ihrer Mutter konnte sie sich nicht so ohne weiteres treffen, was sie aber nur schön fand. Sie hatten sie fast umgehend eingesperrt, sobald man entdeckt hatte, dass ihr Mann an Rattengift gestorben war, und nach dem, was Beate verstand, würde sie ziemlich lange im Gefängnis bleiben. Fünfzehn Jahre mindestens, vielleicht noch länger.

Und es war nicht so leicht, mit ihr zu reden, wenn sie dann doch einmal ihre Mutter im Knast besuchen durfte. Wenn Beate in diesem übelriechenden Raum dem stummen Blick ihrer Mutter begegnete, dann war es, also ob … ja, sie wusste es auch nicht so genau. Als verwandelte er sich in ein großes, dunkles Loch – oder in die schwarze Wasseroberfläche eines

Brunnens, in den Beate jeden Moment hineinfallen konnte, wenn sie nicht aufpasste, und dann … dann würde es ihr nie wieder gelingen, dort herauszukommen. Genau dieses Bild tauchte tatsächlich in ihrem Kopf auf, als sie und ihre Mutter sich gegenübersaßen, jede auf ihrer Seite des Gitters, ohne einander länger als für den Bruchteil einer Sekunde in die Augen zu sehen, während eine aufgedunsene Wächterin dabeistand und genervt mit ihrem großen Schlüsselbund klapperte.

Nein, dachte Beate, es ist wirklich das Beste, wenn sie ihre Mama nicht mehr sehen und nicht mehr mit ihr sprechen musste. Das war ja von Anfang an eigentlich die Idee gewesen, aber Papa hatte nie etwas von Totenschein, Obduktion und so etwas erzählt, das hätte er lieber tun sollen, und auch das wollte sie ihm sagen, wenn sie sich in siebzig oder neunzig Jahren im Himmel trafen.

Insgesamt war es schon ziemlich unangenehm, das war nicht zu leugnen. Sowohl mit Mama wie auch mit Papa, der eine ermordet, die andere im Gefängnis, damit war sie etwas Besonderes in der Schule, und ihr Foto war auch in der Zeitung gewesen.

Aber es gab auch erfreuliche Dinge, und wenn sie es genau betrachtete, dann spürte sie, dass die Waage vielleicht doch in die andere Richtung ausschlagen könnte. Die Zeit heilt alle Wunden, das wusste jeder Knirps, und die Verhavens waren wirklich eine nette Familie. Frau Verhaven – oder Grete, wie sie hieß – war mindestens genauso ein Prachtkerl wie ihr Mann, wenn Frauen überhaupt Prachtkerle sein konnten, das hatte sie noch nicht so recht herausgefunden – und das Zimmer, in dem sie wohnte, war größer und heller als ihr altes. Es hatte sogar ein Dachfenster, durch das sie eine Baumkrone und ein Stück vom Himmel sehen konnte.

Und drei Geschwister hatte sie noch dazu bekommen, sie kannte sie ja ein kleines bisschen von früher, besonders Mark, der Locken hatte und eine Klasse über ihr in die Schule ging, und wenn Schnee und Eis erst einmal geschmolzen waren, dann wollten sie ihr ein neues Fahrrad kaufen. Ein rotes, das hatte Herr Verhaven versprochen. Er hieß eigentlich Vladimir, doch es gefiel ihr aus irgendeinem Grund besser, ihn Herr Verhaven zu nennen. Oder Herr Prachtkerl, wie gesagt.

Auf jeden Fall war er ihr neuer Papa, und wenn sie das alles bedachte, summa bienenbrumma, wie Frau Mathisen in der Schule immer zu sagen pflegte, dann musste sie zugeben, dass es trotz allem hätte schlimmer kommen können. Sehr viel schlimmer.

Sie holte tief Luft und löschte das Licht.

Drehte sich auf dem Kissen um, legte einen Arm um Lazarus und schlief ein.

Bachmanns Dilemma

1

Professor Bachmann wurde sich an einem Donnerstagmorgen Ende September klar darüber, dass seine Ehefrau einen Liebhaber hatte, und er beschloss noch am gleichen Vormittag, sich diesen vom Hals zu schaffen.

Genau diese Wortkonstellation, »ihn sich vom Hals schaffen« kam ihm in den Sinn – nicht »töten« oder »umbringen« oder, Gott bewahre, »liquidieren« –, und er wunderte sich selbst, wie er auf so einen Ausdruck gekommen war. Hatte das irgendeine Art von Signifikanz? Katzen, Kanarienvögel und anderes Gesocks »schaffte man sich vom Hals«, oder etwa nicht? Sich einen Menschen »vom Hals schaffen« bedeutete nicht nur, dass man ihn tötete, man nahm ihm außerdem noch seine Bedeutung. Man erkannte ihm das grundlegende Recht ab, ein Mensch zu sein. Jemals einen Wert gehabt zu haben. Oder etwa nicht?

Sich vom Hals schaffen.

Er saß an seinem Schreibtisch, während er diese Gedanken formulierte, während er auf das schwarze, dahinströmende Wasser des Flusses schaute, und er wunderte sich darüber, wie selbstverständlich und bedenkenlos er diesen Beschluss gefasst hatte. Bachmann war nie ein Mann der Tat gewesen; ganz im Gegenteil, meistens hatte es ihm am besten gefallen – ja, er hatte sogar damit geprahlt –, sich seinen Hausgöttern Zweifel und Zögern zu unterwerfen. Nicht nur in jüngeren

Jahren, sondern bis weit ins Erwachsenenalter hinein, ja, noch heute. An diesem ruhigen Septembertag war er neunundvierzig Jahre alt, und wenn es einen dritten Potentaten geben sollte, der schätzenswert wäre – sagte er sich selbst, während er seinen Blick so weit hob, dass er die schöne blassgrüne Jugendstilfassade des Hotel Claus ins Blickfeld bekam –, dann hieße er wahrscheinlich Hellhörigkeit.

Wenn er nicht so hellhörig gewesen wäre, wäre es ihm nie in den Sinn gekommen, dass Ingrid einen Liebhaber haben könnte. Hätte er nicht diesen besonderen Ton in der kurzen Mitteilung wahrgenommen, ja, dann hätten sie ihn bis in alle Ewigkeit hinters Licht führen können.

Danke für deinen letzten Besuch. Es war so wunderbar. Wann sehen wir uns wieder? C.

C.? Bachmann kannte keinen C. Zumindest nicht, wenn es um Vornamen ging, und das musste es hier ja wohl, oder? Auf jeden Fall gab es keinen C. im engeren Bekanntenkreis. Die einzige Möglichkeit, die ihm einfiel, war seine Tante Clara, die oben in Frigge lebte und von der er seit mindestens zehn Jahren nichts mehr gehört hatte. Er zweifelte ernsthaft daran, dass sie überhaupt noch am Leben war. Natürlich war es möglich, dass Ingrid einen Arbeitskollegen hatte, dessen Name mit C begann, aber warum sollte ein Arbeitskollege – einer von diesen stinklangweiligen, geschniegelten Versicherungsangestellten, mit denen er höchstens zehn Sekunden Konversation betreiben konnte, wenn sie ihm auf der Straße begegneten –, warum sollte so ein Langweiler sich auf diese dubios hingebungsvolle Art und Weise ausdrücken?

Wann sehen wir uns wieder? Ginge es um die Arbeit, hätte dort gestanden: »Schlage einen Termin für ein neues Treffen vor«, oder: »Was hältst du von einer Zusammenkunft nächste Woche?« *Danke für deinen letzten Besuch.* Verdammt, so bedankte man sich nicht in geschäftlichen Angelegenheiten.

Eine Freundin, die er nicht kannte? Kaum anzunehmen. Und *Es war so wunderbar.* Nein, es gab keinen Zweifel.

Er hatte die ganze Mailbox durchgesehen: 146 Mitteilungen – Ingrid hatte nie begriffen, warum es wichtig sein sollte, etwas zu löschen –, und es gab nur diese einzige Mitteilung mit der Signatur »C.«.

Nur diese einzige, und das war natürlich auch ein Zeichen.

Erst nachdem er den Computer ausgeschaltet hatte, war ihm eingefallen, dass ja noch mehr im Absenderfeld stehen musste. Bachmann mochte keine Computer, der Grund, dass er überhaupt an das Gerät seiner Frau gegangen war, lag darin, dass es ihm nicht gelungen war, eine Mail von seinem eigenen abzusenden, und er wollte überprüfen, ob der Fehler an seinem alten Macintosh lag oder es irgendetwas anderes war auf dem Weg zum Empfänger. Folglich hatte er »Hallo, mein liebes Weibchen« an ingrid.bachmann@spitz.com geschickt, war dann an ihren Schreibtisch gegangen, hatte ihre Mailbox geöffnet und nachgesehen.

Doch, es war angekommen. Er hatte es weggeklickt. Aber warum er anschließend die gelesenen Mitteilungen geöffnet hatte – abgeschickt erst vor zehn Stunden, aber bereits von Ingrid geöffnet und gelesen (sie musste es morgens getan haben, bevor sie zur Arbeit gegangen war) – ja, diese Frage konnte er auch zwei Stunden später, als er seinen Entschluss bereits gefasst hatte, nicht genau beantworten. Vielleicht verhielt es sich ja nur so, dass die Intuition gern Hand in Hand mit dem Zweifel und dem Zögern geht.

Die Absenderadresse hatte ihm jedenfalls noch weitere spärliche Informationen gegeben.

Absender: C.Barentz. (c.b@darwin.com)
Thema: Treffen?

Barentz? Den Namen hatte er noch nie gehört. Im örtlichen Telefonbuch gab es drei Barentz, keinen mit einem Vornamen, der mit C. begann. Zwei von ihnen waren übrigens Frauen. Zwanzig, fünfundzwanzig Minuten lang durchwühlte Bachmann die Schreibtischschubladen seiner Frau auf der Jagd nach einem Adressbuch oder irgendetwas anderem Kompromittierendem, er wusste selbst nicht so recht, wonach er suchte.

Er selbst spürte währenddessen, dass er nicht mehr die Kontrolle über seine eigenen Handlungen hatte. Sein Unterbewusstsein füllte sich mit Bildern von Ingrids nacktem Körper, ihren kräftigen Schenkeln, ihren geschmeidigen Bewegungen im Bett, ihrer Brust, ihrem dunklen Schamdreieck – und von denen eines fremden, nackten Mannes, der sich voller Lust und Eifer alldem widmete. Der in sie eindrang, so dass sie lustvoll den Kopf nach hinten warf und ihr charakteristisches geiles Gurgeln ausstieß.

Ein anderer Mann? Nach zwölf Ehejahren. Sollte Ingrid sich einfach auf den Rücken legen und die Beine spreizen für einen …? Er spürte, wie der Puls in seinen Schläfen pochte und wie sein Gaumen trocken wurde, weil er mit offenem Mund geatmet hatte, fast keuchend sogar, während er fieberhaft und unsystematisch alle Schubladen durchwühlt und versucht hatte, der brutalen Nacktheit der Bilder zuvorzukommen.

Mit einem Schnauben und einem Fluch brach er seine Tätigkeit ab und setzte sich wieder auf seinen eigenen Schreibtischstuhl. Er rief das Institut an und erklärte, dass er sich um ein paar Stunden verspäten würde, und nachdem er den Hörer aufgelegt hatte, stellte er fest, dass der Beschluss bereits gefasst worden war.

Er würde sich diesen C. Barentz vom Hals schaffen. Das war die einzige Lösung.

Noch unklar war, *wie.* Noch unklar waren *wann* und *wo,* aber die zwingende Notwendigkeit dieser Tat stand mit Feuerschrift vor seinem inneren Auge geschrieben.

Er betrachtete die obersten Bögen der schön geformten Fensterstukkaturen des Hotel Claus und merkte, dass seine Wangenmuskeln sich strafften. Stellte fest, dass er lächelnd dasaß.

Stellte fest – und erinnerte sich –, dass es natürlich noch eine vierte Unklarheit gab.

Wen?

Wie schon gesagt.

Es dauerte ein paar Stunden, das herauszubekommen. Eine einfache Suche im Internet erbrachte nichts. Bachmann musste einsehen, dass er vermutlich die falsche Methode benutzte, es war erst das vierte oder fünfte Mal in seinem Leben, dass er nach etwas mit Hilfe des Computers suchte, und auch die früheren Versuche waren nicht von Erfolg gekrönt gewesen – aber nach einer Stunde emsiger Herumtelefoniererei mit diversen Steuerämtern und frei zugänglichen Melderegistern war klar, dass es im ganzen Land drei Männer gab, die den Namen Barentz und dazu das Vornameninitial C. trugen.

Der erste war ein Carl Barentz, pensionierter Pfarrer in Aarlach und Verfasser einiger Schriften über Miserikordien in französischen Landkirchen. Bachmann schloss ihn sofort aus.

Der zweite war ein Student, wohnhaft in Lejnice oben an der Küste. Bachmann wog die Wahrscheinlichkeit ab, dass Ingrid mit einem fünfzehn, zwanzig Jahre jüngeren Schlingel ins Bett gehen könnte. Er verwarf die Möglichkeit, war sich aber im Klaren darüber, dass es ihm nur deshalb so leicht fiel, weil es den dritten Kandidaten gab, der für die besagte Rolle wie maßgeschneidert schien.

Dieser dritte Mann hieß Christian Barentz. Er war in Grothenburg gemeldet. Laut der Frau in der Auskunft der Telefongesellschaft hatte er »Schriftsteller« als Berufsbezeichnung angegeben, andere Informationen außer Adresse und Telefonnummer besaß sie nicht.

Schriftsteller?

Das war typisch. Bachmann notierte sich alles, bedankte sich und legte auf. Er blieb noch einige Minuten hinter dem Schreibtisch sitzen, während er erneut von hässlichen Bildern und sinnlosen Fragmenten nackter Haut heimgesucht wurde. Dann riss er sich zusammen und rief erneut im Institut an, erklärte Sekretärin Bingert, dass die Migräne nicht besser geworden sei und er sich leider gezwungen sähe, den ganzen Tag zu Hause zu bleiben.

Er wusste, dass er vor diesem Gespräch noch nie auch nur mit einem Wort etwas von einer Migräne erwähnt hatte – aber er wusste auch, dass das schüchterne Fräulein Bingert niemals den Mut haben würde, ihn darauf anzusprechen.

Als Professor Bachmanns Ehefrau kurz nach fünf Uhr nachmittags nach Hause kam, war er sämtliche Bücherregale in der Wohnung durchgegangen, ohne auch nur die geringste Spur eines Christian Barentz zu finden. Er hatte eine halbe Stunde zuvor eine Flasche Barolo geöffnet, damit sie Luft bekäme, und in dem Moment, als sie in die Küche trat, holte er eine himmlisch duftende Meeresfrüchtepastete aus dem Ofen.

»Ach, Liebling«, sagte sie.

2

Als sie sich das erste Mal begegneten, war er noch mit Gisela verheiratet gewesen. Einem von Bachmanns älteren Kollegen, dem fast tragikomisch akademischen Edoard Bittinger, war es endlich geglückt zu promovieren *(Die Semiotik des Universalienstreits – eine poststrukturalistische Analyse),* und das anschließende Fest wurde im Restaurant Vlissingen in der Armastenstraat abgehalten. Gisela und Bachmann waren gemeinsam dort hingegangen; aber nach zwei Stunden und einer unglaublich zähen Ente hatte Gisela genug gehabt und das Spektakel, eine diffuse Unpässlichkeit vorschützend, verlassen, aber es hätte sich nicht gehört, wenn Bachmann, der seine Professur nur wenige Monate zuvor erlangt hatte und der seit über zehn Jahren ein Arbeitskollege von Bittinger war, nicht noch geblieben wäre. Man war trotz allem erst beim Dessert angelangt, und mehr als ein Dutzend Reden waren noch zu erwarten.

Ingrid saß ihm schräg gegenüber, auf der anderen Seite des schmalen Tisches, aber erst nachdem Gisela – die sich zwei Plätze weiter rechts von Ingrid befunden hatte – verschwunden war, hatten sie ein Gespräch miteinander begonnen. Bachmann hatte mitbekommen, dass man auf der anderen Seite des Tisches die ökonomischen Unregelmäßigkeiten des Vatikans diskutierte, und da er der Meinung war, zu diesem Thema so einiges beitragen zu können, hatte er sich eingemischt. Ingrid trug ein tief ausgeschnittenes rotes Kleid mit einem kleinen Rubin an einer Goldkette um den Hals, es dauerte eine Weile, bis er begriff, dass sie eine von Bittingers Viertsemestern war, aber nachdem die Tafel aufgehoben worden war, hatten sie bei Kaffee und Cognac zusammengesessen und über alles Mögliche geredet – als würden sie sich, wenn nicht eine Ewigkeit, dann doch zumindest bedeutend länger kennen als die wenigen Stunden, um die es sich tatsächlich handelte.

Ingrid war zu diesem Zeitpunkt sechsundzwanzig Jahre alt, zehn Jahre jünger als Bachmann selbst. Sie stammte aus Frigge und hatte die ersten Studienjahre Geschichte im Fernstudium absolviert, der Grund, warum er sie nie bemerkt hatte; es war ja gerade erst Oktober und das Semester erst wenige Wochen alt.

Aber inzwischen wohnte sie also in M. Sie nahm an Edoard Bittingers Seminarreihe über das antike Erbe teil und plante, ihre Studien bis zur Promotion fortzusetzen. Außerdem hatte sie zuvor in Chadów Literaturwissenschaft studiert, im Pendelzug-Abstand von Frigge, wo sie sich in den letzten Jahren um ihren sehr kranken Vater gekümmert hatte. Ingrid war Einzelkind, die Mutter war bei einem Autounfall ums Leben gekommen, als das Mädchen gerade sechs Jahre alt war. Es war der Vater, der sich um ihre Erziehung gekümmert hatte, und die beiden hatten sich immer sehr nahe gestanden. Ihre Stimme bekam einen brüchigen, warmen Ton, als sie von ihm sprach. Er war Anfang Mai gestorben.

Ein fester Freund?, hatte Bachmann gedacht, und da er zehn Jahre älter und außerdem Professor war – wenn auch der jüngste im Land –, so hatte er sich getraut, diese Frage zu stellen.

»Im Augenblick nicht«, hatte Ingrid passenderweise geantwortet, und dann hatten sie miteinander angestoßen und sich zwei Sekunden zu lange in die Augen geschaut.

Drei Tage später stießen sie überraschend in der Universitätscafeteria aufeinander und blieben mehr als eine halbe Stunde lang beieinander sitzen und unterhielten sich über Thukydides und Xenophon – Ingrid kam gerade aus dem Bittinger-Seminar –, und in der folgenden Woche war es ein Buch über Hellenismus, das in der Institutsbibliothek einfach nicht zu finden war, von dem Bachmann aber wusste, dass er es irgendwo daheim in seinen Regalen stehen hatte. Es wäre natürlich einfacher gewesen, das Buch mit ins Institut zu bringen, aber sie hatten verabredet, dass Ingrid zu ihm nach Hause kommen sollte, um es abzuholen.

Zufälligerweise befand Gisela sich gerade auf einer Dienstreise und sollte in einer anderen Stadt übernachten, er hatte trotzdem Essen gekocht, also blieb Ingrid. Wieder hatten sie endlosen Gesprächsstoff, sie teilten sich zwei Flaschen ausgezeichneten Barbaresco-Wein, und als es Zeit für Ingrid wurde, den letzten Bus nach Hause in das Studentenviertel Wissenaar zu nehmen – wo sie mit sieben anderen (deutlich jüngeren) Studenten auf einem Flur lebte –, da stellten sie fest, dass er bereits weggefahren war.

Und in diesem Moment beugte sich Professor Bachmann in einer plötzlichen Eingebung auf seinem Sessel vor und legte eine Hand auf ihr Knie.

Sie schob sie nicht fort, und bereits fünf Minuten später waren sie heftig damit beschäftigt, sich auf dem langhaarigen Angorateppich vor dem offenen Kamin zu lieben.

Sie hörten nicht, wie Gisela die Wohnungstür öffnete, und sie bekamen nie die Gelegenheit für irgendwelche Ausreden. Es war Gisela selbst, die sie dazu zwang, ihre Anwesenheit wahrzunehmen, nachdem sie eine Weile das Treiben beobachtet hatte. »Ich sehe, dass du eine neue Fotze gefunden hast, mein lieber Ehemann«, hatte sie gesagt. »Und wenn ich mich nicht irre, dann wohl im Studentenbereich.«

Das war natürlich eine in vielerlei Hinsicht bewundernswerte Replik. Was aus der geplanten Übernachtung geworden war, dafür hatte Bachmann nie eine richtige Erklärung erhalten, was aber in Anbetracht aller anderen Umstände auch nicht so wichtig war.

Nur ein Glück, dass wir es wenigstens nie geschafft haben, irgendwelche Kinder in die Welt zu setzen, pflegte er in der ersten Zeit nach der Scheidung und in der ersten Phase seiner neuen Ehe zu denken. Gisela hatte sich nämlich ebenfalls umgehend wieder verheiratet – mit einem Franzosen, der ein wenig dem Schauspieler Malcolm Laurie ähnelte –, und soweit Bachmann wusste, wohnten sie immer noch in einer Kleinstadt in der Bretagne, und es ging ihnen gut. Bei der letzten Volkszählung hatten sie vier Kinder gehabt, ein fünftes war unterwegs.

Auch mit Ingrid hatte es keine Erben gegeben, und nach ein paar Jahren war die wissenschaftliche Erklärung dafür zu Tage getreten: Seine Spermien hatten kein Leben in sich. Ingrid beteuerte ihm, dass das für sie überhaupt keine Rolle spiele, hatten sie doch einander und ihr interessantes Berufsleben. Sie war zu diesem Zeitpunkt vom akademischen Karussell abgesprungen und hatte eine Arbeit bei der Versicherungsgesellschaft Trustor aufgenommen, wo sie bereits nach einem halben Jahr einen Monatslohn erreicht hatte, der auf einer Höhe mit seinem nur äußerst langsam steigenden Professoreneinkommen lag.

Und er liebte sie. Hatte sie immer geliebt. Mit einer Kraft und einer Intensität, die ihn selbst immer wieder verwunderte und auch ängstigte. Wie zum Teufel war ein Mann eigentlich beschaffen?, fragte er sich immer wieder. Dass eine Frau eine derartige Macht über ihn haben konnte.

Die Ehe mit Gisela hatte zwölf Jahre gewährt, sie hatten sich bereits aus der Gymnasialzeit in Krapps Lehranstalt gekannt, und es war sonderbar, wie leicht und einfach sie aus seinem Leben verschwunden war. Als hätte das alles – all diese Jahre, alle ihre Pläne, alle ihre Gespräche – gar nichts bedeutet. Eine Schimäre, ein Fußabdruck im Wasser.

Und jetzt – an diesen blassen Tagen im September – war er mit Ingrid schon genauso lange verheiratet.

Zwölf Jahre.

Ihm kam der Gedanke, dass es vielleicht so eine Art Grenze gab. Eine äußerste Linie, über die hinaus eine kinderlose Ehe einfach nicht mehr funktionieren konnte. Ein Zeitraum, innerhalb dessen man unwiderruflich alle Süße gekostet hatte, die aus einer Paarbeziehung überhaupt zu holen war, die sich selbst allein genug war, und nach der nur noch Erinnerungen und Bitterkeit blieben. Vielleicht betrug die Spanne dafür ja genau zwölf Jahre.

Und der Unterschied zwischen Gisela und Ingrid, das war die Strafe. Gisela hatte er leichten Herzens und ohne Bedenken verlassen. Falls Ingrid nun tatsächlich im Begriff war, von ihm zu gehen, wäre das nicht weniger als eine Katastrophe.

Von einem ziemlich krassen Standpunkt aus gesehen konnte man darin eine Art ausgleichende Gerechtigkeit sehen, das musste er zugeben. Andererseits auch nicht. Wo Gisela ihren Franzosen schließlich in fast verdächtig kurzer Zeit gefunden hatte. Ihm selbst dagegen schien die Hoffnung, als fast fünfzigjähriger Akademiker mit schwindender Haarpracht und immer schlaffer werdender Bauchmuskulatur einen entsprechenden Fang zu machen – beispielsweise eine dunkle, kühle Französin – kaum noch im Bereich des Wahrscheinlichen zu liegen.

Allein der Gedanke, nach einer neuen Frau suchen zu müssen, bereitete ihm eine Gänsehaut. Wie? Wo? Nein, wenn es wirklich soweit kam, dass Ingrid ihn verließ, das wusste er genau, dann blieben ihm nur zwei Alternativen: entweder für den Rest seiner Tage einsam zu leben und sich in der Arbeit zu begraben – oder sich das Leben zu nehmen. Es gab keinen Grund, sich eine düstere Zukunft schönzureden.

All das, all diese traurigen Schlussfolgerungen, waren ihm während der düsteren Nachmittagsstunden am Schreibtisch durch den Kopf gegangen, lange Zeit bevor er den himmlischen Auflauf aus dem Ofen holte. Und genau diese Überlegungen waren es gewesen – wie er im Nachhinein einsah –, die das Motiv und die Beweggründe für seinen intuitiv gefassten Beschluss, sich C. vom Hals zu schaffen, ausmachten.

Kurz und schmerzlos und ohne auch nur für den Bruchteil eines Augenblicks andeutend, dass er überhaupt von dessen Existenz wusste.

Schriftsteller? Er schaute in drei verschiedenen Nachschlagewerken nach, doch in keinem war auch nur eine Zeile über ihn vermerkt.

Und er beschloss für sich, dass es keine generelle Zwölf-Jahres-Grenze gab.

Nach dem Auflauf und Barolo – und nach einem halben, dummen Film im Fernsehen – liebten sie sich, nicht besonders lange und nicht besonders intensiv, und während es vor sich ging, fiel es ihm schwer, sich der Phantombilder der Eifersucht von Ingrid zusammen mit einem anderen Mann zu erwehren.

Doch er hielt durch, und als er ein paar Stunden später das schöne, schlafende Gesicht seiner Ehefrau in dem sanften Schein des Vollmonds betrachtete, der sich in einem der Fenstervierecke des Schlafzimmers zeigte, wusste er, dass sie nichts ahnte. In keiner Weise hatte er seine finsteren Erkenntnisse preisgegeben, und wenn der Schriftsteller Christian Barentz nach einer noch unbekannten Anzahl von Tagen ein für alle Mal von der Erdoberfläche verschwände, dann würde es nichts geben, was diese zweifelhafte Person mit Professor Bachmann oder seiner Ehefrau verband. Nichts, beschloss er, sollte an diesen grundlegenden Prämissen rütteln oder sie aufs Spiel setzen. Als er ein letztes Mal einen Blick auf die roten Ziffern des Radioweckers warf, hatte sich dieser bis 03.28 vorgetickt, und er schlief mit den ersten Schritten eines Planes und guten Gewissens ein sowie mit der Zuversicht, dass alles zu seiner Zeit in Erfüllung gehen würde.

3

Bachmanns Vater, der zu Lebzeiten ein hervorragender Gärtner und Gartenbauarchitekt gewesen war, hatte, als es aufs Ende zuging, seinem einzigen Sohn zwei Ratschläge gegeben, wie er die schwer zu erklimmende Leiter des Lebens bewältigen könnte: *Versuche nie, schwarze Stockrosen zu züchten, wenn dir nicht reichlich Schweinemist zur Verfügung steht,* und *Achte immer darauf, zwischen Entschluss und Tat ausgiebig zu ruhen.*

Bachmann war klar, dass er sich in den auf den schwarzen Donnerstag folgenden Tagen eher an die zweite der Regeln zu halten hatte. Außerdem war ihm klar, dass ihm dieses ruhige Abwarten des richtigen Moments und des passenden Vorgehens gefiel, er wusste, was er zu tun hatte, und hatte überhaupt keine Eile.

Zum Wochenende hin sorgte er dafür, das Zusammensein mit seiner Ehefrau zu genießen, sie besuchten ein klassisches Konzert (zwei von Gaudinos Streichquartetten), sahen einen tschechischen Film (*Einer dieser Tage*), dazu kamen zwei Restaurantbesuche, und erst am Montag, als er wieder daheim in seinem Arbeitszimmer saß, begann er vorsichtig – äußerst vorsichtig –, nach Informationen über den flüchtigen Schriftsteller Christian Barentz zu suchen.

Und erst am Mittwoch wurde diese doch etwas frustrierende Arbeit mit Erfolg gekrönt. Mittels eines Telefonkontaktes mit einem größeren Verlag (er stellte sich selbst als einen Literaturforscher vor, wohnhaft in einem Nachbarland, der in einem äußerst informellen, aber nichtsdestoweniger vertrauenswürdigem Zusammenhang auf den Namen Barentz gestoßen sei) erfuhr er, dass Christian Barentz tatsächlich ein Schriftsteller war, mit gut zwanzig Titeln auf seiner Werkliste, dass er jedoch alle diese Bücher unter einem Pseudonym herausgegeben hatte.

Unter verschiedenen Pseudonymen sogar, aber das war kein Geheimnis, zumindest kein strenges. Christian Barentz' Autorenschaft teilte sich in drei ganz unterschiedliche Bereiche oder Genres, wenn man so wollte. Er schrieb Lyrik, er schrieb Reiseberichte, und er schrieb Kriminalromane. Für jede dieser Kategorien benutzte er ein anderes Pseudonym.

Als Poet hieß er Christos Brant.

Als Reiseschriftsteller hieß er Christoffer Rentze.

Als Kriminalautor hieß er Carl Barren.

Bachmann bedankte sich für diese Informationen, legte auf und starrte die Namen an. Möglicherweise war er auf die ersten beiden schon einmal gestoßen, er meinte einmal in einer Gedichtsammlung von Christos Brant geblättert und vielleicht sogar ein oder zwei Zeilen gelesen zu haben. Irgendwelche Reiseberichte eines Christoffer Rentze waren ihm nie in die Hände gefallen, das wusste er mit Sicherheit, und Kriminalromanen widmete er aus Prinzip keine Zeit.

Er beschloss, die ermüdende und enervierende Suche im Internet zu umgehen, es waren noch mehr als zwei Stunden Zeit bis zur nachmittäglichen Vorlesung, und zwanzig Minuten später stand er in Kooners Buchhandlung in der Ruyders Allé.

Es gab keinen Gedichtband von Brant in den Poesieregalen, das letzte Reisebuch von Rentze handelte von Andalusien und war vor drei Jahren erschienen, wie die Frau an der Information ihm mitteilte; man hatte ein Exemplar erworben, das im letzten Frühling beim Ramschverkauf über den Ladentisch gegangen war. Bachmanns Meinung, dass Kooner's die beste Buchhandlung des Ortes war, wurde wieder einmal bestätigt. Er bedankte sich und begab sich eine Treppe tiefer in die Abteilung für Fantasy, Kriminalromane und Thriller. Nach fünf Minuten wurde er fündig. Das einzige greifbare Buch von Carl Barren. Es hieß *Ein leiser kleiner Mord* und war vor drei Jahren genau in dem Verlag erschienen, mit dem er morgens gesprochen hatte.

Er unterdrückte einen gewissen Widerwillen, ergriff das Buch, ging mit ihm zur Kasse und bezahlte.

Sicher, es war dick und gebunden, dennoch hatte er das Gefühl, dass fast zwanzig Euro ein unverschämt hoher Preis war für diese Art von Trivialliteratur, um die es sich ja zweifellos handelte.

Noch am gleichen Abend begann er zu lesen. Ingrid hatte einen Abendkursus in Personalentwicklung bei der Versicherungsgesellschaft, sie würde nicht vor elf Uhr zu Hause sein. Er zog den Telefonstecker heraus und begann mit der Lektüre, sobald sie aus der Tür war.

Es war – zumindest anfangs – eine merkwürdige Geschichte. Bereits nach wenigen Seiten wurde Bachmann von einem brennenden Schmerz in der Speiseröhre befallen, den er – aus irgendwelchen unergründlichen, aber gleichzeitig sonnenklaren Gründen – mit dem Text in Verbindung brachte.

Dieser handelte von einem Mann, der von einem Doppelgänger heimgesucht wurde. Er war Lehrer an einem Gymnasium in einer mittelgroßen Stadt irgendwo in einem fiktiven Land. Eines Morgens, während er unterrichtet, die Stunde hat gerade erst begonnen, öffnet sich die Tür, und er sieht, wie er selbst das Klassenzimmer betritt, aber auch, wie er erschrickt und stehen bleibt. Er tauscht einen Blick mit sich selbst, sein Gegenüber trägt exakt die gleiche Kleidung, der andere zieht sich zurück, schließt die Tür hinter sich und verschwindet. Die Episode ist äußerst unangenehm und wird nicht weniger erschreckend durch die Tatsache, dass offenbar keiner der Schüler etwas bemerkt hat. Nicht einmal, dass die Tür geöffnet wurde.

Ein paar Tage später erscheint der Besucher wieder, dieses Mal in der Wohnung des Lehrers, während dieser gemeinsam mit seiner Frau Kaffee trinkt. Ein erneuter, nur sekundenlanger Blickkontakt entsteht, dann zieht sich der Doppelgänger wiederum zurück und lässt die Hauptperson in einer Art stummem Schockzustand zurück. Die Ehefrau bekommt im gleichen Moment einen Telefonanruf und registriert nichts bezüglich irgendeines Eindringlings.

Bachmann unterbrach seine Lektüre, er hatte vierzig Seiten gelesen, und das Sodbrennen war jetzt nicht mehr zu leugnen. Er ging in die Küche, in der Hoffnung, etwas zu finden, um es zu bekämpfen, fand im Kühlschrank eine Flasche Selters und nahm sie mit in sein Arbeitszimmer. Er warf einen Blick auf das Hotel Claus, in dem eine Frau, nur mit BH und Slip bekleidet, gerade die Rollos vor einem Fenster im dritten Stock hinunterließ. Eine hastig vorbeihuschende Sekunde lang glaubte Bachmann, sie hätte etwas Bekanntes an sich, aber der Eindruck schwand schnell wieder. Er kehrte zu seinem Buch zurück, das er nach unten aufgeschlagen auf dem Schreibtisch zurückgelassen hatte.

Auf Seite 55 taucht der Eindringling zum dritten Mal auf, jetzt auf einer öffentlichen Toilette in der städtischen Bibliothek, und nach dieser Begegnung beschließt die Hauptperson, einen »leisen kleinen Mord« zu begehen. Er lässt sich krankschreiben und beginnt zu planen und sich für die nächste Kollision mit seinem unangenehmen Doppelgänger zu wappnen. Im Zusammenhang mit diesen Vorbereitungen verlässt er wie zufällig seine Wohnung und kommt in einem kleinen Ferienhaus auf dem Lande unter. Es ist Februar, kalt und unwirtlich, und aufgrund seiner äußeren und inneren Isolation wird er mit der Zeit von sonderbaren Träumen und diversen Wahnvorstellungen heimgesucht. Unter anderem erhält er eines Tages auf seinem Handy eine Mitteilung, in der eine unbekannte männliche Person berichtet, dass die Ehefrau des Lehrers, die in der Erzählung nur mit I. benannt wird, seit einer gewissen Zeit ein unschickliches Verhältnis mit einem gewissen Autor namens C. hat.

Bachmann schob das Buch von sich und starrte aus dem Fenster. Ein blassgelber Mond glitt über die sanft geschwungenen Dachverzierungen des Hotels, das Sodbrennen schoss ihm erneut durch die Kehle. Vom Flur her hörte er, wie die Wohnungstür geöffnet und wieder geschlossen wurde. Er warf einen Blick auf die Uhr und stellte fest, dass er mehr als drei Stunden gelesen hatte und dass es Ingrid war, die von ihrem Abendkursus nach Hause kam. Hastig schlug er *Ein leiser kleiner Mord* zu und schob das Buch in die oberste rechte Schreibtischschublade.

4

Am Vormittag des folgenden Tages machte sich Professor Bachmann ans Werk. Seine erste Tat bestand darin, seine Ehefrau an ihrem Arbeitsplatz bei der Versicherungsgesellschaft Trustor anzurufen und ihr mitzuteilen, dass es leider bei einem Seminar in Hamburg einen Ausfall gegeben habe, so dass er ganz kurzfristig einspringen müsse. Genauer gesagt solle er einen Zug nehmen, der noch am gleichen Abend vom Hauptbahnhof in M. abfuhr. Vielleicht könnten sie es ja trotzdem schaffen, sich vorher kurz zu sehen, etwas gemeinsam zu essen und ein Glas Wein im Bahnhofsrestaurant zu trinken?

Ingrid stimmte seinem Vorschlag zu, ihrer Stimme war nicht anzumerken, ob sie über seinen überstürzten Aufbruch froh oder enttäuscht war. Vielleicht verhielt sie sich auch einfach nur neutral.

Vier Tage, erklärte er ihr. Spätestens am Dienstagabend würde er wieder zurück sein.

Im Institut sagte er gar nichts. Es war nicht notwendig. Er hatte für den Montag keinen Unterricht und keine Termine eingeplant, und sollte es sich herausstellen, dass er es nicht bis zum Seminar über die Wurzeln des Feudalismus am Dienstag schaffen sollte – eine Veranstaltung, die er seit zwölf Jahren abhielt, vierundzwanzig Sitzungen, mit unverändertem Inhalt –, konnte er immer noch anrufen und erklären, dass er verhindert sei.

Ingrid kam wie verabredet kurz nach sechs Uhr zum Bahnhof. Sie nahmen ein einfaches Gericht im Restaurant zu sich, und dann brachte sie ihn zum Bahnsteig und winkte ihm zum Abschied, als er in den Zug nach Hamburg stieg.

In Saaren, nach nur vierzigminütiger Fahrt, stieg er aus. Wartete zwanzig Minuten auf dem Bahnsteig und stieg dann in den letzten nach Süden gehenden Zug des Abends. Als er den Hauptbahnhof von M. passierte, verbarg er sicherheitshalber sein Gesicht hinter einer Zeitung, gleichzeitig konnte er sich vor lauter Tatendrang und guter Laune kaum im Zaume halten.

Angesichts dessen, was vor ihm lag. Er würde kurz nach Mitternacht im Hotel Belvedere in Grothenburg absteigen, sich eine Flasche Bier oder Wein aus der Minibar gönnen, und dann würde alles nach dem Plan ablaufen, der sich bisher zwar noch nicht in allen Einzelheiten in seinem Kopf befand, der aber mit jeder Stunde, die verstrich, umso deutlicher wurde.

Das Spiel war eröffnet.

Seit er das Buch am vergangenen Abend zugeklappt hatte, hatte er keine Zeile mehr in *Ein leiser kleiner Mord* gelesen, aber es lag zuoberst in seiner weichen Reisetasche, und sobald er die Tür hinter sich geschlossen hatte, legte er es mit einer gewissen Sorgfalt auf den Nachttisch neben dem deutlich abgenutzten Hotelbett. Es war zwanzig Minuten nach zwölf. Eine Mitteilung auf dem Fernsehbildschirm hieß ihn willkommen. Herrn Bernard Walker. Er hatte im Voraus für vier Nächte bezahlt. Der Mann an der Rezeption hatte nicht nach einem Ausweis gefragt. Eine kleine Schale mit Obst und Schokolade stand auf dem rauchfarbenen Glastisch vor dem Fenster. Seine Begleiter Zweifel und Zögern zeigten sich in keiner Weise.

Doch die Hellhörigkeit saß in der ersten Reihe seines Bewusstseins.

Vor dem Einschlafen schaffte er es noch, ein Kapitel zu lesen. Der namenlose Lehrer befindet sich noch immer draußen auf dem Lande in seinem ausgekühlten Ferienhaus und zwar in einem immer aufgelösteren Zustand. Per Telefon verhandelt er mit einer lichtscheuen Gestalt – wobei Bachmann nicht verstand, wie er überhaupt Kontakt zu ihr hatte aufnehmen können –, um eine Waffe zu kaufen. Wie diese Verhandlungen eigentlich abliefen, wurde nicht so recht deutlich, und die Ehefrau I. und der Schriftsteller C. wurden mit keinem Wort erwähnt. Bachmann ahnte, dass es sich um eine Art raffinierter Verzögerung im Erzählstrom handelte, gleichzeitig begann er aber auch, diese vertraute Verärgerung zu spüren, die sich immer einfand, wenn er merkte, dass der Autor Gefahr lief, dass ihm die Geschichte aus den Händen glitt.

Als er das Buch hinlegte und das Licht löschte, zeigte die Uhr halb zwei, und er war genau bis zur Mitte gekommen – Seite 154 von 310.

Der Samstag begann mit hohem Himmel und leichten Wolken. Bachmann schlief bis Viertel nach neun, und als er hinunter in den Speisesaal kam, war das Personal bereits dabei, das Frühstücksbüfett abzuräumen. Trotzdem bekam er, was er wollte: Kaffee, ein Vier-Minuten-Ei, Grapefruitsaft sowie ein Brot mit Leberpastete und Schlesischen Gurken. Und während er so dasaß, sein Frühstück genoss und gleichzeitig den Stadtplan studierte, den er sich an der Rezeption besorgt hatte, bekam er plötzlich das Gefühl, als beobachte ihn jemand. Er schaute sich im Raum um. Abgesehen von einer Kellnerin, die dabei war, die Tische abzuräumen, gab es keine Menschenseele. Aber der Eindruck war intensiv. Vielleicht hatte jemand Sekunden, bevor Bachmann den Blick gehoben hatte, dagestanden, ihn betrachtet, und war daraufhin schnell wieder verschwunden. Aber warum? Und wer? Es erschien höchst unwahrscheinlich, dass ihn jemand in diesem fremden

Hotelspeisesaal beobachtete. Bachmann schüttelte das unangenehme Gefühl ab und beendete sein Frühstück. Er faltete die Karte zusammen und verließ den Tisch.

Eine halbe Stunde später befand er sich auf dem Salutorget vor Grothenburgs altem Rathaus. Der warme, wolkenfreie Herbsttag hatte Horden von Menschen in die Cafés gelockt, aber schließlich fand Bachmann doch einen Tisch gleich neben dem alten römischen Springbrunnen. Das Wasser war abgestellt, also sprach nichts dagegen, sich hier niederzulassen. Er erinnerte sich, dass er tatsächlich früher schon einmal hier gesessen hatte, damals aber gezwungen gewesen war, den Tisch zu wechseln, weil die feinen Wolken voller Wasserkristalle plötzlich in die falsche Richtung wehten.

Er überlegte, wann das gewesen sein könnte. Auf jeden Fall hatte er Grothenburg nicht mehr als sieben oder acht Mal in seinem Leben besucht, es musste sich um irgendeine Art von Konferenz gehandelt haben, ihm fiel außerdem noch ein, dass sie eine ganze Gruppe gewesen waren, die sich gezwungen sah, einen neuen Platz zu suchen.

Aber klarer wurden die Bilder der Erinnerung nicht. Er bekam seinen Kaffee und holte den Stadtplan erneut hervor. Die Gerckstraat lag nur drei Häuserblocks entfernt vom Rathaus, sogar die Hausnummern waren verzeichnet, und er hatte Christian Barentz' Adresse angekreuzt.

Sich vom Hals schaffen, dachte er und schaute sich um. Hier sitze ich im Sonnenschein unter all den Menschen, und ich plane einen Mord. *Einen Mord.*

Im gleichen Moment, in dem er diesen unheilvollen Gedanken im Kopf formulierte, wurde er von einer heftigen Sehnsucht gepackt, mit seiner Frau zu sprechen. Ohne weiter nachzudenken, zog er sein Handy aus der Jackentasche und wählte die heimische Nummer.

Keine Antwort. Er lauschte den sechs Freizeichen und auch noch ein paar Sekunden seiner eigenen Stimme auf dem Anrufbeantworter. Drückte dann das Gespräch weg und versuchte es mit Ingrids Handy. Sie ging fast augenblicklich dran, und es war zu hören, dass sie überrascht war, dass er anrief. Als hätte sie ein ganz anderes Gespräch erwartet.

»Wo bist du?«, fragte er.

»Und wo bist du?«, konterte sie.

»In Hamburg«, sagte er und warf einen Blick auf seine Armbanduhr. »Das weißt du doch. Ich hab Mittagspause.«

»Interessante Konferenz?«

»Geht so.«

Dann wusste er nicht, was er noch sagen sollte, und einige Sekunden lang schwiegen beide.

Und genau da, während dieses kurzen Zeitabschnitts, veränderte sich die Situation ganz und gar. In den folgenden Tagen sollte er immer wieder darüber nachdenken, mit welch raffiniertem Timing das geschehen war, mit welch ausgeklügelter Präzision ein Zahnrad ins andere gegriffen hatte – aber vielleicht waren es ja gerade die grundlegenden, zufälligen Mechanismen des Lebens, die da gegriffen hatten?

Hätte er seine Frau eine halbe Minute früher oder eine halbe Minute später angerufen, wäre es nicht passiert, nur, weil er sein Handy zum richtigen Zeitpunkt herausgeholt hatte – und nur weil er erst seine Festnetznummer gewählt und alle Freizeichen abgewartet hatte –, bekam er eindeutige Gewissheit darüber, wie es zwischen seiner Ehefrau und Christian Barentz stand, und die Dinge nahmen eine Wendung, die sie unter anderen Umständen nie genommen hätten.

Den ersten Schlag registrierte er nur im Unterbewusstsein. Das Glockenspiel in Grothenburgs Rathausturm funktionierte seit mehr als fünfhundert Jahren. Es war etwas, was man in den Schulbüchern las. Jeden Tag, sommers wie winters, in guten wie in schlechten Zeiten, hatte sich die uralte Präzisionsmechanik genau um zwölf Uhr zu Wort gemeldet, die acht schweren Klöppel hatten gegen die acht Bronzeglocken geschlagen, gegossen von den Meisterschmieden der Stadt am Ende des fünfzehnten Jahrhunderts, und die gleiche sanfte Tonfolge von zweiundzwanzig Tönen wurde über den Markt und die Gemeinde getragen. Wahrscheinlich konnte jeder Mensch im ganzen Land die Töne identifizieren.

Als er begriff, was er da hörte, blieb er wie versteinert sitzen und lauschte. Erst nach vielleicht acht, neun Schlägen besann er sich und schaltete das Telefon ab.

Das gleiche Glockenspiel. Wirklich. Er hatte ganz genau das gleiche Glockenspiel gehört – die gleiche steigende und fallende Sequenz von Tönen, dieselbe einfache gregorianische Melodie –, im Telefon und in Wirklichkeit.

Die Einsicht, was das zu bedeuten hatte, warf ihn um, als hätte einer der Klöppel ihn am Kopf getroffen.

5

Bachmann packte mit beiden Händen die Tischkante und beugte sich vor. Dann duckte er sich. Es war eine halb beabsichtigte, halb unbeabsichtigte Bewegung, ein instinktiver und gleichzeitig bewusster Ausdruck seines Willens, sich verstecken zu wollen.

Ingrid befand sich hier. Hier in Grothenburg, mehr als zweihundert Kilometer von zu Hause entfernt. Es bestand kein Zweifel – der Glockenklang, der soeben nach den letzten Schlägen abebbte, hatte ihn in einer Art sonderbarer, stereophoner Gespaltenheit erreicht, ins eine Ohr aus der Wirklichkeit, ins andere via Telefon. Ja, dachte er, es ist nicht einmal ausgeschlossen, dass sie hier irgendwo auf dem Markt an einem anderen Tisch sitzt.

Warum nicht? Es war eine höchst plausible Annahme. An fremden Orten sucht man gern das Zentrum auf. Er schaute sich um, immer noch über den Tisch gebeugt, spähte vorsichtig in alle Richtungen, während das Herz unter Hochdruck in seiner Brust pumpte. Halb verdaute und einander widersprechende Impulse bombardierten ihn wie wütende Hornissen – aber nachdem er schließlich feststellen konnte, dass sie zumindest nicht an einem der nächstgelegenen Tische saß, beruhigte er sich ein wenig, und es gelang ihm, folgende Richtlinien aufzustellen, die ihm unbestreitbar erschienen: 1. Wenn er aufstand und einfach inmitten der vielen Leute davonspazierte, war die Wahrscheinlichkeit größer, dass sie ihn entdeckte, als wenn er an seinem Tisch sitzen blieb. 2. Wenn Ingrid sich tatsächlich in Grothenburg befand (und daran konnte, wie gesagt, kein Zweifel bestehen), dann musste sie einen Grund dafür haben. Professor Bachmann machte sich keine Illusionen, welche Gründe das sein könnten.

Zum Teufel auch, dachte er, während er gleichzeitig *Ein leiser kleiner Mord* aus der Tasche zog, sich noch weiter vorbeugte, die Ellenbogen auf den Tisch gestützt, den Kopf in der Hand – damit so wenig wie möglich von seinem Gesicht zu Tage treten sollte –, zum Teufel auch, ich bräuchte einen Schlapphut und einen falschen Bart!

Dann kam ihm für einen verwirrenden Moment die Idee, dass er sie ertappen könnte, dass das ja genau die richtige Medizin wäre: aufstehen, seinen Tisch verlassen und sie direkt aufsuchen, während sie höchstwahrscheinlich dasaß und an einem Glas trockenem Weißwein nippte, natürlich in Gesellschaft ihres Liebhabers, des Erzschuftes und Schundautors Christian Barentz, der so wenig Rückgrat hatte, dass er nicht einmal unter eigenem Namen auftrat. Um sie zur Rede zu stellen.

Doch dann erinnerte er sich an die Voraussetzungen. Wenn er die Untreue seiner Ehefrau entlarvte, käme die Affäre ans Licht, und was dann geschehen würde, das mochte er sich gar nicht vorstellen. Das Risiko, dass sie sich dafür entscheiden könnte, ihn einfach zu verlassen, um ein neues Leben mit dieser zweifelhaften Schriftstellermemme zu beginnen – ja, im tiefsten Inneren wusste er, dass eine derartige Möglichkeit absolut nicht undenkbar war, und es war genau diese mögliche Entwicklung des Dramas, die ihn dazu gebracht hatte, sich für einen leisen kleinen Mord zu entscheiden.

Erst nachdem er den Gedanken zu Ende gedacht hatte, fiel ihm auf, dass er den Titel von Barentz' oder Barrens Buch geliehen hatte, das ja momentan vor ihm auf dem Cafétisch lag und es sich im Sonnenschein gut gehen ließ, und diese Einsicht veranlasste ihn dazu, es augenblicklich wieder in die Tasche zu stecken. Es war offensichtlich ein Tag voller zufälliger Zusammentreffen, makabrer und unheimlich ironischer Verknüpfungen im holistischen Sauerteig. Jetzt klingelte auch noch sein Handy. Er wischte sich einen Schweißtropfen von der Stirn und nahm ab.

Sie war es wieder.

»Hallo, ich glaube, wir sind unterbrochen worden.«

»Ja, ich glaube, mein Akku ist fast leer.«

»Ach so. Wie ist das Wetter in Hamburg?«

Er richtete sich auf und versuchte, fünfhundert Kilometer nördlich zu spähen.

»Geht so.«

»Hier auch. Wolltest du etwas Besonderes, dass du mich angerufen hast?«

»Nein, überhaupt nicht. Ich wollte nur deine Stimme hören.«

»Du bist süß.«

»Ach was. Du, jetzt kommt mein Essen.«

»Wie schön. Was isst du denn?«

»So eine Art Heilbutt.«

»Mm, klingt gut … ich glaube, ich muss auch bald einkehren und was essen. Ich bin ein bisschen einkaufen. Küsschen und mach es gut.«

»Küsschen.«

Verdammte Scheiße, dachte Professor Bachmann und stieß sauer auf. Manövrierte das Telefon wieder in die Jackentasche, winkte dem Kellner und bestellte noch eine Tasse Kaffee und einen Cognac.

Ich bleibe noch zehn Minuten sitzen, dann gehe ich in die Gerckstraat, beschloss er.

Gegenüber von Nummer 21 lag ein kleines Restaurant. Es war thailändisch, elf Tische von zwölf waren frei, er ließ sich am Fenster nieder und bestellte ein Bier.

Die Position war perfekt.

Ich darf mich nicht betrinken, dachte er. Nur ein Bier, um die Nerven zu beruhigen, dann werde ich etwas essen.

Er war bereits im Eingang gegenüber gewesen. Hatte überprüft, ob Barentz auch wirklich dort wohnte. Dem war so, alles stimmte so verdammt genau in diesem erbärmlichen Melodrama. Bachmann hatte seine Ehefrau belogen und den Eindruck erweckt, als befände er sich auf einer Konferenz in Hamburg, dabei war doch sie es, die ihn in viel höherem Grad hinters Licht führte, oder etwa nicht?

Und er war in seine eigene Falle getappt, das war das ironische Paradoxum. Ingrid betrog ihn mit einem anderen, und jetzt hatte sie – vollkommen unwissend – seinen Bluff genutzt und war hierher nach Grothenburg gereist, um … um mit diesem anderen zusammen zu sein. Vielleicht planten sie ja sogar, da oben in der Wohnung hinter den dunklen Fenstern am Nachmittag miteinander ins Bett zu gehen? Ja, garantiert lief es darauf hinaus, sie wollten vorher nur noch eine Weile den Wein und den Sonnenschein genießen. Pfui Teufel.

Im zweiten Stock war es, auf der schönen alten, marmorierten Spiegeltür hatte sich ein Messingnamensschild befunden. Barentz/Popetka. Er fragte sich, wer denn wohl Popetka war; wahrscheinlich eine Frau, mit der Barentz zusammenwohnte, aber es konnte genauso gut der Name des Hundes eines exzentrischen Schriftstellers sein. Oder einer Katze. Die Endung *-ka* war wohl ein Diminutiv, wie Bachmann überlegt hatte, als er vor der Tür stand, aber in dem Moment war ein Frauenlachen aus der Wohnung zu hören gewesen, und er hatte die Haustiertheorie verworfen. Christian Barentz lebte mit einer Frau zusammen, aber offenbar reichte ihm eine allein nicht.

So ein Schweinehund, dachte Professor Bachmann, so ein verfluchter sybaritischer Schweinehund. Und dann überfielen ihn die imaginären Bilder zweier nackter Körper, der eine unbekannt, der andere schmerzlich vertraut, von Neuem. Er rief den Kellner zu sich und bat um die Speisekarte.

Die letztendliche Bestätigung – soweit es überhaupt noch Raum für irgendeinen Zweifel gegeben haben konnte – erhielt er knapp zwanzig Minuten später. Er hatte gerade ein Bal Mak Pruk mit Zitronengras und Koriander verzehrt, als er sie durch die Fensterscheibe hindurch erblickte. Sie kam aus der gleichen Richtung, aus der auch er gekommen war – vom Salutorget und Rathaus her –, sie trug ihre neue hellgrüne Jacke und hatte eine leichte Stofftasche, die er nicht kannte, in einer Hand. Ihr rotbraunes Haar war frisch gewaschen und fiel offen herab, es erschütterte ihn, wie schön sie war. Wie jung und unbekümmert sie wirkte! Niemand würde glauben, dass sie in nur wenigen Monaten vierzig Jahre alt werden würde. Ohne das geringste Zögern ging sie in den Eingang von Nummer 21, es war deutlich zu sehen, dass sie nicht zum ersten Mal hier war. Sie schob die Tür mit einer routinierten Handbewegung auf, und im nächsten Augenblick war sie verschwunden, als wäre es eine Fata Morgana oder eine Illusion gewesen. Nicht wirklich real, *die Welt als Wille und Vorstellung.* Er hatte sie nur fünf, sechs Sekunden lang beobachten können, hätte er seine Aufmerksamkeit nur für einen kurzen Moment auf etwas anderes gerichtet, hätte er sie verpasst.

Aber er hatte sie nicht verpasst. Und es war keine Illusion gewesen. Er hatte seine Ehefrau mit schnellem Schritt den Bürgersteig der fremden Gerckstraat in der fremden Stadt Grothenburg entlanggehen sehen – und er hatte gesehen, wie sie ohne zu zögern in dem Eingang zur Wohnung ihres Liebhabers verschwand. Nummer 21. So waren die Tatsachen.

Er hob seinen Blick zu den hohen, stummen Fensterrechtecken in der ockerfarbenen Fassade und versuchte sich dem neuen Bienenschwarm von Gedanken und Bildern zu widersetzen, der ihn überfiel. Man konnte natürlich da oben nichts sehen. Es war immer noch früher Nachmittag, in der Wohnung war kein Licht eingeschaltet, aber plötzlich spürte er, wie ihn ein heftiges Schwindelgefühl überfiel. Eine ganze Batterie kalter Schauer schwappte über ihn hinweg, alles um ihn herum wurde trübe, und einen Moment lang fürchtete er wirklich, er könnte in Ohnmacht fallen.

Aber der Anfall ging vorüber. Er winkte dem Kellner, der sich im Schatten herumdrückte, und bat um die Rechnung.

Zusammen mit der Rechnung kam ein orientalischer Glückskeks. Ohne sich dessen recht bewusst zu sein, was er da tat, aß er ihn auf und las die Botschaft.

Heute solltest du dich lieber nicht verzetteln. Plane genau, und das Glück wird dir lachen.

Professor Bachmann bezahlte und verließ das Restaurant. Nicht den Bruchteil einer Sekunde schielte er zu Nummer 21 hinauf, er zog die Schultern als Abwehr gegen die Umwelt nach oben und lenkte seine Schritte zurück zum Hotel Belvedere.

6

Den restlichen Samstag widerstand er einhundertundzwanzig Mal der Versuchung, seine Frau anzurufen, und als er beim einhundertundeinundzwanzigsten Mal nachgab, ging sie nicht dran.

Zu diesem Zeitpunkt war es Viertel vor zwölf nachts. Er lag in seinem Hotelbett, hatte die Minibar bis auf eine Tube Ekzemsalbe geleert, die wohl ein früherer Gast dort vergessen und die zu entfernen das Hotelpersonal versäumt hatte.

Es nützte nichts. Der Alkohol half nicht. Die Nüchternheit breitete sich in ihm wie ein höhnischer Sonnenaufgang aus. Außerdem konnte er dieses irritierende Gefühl nicht abschütteln, Opfer seines eigenen Ränkespiels zu sein. Die Tatsache, dass Ingrid sich ebenfalls hier in Grothenburg befand – mit äußerster mentaler Kraftanstrengung schob er den Gedanken, womit sie sich höchstwahrscheinlich gerade in diesem Augenblick beschäftigte, zur Seite –, diese Tatsache machte es ihm ja unmöglich, selbst zu Werke zu gehen. Das Risiko, dass sie Zeugin des Mordes werden könnte – oder dass sie auf irgendeine Art und Weise zu ahnen begann, dass ihr Ehemann sich ganz und gar nicht auf dieser Konferenz hoch im Norden in Hamburg befand –, ja, diese enervierenden Umstände bildeten Hemmschuhe für seine Pläne, schon an diesem Wochenende zuzuschlagen. Er musste der Empfehlung des Glückskekses folgen und sich Zeit lassen.

Es war ihm nicht einmal möglich, am Sonntag nach Hause zurückzukehren, wie er betrübt feststellte. Zumindest nicht ohne dafür zu sorgen, dass Ingrid zuerst heimkehrte – da doch die wichtigste Voraussetzung war und blieb, dass er sie nicht ertappen durfte, wollte er ihren Liebhaber aus dem Weg schaffen. Denn ertappte er sie, und verstünde Professor Bachmanns Ehefrau, dass Professor Bachmann wusste, dass sie heimlich verreist gewesen war, dann konnte auch sie ihn entlarven. So war es nun einmal, sie durfte unter keinen Umständen Verdacht schöpfen, was da vor sich ging.

Verdammter Mist, dachte er mit einem Seufzer, wenn ich sie nicht so sehr liebte, könnte ich beiden eine Kugel durch den Kopf schießen.

Aber andererseits, räsonnierte er weiter, unter den gegebenen Umständen kann ich mich zumindest dessen rühmen, dass ich klar und logisch gedacht habe. Dieser Libertin und Tintenkleckser Christian Barentz wird bald nur noch eine üble Erinnerung sein. Eine Fußnote – wenn überhaupt! – im ewigen Register ergebnislos eingestellter Polizeiermittlungen.

Das Ganze war eine Frage der Geduld und der Zeit, wie gesagt – apropos Zeit, so wippten gerade in diesem Moment die roten Digitalziffern des Fernsehers im Hotelzimmer auf 00.00. Bachmann zog sich aus, verrichtete eine rudimentäre Abendtoilette und holte *Ein leiser kleiner Mord* aus seiner Tasche.

Know your enemy.

Eines Morgens draußen in seinem einsam gelegenen Haus wird Lehrer X (warum um alles in der Welt kann er ihm nicht einmal einen Namen geben?, dachte Bachmann verärgert) von einem fast quälenden Erlebnis überfallen. Er hat das Gedächtnis verloren. Er kann sich an nichts mehr aus seinem Leben erinnern, er begreift nicht, wo er ist, und er weiß nicht, wie er heißt (ach so, deshalb, dachte Bachmann). Unter anderem sitzt er fast drei Seiten lang an einem Tisch mit einer Stimmgabel vor sich und versucht herauszubekommen, was für ein Gerät das ist. Weder der Name noch seine Funktion kommen ihm in den Sinn; ansonsten kann er fast alle Geräte, die sich im Haus befinden, mit Namen benennen und weiß, wozu sie benutzt werden, nur über seine eigene Rolle in der Welt ist er sich nicht im Klaren. Und über die der Stimmgabel. Zum Schluss wirft er das unbegreifliche und irritierende Ding in den Müll und begibt sich stattdessen im Haus auf die Jagd nach seinem Namen, doch als er endlich seine (?) Brieftasche findet, liegt darin zwar ein Führerschein von jemandem, der Curt Lorentz heißt, aber das sagt ihm gar nichts, und als er sich im Spiegel mit dem Foto vergleicht, meint er, dass der Mann auf dem Bild keine besonders große Ähnlichkeit mit ihm hat. In der Brieftasche befindet sich außerdem noch eine ganze Menge Geld sowie vier verschiedene Kreditkarten, alle auf den gleichen Namen ausgestellt. Curt Lorentz. Außerdem liegt da eine Fotografie einer Frau in den Dreißigern. Das Bild ist ein Brustbild, im Hintergrund ist ein Meeresstrand zu sehen, und auf der Rückseite steht mit blauer Tinte geschrieben: *Ingrid, meine Geliebte.*

Vage, äußerst vage meint er sie wiederzuerkennen. Das ist das erste Zeichen dafür, dass er überhaupt irgendwelche Erinnerungen besitzt, was ihn aber eher beunruhigt als zufrieden stellt.

Bachmann hörte auf zu lesen, von einer plötzlichen Ahnung erfüllt. Er blätterte zurück zum Vorsatzblatt mit den Copyrightangaben, um nachzusehen. *Ein leiser kleiner Mord* war vor drei Jahren herausgegeben worden, er erinnerte sich daran, dass er das bereits registriert hatte, als er das Buch bei Kooner's gekauft hatte.

Drei Jahre? Konnte das…? Nein, das wäre doch… Er schob den Gedanken zur Seite, doch er drängte sich ihm immer wieder wie ein beharrliches Insekt auf. Sollte Carl Barren diese Geschichte vor drei … nein, das musste dann vor mindestens vier Jahren gewesen sein … sollte er sie damals geschrieben haben? Carl Barren alias Christian Barentz, der in diesem Moment mit großer Wahrscheinlichkeit im Bett lag und … nein, weg damit … sollte er eine Geschichte geschrieben haben, deren Hauptperson die Information bekommt, dass seine Ehefrau eine Liebesbeziehung mit einem Schriftsteller C. hat, und der anschließend, nachdem er auf einen Doppelgänger gestoßen ist und nachdem er sein Gedächtnis verloren hat, das Foto einer Frau namens Ingrid findet, auf das jemand … möglicherweise ein gewisser Curt Lorentz, der wahrscheinlich nicht identisch ist mit ihm selbst … auf dessen Rückseite »meine Geliebte« geschrieben hat …?

All diese verwirrenden Informationen tanzten eine Weile in Bachmanns Kopf herum, dann kristallisierte sich schließlich wieder eine Ahnung heraus.

Barentz … Barentz hatte bereits eine Beziehung zu Ingrid gehabt, als er dieses Buch schrieb. Vier Jahre … das lief schon seit vier Jahren!

Mindestens. Er ergriff erneut das Buch und warf es gegen die Wand. Setzte sich kerzengerade im Bett auf. Wie zum Teufel hing das alles zusammen? Es gab viel zu viele Anspielungen und Verknüpfungen, als dass es nur ein Zufall sein konnte. War es … Bachmann schluckte und versuchte sich vor dem nächsten Gedanken zu wappnen … War es vielleicht gerade *der Sinn* des Ganzen gewesen, dass er dieses Buch las? Gehörte alles zu einer Art teuflisch ausgeklügelter Konspiration? Wussten Ingrid und ihr Schriftstellerschwein, dass er sich jetzt in diesem Moment im Hotel Belvedere befand? Nein, das auf keinen Fall, beschloss er. Das war ganz unmöglich. Es gab Grenzen. Auch wenn der Schnaps es nicht geschafft hatte, ihn betrunken zu machen, sondern offenbar stattdessen versuchte, ihn paranoid zu machen.

Er stand vom Bett auf, löschte das Licht und trat ans Fenster. Schaute über die nachthelle Stadt, sein Zimmer lag im siebten Stock, die Aussicht war einzigartig. Er konnte ohne Probleme die Kathedrale entdecken, das Rathaus und … mit ein wenig gutem Willen, die Gerckstraat.

Warum sollte …?

Was war das für ein …?

Aber die Fragen wollten sich nicht zu Ende formulieren lassen. Er warf einen Blick auf die roten Ziffern des Fernsehers. Es war inzwischen zehn vor eins geworden.

Die Bar unten neben dem Foyer war bis ein Uhr geöffnet, das hatte er registriert, als er am Tag zuvor eingecheckt war. Schnell zog er sich Hemd, Hose und Schuhe über und verließ das Zimmer.

Dort unten saßen drei einsame Männer mittleren Alters. Sie hatten keinen Kontakt untereinander, ganz im Gegenteil, sie saßen jeweils mit zwei Stühlen zwischen sich, den Rücken dem leeren Lokal zugewandt, den Blick auf die Flaschenbatterie in der Bar. Der Barkeeper, ein um einiges jüngerer, muskulöser Mann in weißem T-Shirt und mit Pferdeschwanz, stand auch allein da, rauchend, und in einer Art verwaschener Aufmerksamkeit seinen Blick auf die stummen Bilder eines Boxkampfes auf einem kleinen Fernsehapparat gerichtet, der unter der Decke hing. Bachmann bekam Blickkontakt mit ihm und bestellte sich einen Malt Whisky.

»Mit Eis?«

»Für wen halten Sie mich?«

Er ließ sich neben einem der drei Männer nieder – da die Anzahl der Barhocker auf sieben begrenzt war, gab es keinen Platz für mehr Einsamkeit – und bekam sein Glas. Trank es in zwei Zügen aus und bat um ein neues. Dann wandte er sich an den Mann, der zu seiner Linken saß und sich gerade eine Zigarette anzündete, und fragte ihn, ob er an eine Frau dachte.

»Was zum Teufel glaubst du denn?«, entgegnete der Mann, ohne den Kopf zu drehen.

»Habe ich mir doch gedacht«, sagte Bachmann. »Ist das nicht bescheuert?«

»Wenn du vorhast, dein Herz auszuschütten, dann bist du bei mir an der falschen Adresse«, sagte der Mann und warf Bachmann einen kurzen, verächtlichen Blick zu.

»Entschuldigung«, sagte Bachmann. »Ich wollte mich nicht aufdrängen. Ich hatte nur das Gefühl, dass wir eine gewisse Wertegemeinschaft bilden würden.«

»Wertegemeinschaft?«, wiederholte der Mann.

»Ja, genau das«, bestätigte Bachmann.

»Nun hör mal zu«, sagte der Mann und beugte sich näher zum Professor hinüber. »Ich habe nur einen Gott, und der heißt Johnnie Walker. Ich will keine Gemeinschaft irgendwelcher Art mit irgendjemandem haben, ob sie nun einen Wert hat oder nicht.«

»Das respektiere ich«, sagte Bachmann. »Ich verspreche die Schnauze zu halten, wenn du mir eine Zigarette spendierst.«

Der Mann schien einen Moment lang zu zögern, dann schüttelte er eine Zigarette aus dem Päckchen, das vor ihm auf dem Tresen lag. Bachmann nahm sie entgegen, bekam Feuer und nickte zum Dank. Es war mindestens ein Jahr her, seit er das letzte Mal geraucht hatte, und der erste Zug ließ den Raum um ihn herum schwanken. Er stabilisierte ihn mit einem Schluck Whisky und nahm einen neuen Zug. Wie bin ich nur in meinem Leben gelandet?, dachte er. Warum sitze ich hier in einer fremden Bar in einer fremden Stadt in meinem fünfzigsten Lebensjahr und bettle einen Fremden um eine Zigarette an?

Aus irgendeinem Grund fand er diese Fragestellung sowohl gut formuliert als auch adäquat. Er blieb sitzen und versuchte sie eine Weile zu durchdringen, wurde aber in seinen Gedankengängen unterbrochen, als eine einsame Frau von der Straße hereinkam. Er nahm automatisch an, dass es sich um eine Prostituierte handelte, die einen Kunden brauchte, um die Tageskasse zufriedenstellend aufzufüllen, aber ihre Kleidung und ihre ganz normale Erscheinung widersprachen dieser Hypothese. Sie schien so um die Fünfunddreißig zu sein, hatte glattes, dunkles Haar, war ungeschminkt, hatte ein alltägliches Gesicht und trug eine lange Hose und einen ganz gewöhnlichen dünnen Mantel. Nicht besonders hübsch, wie Bachmann fand, aber auch nicht hässlich. Sie ging mit entschlossenem Schritt auf die Bar zu. Alle fünf Männer – inklusive Barkeeper – betrachteten sie mit kaum verhohlenem Interesse.

»Guten Abend, meine Herren«, sagte sie. »Na, alles in Ordnung an diesem wunderbaren Abend?«

»Ööh …«, sagte der Mann rechts von Bachmann. Er versuchte sich auf seinem Barhocker aufzurichten, fiel aber stattdessen fast hinunter. Er schien unglaublich betrunken zu sein.

»Alles ruhig«, sagte der Barkeeper.

»Hört mal her«, sagte die Frau. »Ich bin Pfarrerin in der Heiligen Dreifaltigkeitskirche hier nebenan, und wir haben gerade ein Projekt gestartet, mit dem wir einsamen Männern helfen wollen. Ihr seid willkommen, mir zu einem Beisammensein mit Kaffee zu folgen.«

»Ööh …«, sagte der Mann rechts.

»Was?«, fragte der Mann, von dem Bachmann eine Zigarette geschnorrt hatte.

Die Frau räusperte sich und wiederholte ihre Einladung. Es wurde still im Lokal. Bachmann schaute auf die Uhr. Es war zwanzig Minuten nach eins.

»Okay«, sagte der Mann, der auf der anderen Seite des Zigarettenmannes saß. »Ich komme mit. In diesem Scheißloch ist ja sowieso nichts los.«

Er leerte sein Bierglas und rutschte vom Barhocker. Dafür brauchte er drei Sekunden.

»Ich auch«, sagte der Zigarettenmann. »Scheiß drauf.«

»Ööh…«, sagte der Mann rechts. »Ich komme mit.«

Der Barkeeper schwieg. Bachmann schwieg. Die Frau warf ihnen ein sanftes Lächeln zu und verließ das Lokal zusammen mit den drei Männern. Der Barkeeper zuckte mit den Schultern und schaute Bachmann an.

»Jaha, ja«, sagte er.

Bachmann nickte und trank seinen Whisky aus.

»Scheint an der Zeit zu sein, sich zurückzuziehen«, sagte er und rappelte sich auf.

»Genau«, nickte der Barkeeper.

Auch am nächsten Morgen kam er erst in letzter Minute in den Speisesaal. Nachdem er seine zweite Tasse Kaffee getrunken hatte, holte er – ohne dass er direkt einen Beschluss dahingehend gefasst hatte – sein Handy heraus und rief seine Ehefrau an.

Sie meldete sich nach zwei Freizeichen.

»Gute Neuigkeiten«, sagte er.

»Ja?«

Sie klang fröhlich. Er wusste nicht, ob es ihm gefiel, dass sie fröhlich klang.

»Ja, es hat sich herausgestellt, dass ich nicht bis Dienstag hierbleiben muss. Ich komme morgen nach dem Mittagessen heim.«

»Wie schön.«

Möglicherweise klang sie nicht mehr ganz so fröhlich, aber das konnte auch Einbildung sein.

»Dann sehen wir uns morgen.«

»Ja, schön. Ist es nett in Hamburg?«

»Nicht schlecht. Aber ist auch schön, nach Hause zu kommen.«

Anschließend hatten sie einander nichts mehr zu sagen, also beendeten sie das Gespräch. Mein Gott, dachte er und starrte blicklos vor sich hin. Jetzt kriecht sie wieder zu ihm ins Bett, und ich muss einen ganzen Sonntag in diesem verfluchten Nest verbringen. Warum habe ich nicht gesagt, dass ich heute Abend nach Hause komme?

Das war idiotisch gewesen, aber jetzt war es zu spät, etwas daran zu ändern.

Er ging zurück auf sein Zimmer. Stellte sich ans Fenster und schaute über die Stadt. Das gute Wetter vom vorigen Tag hielt immer noch an, er konnte das Sonnenglitzern auf dem Fluss sehen, der sich durch die flache Ebene südlich von Grothenburg schlängelte, und widerstrebend begann er einen Plan zu skizzieren, wie er diesen Tag hinter sich bringen konnte. All diese Stunden.

Ein langer Spaziergang am Fluss entlang, wie immer er auch heißen mochte, eine Stunde Mittagsruhe im Zimmer, ein Restaurantbesuch und zum Schluss ein später Kinobesuch. Warum nicht?, dachte er. Der Sonntag eines einsamen Menschen, aber vier Viertel Sinnlosigkeit sind weniger als ein Ganzes. Er versuchte sich daran zu erinnern, wer diese bittere Wahrheit formuliert hatte, nahm an, dass es Doktor Klimke gewesen war, aber wirklich überzeugt davon war er nicht.

Er trat vom Fenster zurück, hob Carl Barrens Buch vom Boden auf, wo es in der Nacht gelandet war, und stopfte es in die Tasche. Er nahm die Treppen statt des Fahrstuhls hinunter zum Ausgang und überlegte, wie man eigentlich auf die einfachste Art zur Tat schritt, wenn man sich einen Menschen vom Hals schaffen wollte.

7

Der Sonntag verlief ohne weitere Intermezzi. Bachmann machte tatsächlich einen langen, ermüdenden Spaziergang entlang der Meusel, wie der braune, träge dahinfließende Wasserzug hieß, und gegen halb fünf kehrte er ins Belvedere zurück. Er entschied sich, den Mittagsschlaf zu überspringen, stattdessen duschte er und ging, um ein frühes Essen im Restaurant Pavlova zu sich zu nehmen, das zwischen Hotel und Rathaus lag.

Mit unterschiedlichem, aber verhältnismäßig gutem Erfolg hatte er versucht, seine Gedanken den ganzen Tag über von Ingrid und Christian Barentz fern zu halten. Das war nicht immer einfach gewesen, aber die körperliche Bewegung am Fluss entlang in der sonnenbeschienenen Landschaft hatte diese Verdrängungsversuche unterstützt. Die körperliche Aktivität entzog der Seele Energie, Bachmann spürte das Phänomen und hatte es schon vorher erprobt; schlimmer wurde es erst, als er die Mahlzeit beendet hatte und in dem frisch gebohnerten, halbleeren Restaurant auf seinen Kaffee und ein kleines Glas Cognac wartete. Es war erst halb acht Uhr abends, und um sein Bewusstsein noch eine Weile abzulenken, holte er *Ein leiser kleiner Mord* hervor. Den ganzen Tag hatte er das Buch nicht geöffnet, es nur mit sich herumgetragen, und er empfand zwar, dass es ein gewisses Risiko in sich barg, sich in das weitere Schicksal und Abenteuer des Lehrers X zu begeben, gleichzeitig hatte er aber auch das Gefühl, dass es dort eine Information geben könnte, die er sich aneignen sollte. Als Roman betrachtet, war es ein ziemlich erbärmliches Werk, das war ihm von Anfang an klar gewesen. Es war vielmehr der Subtext, der darauf zu warten schien, gelesen und dechiffriert zu werden, diese eigenartige Verkopplung – oder diese eigenartigen Korrespondenzen, wie es vielleicht besser zu bezeichnen wäre – zwischen dem vermeintlichen Inhalt des Buches und seiner eigenen, immer anspruchsvolleren, beschränkten Wirklichkeit.

Noch einige Seiten lang irrt Lehrer X in seinem erinnerungslosen Zustand draußen in seinem ausgekühlten Sommerhaus herum. Er findet nirgends einen Halt, eine Verankerung, er weiß nicht, ob er wirklich Curt Lorentz heißt oder ganz anders. Das Einzige, was ihm ein wenig bekannt vorkommt, ist das Foto dieser Ingrid. Er versucht sich vorzustellen, dass sie seine Ehefrau ist, plötzlich treten ihm deutliche, aber gleichzeitig sehr allgemeine, fast theoretische Bilder vor Augen, wie es ist, diese Frau zu lieben, und er redet sich selbst ein, dass er viele Nächte gemeinsam mit dieser Ingrid verbracht haben muss. Offenbar will er sich genau das einreden, während gleichzeitig seine Angst angesichts seiner Identitätslosigkeit wächst, langsam beginnt er den Drang nach irgendwelchen Drogen zu spüren. Er fragt sich, ob er möglicherweise stark drogenabhängig ist und sein Zustand vielleicht das Resultat einer Überdosis. Aber es gibt keine Spuren von irgendwelchen Narkotika im Haus, er findet weder Flaschen noch Bierdosen, die darauf hätten hindeuten können, dass er sich am vergangenen Abend betrunken hätte.

Schließlich fällt X in den Schlaf (ja wohl ein bisschen plötzlich, wie Bachmann feststellte), und im nächsten Kapitel wacht er daheim in seinem Bett neben seiner Ehefrau auf.

»Hast du nicht verschlafen?«, brummt sie und dreht sich unter ihrer Bettdecke um.

Er gähnt, schaut auf die Uhr und stellt fest, dass er in fünfundvierzig Minuten hinterm Pult stehen soll. Ein Traum hängt ihm noch unbewusst nach, aber er bekommt ihn nicht zu fassen. Er steht auf. Im Badezimmer bleibt er stehen und betrachtet sein Gesicht im Spiegel, und der Leser begreift (er selbst aber nicht), dass er jetzt ein anderer ist.

Nein, nicht wirklich ein anderer, sondern der Lehrer X, der jetzt in seinem neu gekachelten Badezimmer steht, ist nicht mehr der gleiche Mensch, der sich vor ein paar Tagen zu einem einsam gelegenen Sommerhaus auf dem Lande aufmachte, um in Ruhe nachdenken zu können und das eine oder andere Problem zu lösen – auch wenn er sich sehr deutlich daran erinnern kann, dass er tatsächlich mit seinem Auto gefahren ist. Aber irgendeine Erinnerung an einen Gedächtnisverlust hat er nicht. Auch nicht daran, wie er von dort wieder zurückgekommen ist.

Worum es im Grunde eigentlich geht (wie der Leser ahnt, nicht aber Lehrer X), ist die Frage, ob es zwei Exemplare gibt. Er heißt auch tatsächlich Curt Lorentz, das geht in wünschenswerter Deutlichkeit aus einer Reihe von Diplomen hervor, die eingerahmt an der Flurwand seiner Wohnung hängen und die der Autor uns auf dem Weg zu einem hastigen Frühstück in der Küche lesen lässt (auch diese neu gekachelt, im gleichen graublauen Ton wie das Badezimmer). Offenbar war Lorentz in seiner Jugend ein erfolgreicher Pistolenschütze, aber es ist uns nicht vergönnt, irgendwelche Jahreszahlen oder andere Details zu registrieren.

Professor Bachmann blätterte um, trank einen Schluck Cognac und seufzte. Spaltenfüller, dachte er. Blödsinn.

Curt Lorentz lässt sich mit einem Teller Joghurt und einem Glas Saft am Küchentisch nieder. Er blättert eilig die Morgenzeitung durch und bleibt bei einem Artikel auf Seite sechs hängen. Der handelt von einem Professor B., der zwei Wochen lang spurlos verschwunden war, er schien sich auf dem

Weg zu einer wissenschaftlichen Konferenz in Hamburg in Luft aufgelöst zu haben. Sowohl die Polizei als auch die Ehefrau des Professors (deren Name leider nicht angegeben wird) wenden sich an die Allgemeinheit mit der Bitte um Hinweise.

Trotz seiner Zeitnot liest Curt Lorentz den gesamten Artikel genauestens durch, reißt ihn dann aus der Zeitung heraus, faltet ihn zweimal und schiebt ihn in seine Brieftasche.

Anschließend macht er sich eilig auf den Weg zu seiner Arbeit.

Bachmann klappte erneut das Buch zu. Er trank den letzten Schluck Cognac und Kaffee und bat um die Rechnung. Während er auf sie wartete, kam ihm eine Idee, er schlug das Buch erneut auf, riss die letzte gelesene Seite heraus, faltete sie zweimal zusammen und schob sie in seine Brieftasche.

Während er die letzten zehn Minuten der Fernsehnachrichten in seinem Hotelzimmer sah – und während er versuchte, die Gedanken von dem, was er gerade in *Ein leiser kleiner Mord* gelesen hatte, abzulenken –, kam ihm die Idee, wie die endgültige Lösung aussehen sollte.

Sie war einfach und praktisch, und ihm war sofort klar, dass es genau diese Leitsterne waren, nach denen er sich richten musste.

Das Einfache und das Praktische.

Er würde trotz allem seine geplanten vier Nächte in Grothenburg bleiben. Morgen Nachmittag würde er daheim anrufen und sich vergewissern, dass Ingrid nach M. zurückgekehrt war. Er würde ihr bedauernd mitteilen, dass er leider, ganz kurzfristig und aufgrund neuer, nicht vorhersehbarer Umstände, doch bis Dienstag in Hamburg bleiben musste, so, wie es ursprünglich geplant gewesen war. Das war natürlich traurig, aber so war es nun einmal.

Er würde seine Frau daran erinnern, dass er sie liebte, anschließend hätte er dann den Montagabend zur freien Verfügung, um sich Christian Barentz in der Gerckstraat 21 vom Hals zu schaffen.

Es kostete ihn weitere Stunden Gedankenarbeit, die Methode an sich zu entwickeln, aber als er kurz vor Mitternacht einschlief – ohne eine einzige weitere Seite in Carl Barrens Buch gelesen zu haben –, stand ihm das Szenario deutlich vor Augen.

8

Der Montag zeigte den gleichen hohen Himmel, und Bachmann wachte früh auf. Nach dem Frühstück widmete er sich wieder dem Buch, die Stimme in ihm, die meinte, es sei wichtig, die Lektüre abzuschließen, bevor er mit seinen Mordplänen zu Werke schritt, war nicht zu ignorieren. Er beschloss, drei Kapitel zu lesen, dann würde er die noch fehlenden vierzig Seiten am Nachmittag schaffen.

Es nähert sich dem Ende. Der Lehrer X – oder Curt Lorentz, wie er nach allem zu schließen ja wohl heißt – erleidet während einer Geschichtsstunde einen Nervenzusammenbruch. Sie scheint von sanfter psychotischer Natur zu sein, plötzlich spürt er den Drang, alle Schüler der Klasse zu versammeln und sie in die Pultschublade zu stopfen, nur dort sind sie vor dem Bombenangriff geschützt, der jede Sekunde einsetzen kann. Die Schüler begreifen nicht, worum es geht. Obwohl er so laut er kann ruft und gestikuliert, gehorchen sie seinen Anweisungen nicht, und zum Schluss stürzt Curt Lorentz sich geradewegs durch eine Fensterscheibe und landet direkt auf der Weißdornhecke, die die halbe Schule einzäunt. Der Fall geschieht aus dem zweiten Stock, und die Hecke dämpft den Aufschlag, aber er hat böse Schnittwunden überall am Körper und blutet heftig. Ein Unfallwagen trifft innerhalb von zehn Minuten ein, und er wird schnellstens ins Krankenhaus gebracht.

Im Krankenhaus wird der verletzte Lehrer versorgt und in ein Zwei-Bett-Zimmer gelegt, wo er eine Spritze bekommt und einschläft. Als er aufwacht, ist er müde und hat einen schweren Kopf, ist aber offenbar ansonsten wieder ganz gut beieinander. Ihm gegenüber liegt ein anderer Patient. Dieser ist, wie er aus einem Gespräch zwischen einem Arzt und einer Krankenschwester erfährt, in der Nacht eingeliefert worden, nachdem er von einem Liebespaar nackt und bewusstlos draußen im Wald gefunden worden war. Es fehlt jegliche Personenbeschreibung, doch hatte er das Foto einer Frau namens Ingrid in der Hand, und das genügt dem Leser, um zu wissen, wer der Mann ist.

Der Arzt und die Schwester verlassen das Zimmer, jetzt liegen Curt Lorentz und Curt Lorentz einander gegenüber. Der immer noch bewusstlose Wald-Lorentz ist an zwei lebensspendende Maschinen angeschlossen, die eine rot, die andere gelb. Ein Schlauch ist in ein Bein und einer in einen Arm eingeführt, und er scheint insgesamt sehr mitgenommen zu sein. Der Lehrer-Lorentz betrachtet ihn und erkennt sich mit der Zeit selbst wieder, überlegt eine ganze Weile, wie er sich wohl verhalten soll, und zum Schluss steht er vorsichtig auf und zieht die beiden Schläuche heraus. Kriecht wieder in sein Bett, und schon nach einer halben Minute kann er feststellen, dass die Atmung seines Mitpatienten aufgehört hat. Er hat seinen leisen kleinen Mord begangen und fällt zufrieden mit sich selbst in den Schlaf.

Er wacht davon auf, dass man den toten Doppelgänger hinausbefördert, stattdessen wird ein neuer Patient hereingerollt. Der stellt sich als ein gewisser Professor B. heraus, der einen Fuß gebrochen und eingegipst hat. Beide haben den Eindruck, sich irgendwie zu kennen, sie begrüßen sich zögernd, aber dann widmet sich Professor B. wieder der Lektüre seines Buches – *Ein leiser kleiner Mord* –, so dass nie ein Gespräch zwischen ihnen zustande kommt.

Nach einer ungewissen Zeitspanne – ob einige Minuten oder ein paar Stunden, das wird nicht gesagt – kommt Besuch, und zwar eine Frau mit dem Namen Ingrid. Sie hat einen ganzen Arm roter Rosen bei sich, scheint jedoch zu zögern, wen von den beiden sie eigentlich hat besuchen wollen. Da Curt Lorentz in tiefem Schlaf liegt, wendet sie sich Professor B. zu. Zieht einen Stuhl heran und setzt sich an sein Bett. Während des gesamten Besuchs schläft Curt Lorentz und erfährt nie etwas von ihr, wird sich niemals ihrer Anwesenheit bewusst. Aber wir können seinem Traum folgen, er träumt, er wäre Schriftsteller, sein Name wäre Andrea Zorza, und er wäre auf dem Flug nach Venedig, um nach vielen Jahren der Schreibhemmung endlich eine Novelle zu schreiben.

Hier endete das Buch. Zu seiner Überraschung stellte Bachmann fest, dass die letzten dreißig Seiten ein Fehldruck waren, sie enthielten die einleitenden Kapitel einer Erzählung – »Eine ganz andere Geschichte« – mit Venedig als Schauplatz, und geschrieben genau von dem Schriftsteller, der vorher erwähnt worden war, von dem er selbst jedoch noch nie etwas gehört hatte: Andrea Zorza.

Mit einem Gefühl der Wut und Enttäuschung klappte Bachmann das Buch zu und legte es auf seinen Nachttisch. Kriminalromane!, dachte er. Es bildet sich doch jeder hergelaufene Schmierfink ein, so etwas schreiben zu können. Zweifellos wäre die Welt eine bessere, wenn es weniger von diesen Dutzendschreibern gäbe.

Er schaute auf die Uhr, es war Viertel nach zwölf. Vermutlich war Ingrid noch nicht zurück in M., und um die Zeit totzuschlagen, beschloss er, eine kleine Erkundungstour in die Gerckstraat zu machen.

Außerdem musste er sich diese Eisenstange besorgen.

Er beschloss, das thailändische Restaurant zu meiden. Im Hinblick darauf, wie wenige Kunden es zu frequentieren schienen, war es durchaus vorstellbar, dass das Personal auf ihn aufmerksam werden würde, wenn er es innerhalb nur weniger Tage zweimal aufsuchte.

Stattdessen fand er ein kleines Café mit ein paar Tischen und Stühlen draußen auf dem Bürgersteig, das zwar vierzig, fünfzig Meter vom Hauseingang Nummer 21 entfernt lag, aber immer noch in Blicknähe. Wenn jemand dort ein oder aus ging, würde es ihm nicht entgehen. Und wenn es Ingrid wäre, würde er sie zweifellos identifizieren können.

Obwohl sie hoffentlich die Gerckstraat inzwischen verlassen hatte und sich auf dem Heimweg nach M. befand. Bachmann hatte ja nicht die geringste Ahnung, wie Christian Barentz aussah, und warum es dann so wichtig sein sollte, den Eingang zu seinem Wohnsitz unter Bewachung zu halten, das konnte er sich selbst nicht so recht klarmachen. Aber er redete sich ein, dass das Motiv keine Rolle spielte. Es war ganz einfach eine Frage von Intuition. Und die Mordwaffe lag in seiner Aktentasche, er hatte sie in einem Hinterhof auf der anderen Seite der Bahngleise gefunden, eine zirka vierzig Zentimeter lange, hohle Metallstange, möglicherweise Teil einer ausgedienten Gasleitung. Sie wog gut ein Kilo und lag seinem Empfinden nach gut in der Hand. Es war zwanzig Minuten nach zwei, als er sich im Sonnenschein am Cafétisch niederließ, er überschlug kurz die Zeitplanung und beschloss, bis um drei Uhr mit dem Gespräch zu warten.

Mit den Gesprächen. Zuerst mit Ingrid, dann mit ihrem Liebhaber.

»Du klingst, als seist du außer Atem.«

»Ich bin gerade gekommen.«

»Ach so. Wo bist du gewesen?«

»Ich … ich habe nur eine Freundin besucht.«

»Dann hast du also einen freien Montag.«

»Ich habe seit zwei Jahren montags frei. Warum fragst du?«

»Das habe ich vergessen. Auf jeden Fall ist einiges schiefgelaufen.«

»Was?«

»Bei der Konferenz. Ich wollte doch heute Nachmittag nach Hause kommen, und jetzt hat sich herausgestellt, dass ich auf jeden Fall bei der Abschlussdiskussion dabei sein muss.«

»Dann kommst du erst morgen und nicht heute?«

»Ja.«

Er lauschte während der kurzen Pause, die folgte, ihren Atemzügen. Versuchte zu beurteilen, ob sie wütend war oder nicht, aber das ließ sich nicht ausmachen.

»Wie ist das Wetter bei euch in Hamburg?«

Immer diese blöde Frage nach dem Wetter, dachte er.

»Geht so. Aber die meiste Zeit sitzen wir ja sowieso drinnen.«

»Dann also morgen Nachmittag, ja?«

»So gegen fünf Uhr, nehme ich an.«

»Okay. Und danke für deinen Anruf.«

Erneut ein kurzes Schweigen. Ein Motorrad knatterte vorbei. Scheiße, dachte er und verabschiedete sich hastig von seiner Frau.

Nun ja, dachte er später, es wird ja wohl auch in Hamburg offene Fenster und Verkehrslärm geben. Er richtete sich auf und trank einen Schluck Kaffee aus seiner dritten Tasse.

Zumindest bestand nicht mehr das Risiko zusehen zu müssen, wie seine Ehefrau durch den Eingang der Gerckstraat 21 ging. Immerhin etwas. Er holte tief Luft, holte sein Notizbuch heraus und wählte die nächste Nummer.

»Ja, Barentz.«

»Entschuldigen Sie, aber ist das nicht die Nummer von Fräulein Popetka?«

»Ja, aber im Augenblick ist sie nicht da.«

»Ach so. Und wann könnte ich sie erreichen?«

»Unter dieser Nummer können Sie sie erst spät am Abend wieder erreichen. Möchten Sie eine Nachricht hinterlassen?«

»Nein, danke. Dann werde ich es morgen noch einmal versuchen, wenn es nichts ausmacht.«

»Wenn Sie vor zwölf Uhr anrufen, dann werden Sie sie sicher erreichen.«

»Vor zwölf Uhr morgen. Ja, vielen Dank.«

»Aber bitte. Keine Ursache.«

Sie legten auf. Hatte das nicht fast wie ein Dialog aus einem Sprachkursus für Einwanderer geklungen?, dachte Professor Bachmann. Nicht, dass er jemals einem derartigen Dialog zugehört hätte, aber dennoch. Er spürte, wie ihm die Zunge am Gaumen klebte. Er trank aus dem Wasserglas, das mit der ersten Tasse Kaffee gebracht worden war. Wie einfach, stellte er dann fest und lehnte sich zurück.

So außerordentlich einfach. Die Luft war rein. Sich einen unerwünschten Schriftsteller vom Leibe zu schaffen, war keine besonders komplizierte Geschichte, wenn man es genau betrachtete. Aber das hatte er auch nicht erwartet. Es war eigentlich nur darum gegangen, sich zu entscheiden.

Er schob einen Schein unter die Kaffeetasse und verließ seinen Platz. Es gab keinen Grund, länger zu zögern. Es war besser, auf die Welle von Tatkraft zu vertrauen, die sich immer noch wie ein Hahnenkamm in seiner Brust spreizte. Genauso wichtig, wie es war, Entschluss und Tat voneinander getrennt zu halten, genauso wichtig war es natürlich, den Abstand zwischen beidem nicht zu groß werden zu lassen. Während er die Gerckstraat in Richtung Nummer 21 ging, konnte er deutlich das Gesicht seines sterbenden Vaters vor sich sehen, seine gebrochenen Augen, die papierdünne Haut, die schmalen, graulila Lippen. Er fragte sich, warum diese Erinnerung ihm ausgerechnet jetzt in den Sinn kam, vielleicht war es auch nur eine Art generelles Bild des Todes, das einzige, mit dem er wirklich vertraut war. Er hatte die letzten beiden Tage bei seinem Vater gesessen, mehr oder weniger jede Sekunde dieser sich unendlich lang dahinziehenden Stunden. Christian Barentz' Tod sollte ganz und gar nicht diesem ähneln, ein paar schnelle Schläge mit dem Eisenrohr, das würde in wenigen Sekunden erledigt sein. Barentz würde sich vermutlich nie dessen bewusst werden, was ihm geschah, und Bachmann musste zugeben, dass ihn dieser Aspekt etwas verärgerte. Ich sollte zumindest die Zeit haben, ihm zu erklären, warum er sterben muss, dachte er, als er die Haustür aufschob und ins Gewölbe trat. Es wäre nicht schlecht, wenn das Schwein wüsste, wer sein Mörder ist.

Oder war es genau besehen eine größere Strafe, dem Tod zu begegnen, ohne zu wissen, warum?

Doch jetzt war nicht der richtige Zeitpunkt, diese Frage näher zu behandeln. Er entschied sich, statt des alten Gitterfahrstuhls die Treppe zu nehmen. Vorher lauschte er nach irgendwelchen Geräuschen. Jemandem auf dem Weg zum Tatort zu begegnen, wäre natürlich ein ernsthafter Strich durch die Rechnung, aber er gelangte ohne Zwischenfälle in den zweiten Stock.

Vor der Wohnungstür blieb er stehen, zog das Rohr aus seiner Aktentasche und klingelte. Fast sofort konnte er hören, wie drinnen die Bodendielen knarrten und jemand zur Tür kam.

Und nur eine Sekunde später etwas, das ihn dazu brachte, seine Waffe noch fester zu umklammern: das dumpfe, bedrohliche Knurren eines größeren Hundes.

9

Die Episode mit dem Hund hatte sich zweieinhalb Jahre zuvor zugetragen – ungefähr drei Wochen, bevor Professor Bachmann für längere Zeit krankgeschrieben wurde.

Es war ein normaler Tag gewesen. Er hatte die Absicht gehabt, den Vormittag in seinem Arbeitszimmer zu verbringen, einer seiner Doktoranden hatte ein ziemlich mittelmäßiges Manuskript über die Ursachen und den Verlauf des Krimkrieges abgeliefert – aber eine halbe Stunde, nachdem Ingrid sich zu ihrer Versicherungsgesellschaft aufgemacht hatte, war ihm eine bessere Idee gekommen. Es war Viertel vor zehn, die erste wirklich wärmende Sonne des Jahres war über dem grünspanfarbenen Kupferdach des Hotel Claus aufgestiegen, warum sollte er drinnen sitzen und in dem hoffnungslosen Krimkrieg herumstochern, wenn doch die kleinen Vögelchen in den Büschen vor dem Fenster herumflatterten? Ingrid hatte das Fenster einen Spaltbreit geöffnet, und draußen zwitscherte und tirilierte es, dass es eine Pracht war. Die Erde schwoll an, der Himmel war azurblau. Er stellte seinen Computer aus, schob die Papiere beiseite und beschloss, einen längeren Spaziergang zu machen. Wenn er gleich losging, würde er es bis zu Czerpinskis Mühle schaffen und dort eine gute Suppe essen können, sie waren dort bekannt für ihre guten Mittagssuppen, und anschließend wäre er noch rechtzeitig zur Vorlesung an der Universität um zwei Uhr wieder zurück. Den Hinweg an der Maar entlang, beschloss er, die Sonne und den sanften Wind im Gesicht. Dann durch Megsje Bois, Pampas und Randers Park auf dem Rückweg.

Er nahm seine dünne Wildlederjacke von der Garderobe, verzichtete auf Handschuhe und Schal, spürte eine sonderbare Erregung im Brustkorb und eilte die Treppen hinunter. Als ginge es darum, nicht eine Minute dieses ersten Frühlingstages zu versäumen.

Er erreichte den Wasserfall ein paar Minuten nach zehn, und da tauchte auch der Schäferhund auf. Aus dem Nichts, wie ihm schien, plötzlich befand er sich einfach an seiner Seite. Es war ein großer, braunschwarzer, schöner Rüde, der sich elegant und geschmeidig und ohne jede Hast bewegte. Bachmann hatte nie zuvor ein Haustier gehabt, er hatte kein besonderes Verhältnis weder zu Schäferhunden noch zu anderen Hunden, konnte aber nicht leugnen, dass er eine gewisse Sympathie für dieses elegante Exemplar hegte. Ohne weiter darüber nachzudenken, blieb er stehen und tätschelte ihm den Hals.

Der Hund blieb ebenfalls stehen, ließ sich streicheln, während er Bachmann aus dunklen, vertrauenerweckenden Augen betrachtete. Bachmann richtete sich wieder auf und schaute sich nach dem Besitzer um. Bei dem schönen Frühlingswetter waren einige Menschen unterwegs, nur zwanzig Meter den Spazierweg weiter hoch, der an der Maar entlang den Stadtpark durchquerte, saß ein Mann in den Dreißigern und las eine Zeitung. Bachmann nahm zunächst an, dass der Hund wohl zu ihm gehörte. Er setzte seinen Spaziergang fort, doch als sie an der Bank vorbeigingen, machten weder Hund noch Mann irgendwelche Anzeichen, dass sie sich kannten. Bachmann ging weiter, der Schäferhund folgte ihm mit leichtem Schritt zur Linken, die Nase in Höhe seines Knies, und ein dubioses Gefühl der Freude durchfuhr den Professor. Dieses stolze Tier hatte ihn als seinen Herrn ausgesucht, hatte ihn auf irgendeine instinktive und zielsichere Art und Weise als seinen Herrn und Führer identifiziert und folgte ihm jetzt getreulich. Bachmann wurde schneller, auch der Hund wurde schneller. Er ging langsamer, und auch der Hund ging langsamer. Er blieb stehen und band sich die Schnürsenkel, der Hund blieb auch stehen und betrachtete die Aktion mit klugen, nachdenklichen Augen. Erneut hielt Bachmann nach einem möglichen Besitzer Ausschau, konnte aber keinen Kandidaten entdecken, der in Frage kam. Der Hund hatte zu diesem Zeitpunkt schon mehrere hundert Meter an seiner Seite zurückgelegt, sie waren an Tennisplätzen und dem kleinen Amphitheater vorbeigekommen, Bachmann überlegte, dass es schon vorkam, dass ein Hund einem Fremden ein Stück weit folgte, aber wenn der Besitzer oder die Besitzerin sich anfangs noch in der Nähe befunden hatte, dann musste der Hund inzwischen den Kontakt zu ihm verloren haben. Oder zu ihr.

Was tun?, fragte Bachmann sich und ging weiter. Wie wird man einen Hund los? Scheucht man ihn fort? Wohl kaum. Man sagt nicht »Verschwinde!« zu einem Schäferhundrüden von fünfzig Kilo. Sollte man ihn treten? Ihn mit einem Stock schlagen? Er betrachtete das schöne Tier. Nein, dachte er, warum sollte ich es mir mit jemandem verderben, der seinen guten Geschmack zeigt, indem er mich als seinen Herrn und Meister anerkennt? Und außerdem war mit seinen Kräften sicher nicht zu scherzen.

Da entdeckte er das Halsband. Es war aus dunkelbraunem Leder und zum größten Teil unter dem dicken Fell verborgen. Er blieb stehen und griff danach. Der Hund blieb brav stehen, während er das kleine Namensschild aus grauem Metall hervorzog.

Roy stand darauf. Das war alles. Keine Information über Wohnort oder Besitzer. Keine Telefonnummer.

»Roy?«, sagte der Professor und schaute dem Schäferhund in die Augen. »Du heißt also Roy?«

Der Hund setzte sich hin. Mein Gott, dachte der Professor. Er ist ja begabter als viele meiner Studenten.

Und so waren sie weitergegangen. Seite an Seite, den ganzen langen Weg am Fluss entlang, über die Hügelkette, die unbebauten Feuchtwiesen hinab, durch den Waldgürtel bei Herrlingen und schließlich bis zu Czerpinskis Mühle. Zweimal hatte er einen Stock geworfen, zweimal hatte Roy ihn geholt. Aber als das kluge Tier ihm den Stock vor die Füße gelegt hatte, hatte es ihn gleichzeitig mit einem leicht vorwurfsvollen Blick angesehen, und Bachmann hatte begriffen, dass diese Aktion eigentlich unter der Würde des Hundes war. Unter der Würde von beiden Beteiligten.

Ich behalte ihn, hatte Professor Bachmann gedacht. Wenn er mich zu seinem Herrn auserkoren hat, dann ist es so. Er kann während der Vorlesungen in meinem Arbeitszimmer bleiben.

Oder neben dem Katheder liegen, die Vorstellung gefiel ihm noch besser. Professor Bachmann und Roy, das unzertrennliche Duo. Sie würden bei Kollegen und Studenten zu einem Begriff werden. Es war etwas Großartiges an so einer Verknüpfung. Eine Art Zusammengehörigkeit und ein geheimnisvolles Band des gemeinsamen Wissens, das anderen nicht vergönnt war.

Man hatte bei Czerpinski ein paar Tische hinausgestellt. Bachmann ließ sich an einem nieder und befahl Roy, sich zu seinen Füßen hinzulegen. Das stattliche Tier gehorchte ihm ohne das geringste Zögern. Die Kellnerin kam mit der Speisekarte. Er studierte sie kurz, dann bestellte er Suppe, Brot und ein Bier für sich und eine Schale Wasser und zwei blutige Steaks für Roy. Die Frau notierte die Bestellung, ohne irgendeine Form von Verblüffung zu zeigen. Der Professor lehnte sich zurück und wandte sein Gesicht der Sonne zu. Roy gähnte und legte den Kopf auf die Pfoten.

Anschließend hatten sie gemeinsam gegessen. Bachmann bekam seine Fischsuppe und sein Knoblauchbrot, Roy seine Steaks. Der Hund hatte nicht länger als zwanzig, dreißig Sekunden gebraucht, um beide Fleischstücke hinunterzuschlingen. Er leckte sich das Maul und machte sich etwas langsamer an die Bratkartoffeln. Als er fertig war, warf er Bachmann einen dankbaren Blick zu, trank ein wenig Wasser und ließ sich dann wieder zu Füßen seines Herrchens nieder. Bachmann beugte sich hinab und strich dem Hund über den Hals, und während er es tat, spürte er, wie sich etwas Uraltes in ihm rührte. Eine atavistische Saite, die plötzlich gezupft worden war und den herrlichsten Laut von sich gab. Tier und Mensch im Zusammenspiel und Einklang, ein Mann und sein Hund; darin lagen eine Reinheit und eine Schlichtheit, die fast in eine andere Zeit zu gehören schienen. Eine andere *Art des Seins.* Sie beobachteten einander einen Moment lang mit diesem gegenseitigen, selbstverständlichen Respekt, dann schluckte Bachmann einen Kloß hinunter, richtete sich wieder auf und aß weiter seine Suppe.

Hier und jetzt pulsiert mein Leben, dachte er, überrascht darüber, dass gerade so eine Formulierung sich aus seinem Unterbewusstsein gelöst hatte, und dann veränderte sich alles.

Hier und jetzt pulsierte mein Leben.

Die Sonne verschwand hinter den Wolken, das war das erste Zeichen. Er blieb mit dem Suppenlöffel auf halbem Weg zwischen Teller und Mund sitzen und betrachtete den Himmel. Eine dunkle Wolkenbank hatte sich von Westen her aufgebaut, ohne dass er es bemerkt hatte, und im nächsten Moment fegte ein kalter Wind über das kleine Freiluftrestaurant. Die gestreifte Markise über dem Eingang flatterte, ein Pappbecher wurde vom Tisch nebenan hinuntergeweht und rollte über den Kiesweg. Und gleichzeitig, gleichzeitig erschien ein Mann in Lederjacke und schwarzen Jeans, schlenderte nonchalant vorbei. Er war groß und kräftig, trug das dunkle, lange Haar in einem Pferdeschwanz, und sein Kopf wippte im Takt der Musik, die offenbar aus den großen schwarzen Kopfhörern, die sein Gesicht wie eine gigantische Klaue einrahmten, in ihn hineinströmte, vor und zurück. Er ging nur in wenigen Metern Entfernung an dem Tisch vorbei, an dem Bachmann saß, und gerade als er ihn passiert hatte, warf er Roy einen Blick zu und schnipste zweimal mit den Fingern.

Der Hund war augenblicklich auf den Beinen. Er schien eine Sekunde zu zögern – später bestand Bachmann gern darauf, dass es diesen ganz deutlichen Augenblick des Zögerns gegeben hatte –, bevor er ihn verließ und dem Jüngling folgte.

Bachmann handelte zu spät. Erst als das Paar gut zwanzig Meter entfernt war, versuchte er den Hund zurückzurufen.

»Roy!«, rief er. »Komm her!«

Der Schäferhund reagierte nicht. Drehte nicht den Kopf. Veränderte nicht den Winkel seiner Ohren. Er trottete nur einfach weiter neben dem schwarzgekleideten jungen Mann in der gleichen Art und Weise, wie er während des gesamten Sonnenscheinspaziergangs an Professor Bachmanns Seite getrottet war.

Bachmann stand auf, kippte fast seinen Stuhl dabei um und rief noch einmal, etwas lauter: »Roy! Hierher!«

Keine Reaktion. Die Kellnerin erschien auf der Treppe. Bachmann stand verwirrt da und schaute dem schwindenden Paar hinterher. Er begegnete dem leicht verwunderten Blick der Kellnerin und wusste plötzlich nicht mehr, wie er sich verhalten sollte. Ihm war klar, dass sie von ihm eine Art von Erklärung erwartete. Man kauft keine doppelte Portion Steak für seinen Hund, nur um ihn im nächsten Moment mit dem ersten besten Fremdling davonlaufen zu sehen.

Aber ihm fiel keine Erklärung ein. Das gesamte Geschehen, diese sonderbare Wanderung an diesem ersten Frühlingstag, war unbegreiflich. Er setzte sich wieder hin, trank sein Bier aus und bat um die Rechnung. Er spürte, wie etwas Dunkles, Unheilschwangeres unerbittlich dabei war, das Kommando über sein Bewusstsein zu übernehmen. Es war ein rein physisches Erlebnis, plötzlich erinnerte er sich an einen Horrorfilm, den er vor vielen Jahren gesehen hatte, während seiner Studentenzeit in Aarlach musste das gewesen sein – der Titel war ihm entfallen, aber dem Regisseur war es auf kongeniale Art und Weise mittels des subtilen, simplen Wechsels vom Farbfilm zu Schwarzweiß gelungen, den Umschlag von Dur zu Moll zu vermitteln. Ein Kopfsprung von der Freude hinab in die bitterste Verzweiflung innerhalb weniger Sekunden, eine Angst und eine bodenlose Verzweiflung, die die strahlendsten Tage einhüllt wie ... ja, wie eine Wolkenbank und die Abwesenheit eines geliebten Freundes.

Er bezahlte und eilte dem Jüngling und dem Schäferhund nach. Aber es war eine simulierte Hast, er wusste von vornherein, dass es nutzlos war, und mit jedem Schritt spürte er immer deutlicher und klarer, dass er das Spiel verloren hatte.

Er sah sie nie wieder. Nach wenigen hundert Metern brach stattdessen der Regen über ihm herein, und als er nach einer guten halben Stunde vollkommen durchnässt in seine Wohnung stolperte, fror er, dass ihm die Zähne klapperten. Er hatte jegliches Gefühl in den Fingerspitzen verloren, aber es gelang ihm trotzdem, die Nummer des Instituts zu wählen und dort mitzuteilen, dass er die nachmittägliche Vorlesung leider ausfallen lassen musste, da er mit Erkältung und Fieber im Bett lag.

Aber es war nicht in erster Linie eine Erkältung des Körpers, die ihn ereilt hatte, sondern eher eine der Seele. Ein Frost und ein Eisnebel hatten sich in ihm mit einer derartigen Geschwindigkeit ausgebreitet und in einer so lähmenden Allmächtigkeit, dass es ihm im Nachhinein schwer fiel zu erklären, wie es eigentlich vor sich gegangen war. Als er eine Woche später ins Majorna eingewiesen und für drei Monate krankgeschrieben wurde, hatte er bereits zweimal versucht, sich das Leben zu nehmen.

Es hatte mit Roy angefangen, aber das Lebewesen, das während all dieser Tage und Nächte nicht von seiner Seite gewichen war, war Ingrid gewesen.

10

Die Tür ging nach innen auf. Bachmann erwartete, dass ein Hundekopf hervorlugen und knurren würde oder ihn zumindest beschnuppern, und diese Komplikation ließ ihn schnell das Eisenrohr hinter dem Rücken verbergen. Aber in der Türöffnung stand nur ein Mann in weißem Hemd und hellbrauner Manchesterhose. Lang und sehnig, er schien in den Fünfzigern zu sein, das Gesicht war länglich und wettergegerbt. Schütteres dunkles Haar und ein kurzgehaltener Bart im gleichen Farbton. Eine schmale Brille in Metallfassung, die auf die Nasenspitze gerutscht war, und intensive blaue Augen dahinter.

»Ja?«

Verdammte Scheiße, dachte Bachmann. Der Kerl sieht ja aus wie Sean Connery.

Im gleichen Moment bellte der Hund erneut, und Bachmann erkannte, dass das Geräusch gar nicht aus dieser Wohnung kam, sondern aus einer Wohnung weiter oben im Haus. Die Komplikation war verschwunden. Er zögerte eine Sekunde, dann zielte er auf die linke Schläfe des Mannes und schwang das Rohr.

Es war nicht gerade ein Volltreffer, was in erster Linie daran lag, dass die Türöffnung zu eng war. Das Rohr schlug zuerst gegen die Türhälfte, die nicht geöffnet worden war, die Richtung wurde dadurch abgefälscht, und der Schlag traf – mit verringerter Kraft – Sean Connery direkt auf die Stirn. Dieser schwankte und ging zwei Schritte rückwärts in den Flur hinein. Bachmann folgte ihm, zog die Tür hinter sich zu und überlegte, wo er den nächsten Schlag platzieren sollte. Er spürte, wie ihn eine sonderbare, eiskalte Erregung packte. Das war gewiss ein Handwerk wie jedes andere. Connery hielt sich den Kopf mit beiden Händen und stöhnte laut, die Brille hing an einem Bügel von dem einen Ohr. Er schwankte einen Moment lang vor und zurück, dann fiel er plötzlich zu Boden. Ohne sich abzustützen, schräg nach hinten rechts, stieß im Fall mit dem Kopf gegen eine kleine o-beinige Kommode und landete schwer auf dem Rücken auf dem dunklen Parkettboden. Bachmann betrachtete ihn ruhig. Das Blut aus der Wunde in der Stirn lief ins rechte Auge des Mannes, und er wies kein Zeichen dafür auf, dass er noch bei Bewusstsein war.

Aber er atmete. Er war am Leben. Bachmann umklammerte die Eisenstange und fühlte plötzlich, wie die Erregung einer heftigen Übelkeit Platz machte. Kalte, feuchte Schauder krochen ihm den Schlund hoch. Er starrte auf den Verletzten am Boden und registrierte, wie sein Blickfeld sich schnell zusammenzog. Das klappt nicht, dachte er. Ich werde ohnmächtig werden. Ich bin trotz allem für diese Art von Gewalttaten nicht geschaffen … ich brauche ein wenig Wasser. Er schaute sich in dem großen quadratischen Eingang um, entschied sich auf gut Glück für eine Türöffnung rechts und gelangte über einen kurzen Flur in eine Küche. Er stolperte zum Spülbecken und drehte den Wasserhahn auf. Legte das Rohr auf den Küchentisch, hielt eine hohle Hand unter den Wasserhahn und trank ein paar Schlucke. Dann spülte er sich das Gesicht und den Nacken ab, und als er den Hahn wieder zudrehte und sich aufrichtete, bemerkte er, dass er beobachtet wurde.

Die Küche hatte zwei Türen, und in der, durch die er nicht gekommen war, saß ein älterer Mann im Rollstuhl und starrte ihn an.

Er hatte einen weißen Bart und weißes Haar. Eine rot-schwarz-karierte Decke lag über seinen Beinen und ein aufgeschlagenes Buch auf seinem Schoß. Seine Hände umklammerten die Armlehnen, und der Kopf auf dem äußerst dünnen Hals zitterte. Er öffnete und schloss den Mund einige Male, ohne einen Laut hervorzubringen. Der Kehlkopf hüpfte auf und ab.

Achtzig, schätzte Bachmann. Er musste mindestens achtzig Jahre alt sein.

Wahrscheinlich vergingen diverse Sekunden, während sie einander nur ansahen. Dann hob der Mann im Rollstuhl seine rechte Hand in einer Art Friedensgruß.

»Wer sind Sie?«

Bachmann zögerte.

»Das kann ich auch fragen«, sagte er. »Wer sind Sie?«

Der Mann nahm die Hand herunter und blinzelte Bachmann an. Aber er beantwortete nicht die Frage.

»Was haben Sie mit Georg draußen im Flur gemacht? Was wollen Sie?«

Bachmann starrte auf das Rohr, das immer noch auf dem Küchentisch lag. Georg?, dachte er. Irgendetwas stimmt hier nicht.

»Es spielt keine Rolle, was ich hier mache«, sagte er. »Reden wir lieber darüber, wer Sie sind.«

Der Rollstuhlmann räusperte sich.

»Ich heiße Barentz. Christian Barentz, ich wohne hier. Das hier ist meine Wohnung. Sie sind … ich muss sagen, Sie sind hier eingedrungen. Was ist draußen auf dem Flur passiert?«

Ein heftiger Schwindel packte Bachmann, so dass er sich an der Rückenlehne eines Stuhls festhalten musste. Er schluckte und schloss die Augen. Öffnete sie wieder. Starrte auf die Eisenstange auf dem Tisch und stellte fest, dass sie die grauweiße Decke mit Blut beschmutzt hatte. Dann starrte er auf die gestickte Bordüre mit den kleinen schwarzroten

Schmetterlingen, die die Decke einfasste, irgendwie schien sie in Bewegung zu sein. Die Bordüre, nicht die Decke. Er zog den Stuhl heraus und ließ sich auf ihm niedersinken.

»Ich bin hinters Licht geführt worden«, sagte er und stützte den Kopf in die Hände. »Es tut mir leid, es ist nicht meine Schuld.«

Der Rollstuhlmann hob den Blick und schaute Bachmann über die Schulter. Zuckte zusammen, öffnete den Mund und hob die Hände in einer hilflosen Geste.

»Georg!«, keuchte er. »Was zum Teufel …?«

Bachmann drehte den Kopf und sah den Mann aus dem Eingang, er lehnte sich jetzt gegen den Türrahmen. Eine Hand drückte er an die Stirn, sein weißes Hemd zeigte rote Flecken. Er schien sich nicht ohne Stütze auf den Beinen halten zu können und atmete mühsam.

»Ich kann alles erklären …«, setzte Bachmann an, aber als er weiter in seinem Inneren nachbohrte, fand er keine Worte. »Es sieht so aus …«, versuchte er es, und sein Blick wanderte zwischen den Männern hin und her, die in ihren Positionen erstarrt zu sein schienen und darauf warteten, dass er eine Art Erklärung ablegen würde. »Es sieht so aus, als ob …«

Er packte das Rohr und rannte aus der Küche. Durch den Flur und den Wohnungseingang. Die Tür zum Treppenhaus war nur angelehnt, was ihn ein wenig wunderte, war er sich doch vollkommen sicher, sie hinter sich zugezogen zu haben, nachdem er hereingekommen war, aber jetzt hatte er keine Zeit, darüber nachzudenken. Er rannte durch die Tür, doch gerade, als er nach links abbiegen wollte, um die Treppe hinunterzulaufen, rutschte er auf dem glatten Marmorfußboden aus und verlor das Gleichgewicht. Er suchte nach einem Halt, aber vergeblich, und stürzte.

Er fiel die Treppe hinunter, die steil und heimtückisch war, und als er unten landete, war er schon seit einiger Zeit nicht mehr bei Bewusstsein.

Er wachte vom Schmerz auf. Der strahlte von seinem rechten Fuß aus und war an der Grenze des Erträglichen. Zwei kräftige Frauen und ein Mann mit einem Hund standen in einem engen Kreis um ihn herum.

»Mein Fuß«, stöhnte er. »Ich habe mir den Fuß gebrochen …«

»Ganz ruhig«, sagte eine der Frauen. »In wenigen Minuten kommt ein Rettungswagen.«

Bachmann stöhnte weiter.

»Sie können dankbar sein«, erklärte die andere Frau. »Bei so einem Sturz hätten Sie sich leicht das Genick brechen können.«

»Mindestens«, fügte der Mann hinzu.

Der Hund knurrte. Bachmann warf ihm einen Blick zu und stellte fest, dass es sich gar nicht um einen Schäferhund handelte, wie er aus irgendeinem Grund gedacht hatte. Eher um einen Rottweiler oder etwas in der Art. Nirgends sah er einen Mann im Rollstuhl, nirgends einen Sean Connery mit einer blutigen Wunde an der Stirn. Er biss die Zähne zusammen vor Schmerz. Aus der Ferne konnte er die Sirenen eines Unfallwagens hören, der näher kam.

11

Die Zimmerdecke war blassgrün und schien in unbestimmter Höhe über seinem Bett zu schweben. Er schloss die Augen, öffnete sie wieder, aber es war schwer, sich auf etwas zu konzentrieren, und einen kurzen, schwindelerregenden Moment lang kam er nicht einmal auf seinen Namen.

Ba…? Oder etwas mit Lo… nein, nein, nicht Lo, es musste…

Bachmann. Natürlich. Die Wände waren auch grün, sie hatten genau den gleichen Farbton wie die Decke, es war nicht auszumachen, wo das Waagerechte ins Senkrechte überging, deshalb hatte er den Eindruck bekommen, dass alles schwebte.

Bachmann. Professor Paul Bachmann, Professor der Geschichte, mit Schwerpunkt Mittelalter, an der Universität von M. Natürlich, alles andere war undenkbar…

Er war nicht allein im Zimmer. Plötzlich wurde er sich klar darüber, dass da im Bett ihm gegenüber ein Mann lag und las. Er wurde sich auch anderer Dinge klar. Dass er diverse Schläuche in Armen und Beinen hatte beispielsweise. Und einen prächtigen Gipsverband um den Fuß und den gesamten Unterschenkel. Und sein Mund war trocken wie ein Wüstenfeuer. Er schaute sich um und entdeckte das Wasserglas auf dem Tisch neben dem Bett… wenn er sich nur ein klein wenig nach links drehen konnte, dann würde er…

Der Kopfschmerz kam wie ein Pistolenschuss. Oder als hätte ihm jemand einen Fünfzollnagel mitten in den Schädel geschlagen. Er vergaß das Wasser. Suchte nach einer Art von Klingel, so etwas musste es doch hier geben… schließlich war es nicht das erste Mal, dass er im Krankenhaus lag, aber wie zum Teufel war es dazu gekommen, dass er sich den Fuß gebrochen hatte? Verflucht noch mal!

Die Erinnerung kam genauso schnell zurück, als wenn man Wasser in ein schmales Gefäß gießt.

Ingrid.

C.

Barentz.

Sich vom Hals schaffen.

Und so weiter. Grothenburg. Hotel Belvedere. Gerckstraat. Der Plan, der große Plan. Ein leiser kleiner Mord. Carl… wie hieß er noch? Barren?

Und Hamburg und das Telefongespräch mit Ingrid und das Glockenläuten vom Rathaus. Und dann?

Plötzlich fiel ihm wieder die Schlussszene ein. Sie legte sich zuoberst und breitete sich über die gesamte Oberfläche der seichten Schale der Erinnerung aus. Das Hundegebell, Sean Connery im weißen Hemd, die Eisenstange an der Stirn, das Schwindelgefühl und der Mann im Rollstuhl. Der alte, gehbehinderte Mann, der also letztendlich identisch sein musste mit Christian Barentz.

Die Kopfschmerzen explodierten in einer roten Wolke, gleichzeitig trat eine Krankenschwester herein.

»Haben Sie geklingelt, Herr Lorentz?«

»Bachmann… ich heiße Bachmann.«

»Oh, Verzeihung. Ich habe Sie verwechselt mit…«

Sie machte mit dem Kopf ein Zeichen zum anderen Bett hin. »Wie geht es Ihnen, Herr Bachmann? Haben Sie Kopfschmerzen?«

Er nickte. Was die Sache nicht besser machte.

»Ich werde sehen, dass Sie ein wenig Linderung bekommen.«

Sie verschwand und war nach zehn Sekunden wieder da, jetzt mit einem kleinen Pappbecher. Er nahm ihn entgegen und schluckte den Inhalt, ein paar Zentiliter bräunlicher Flüssigkeit.

»Jetzt wird es gleich besser. Ich denke, Sie sollten jetzt ein wenig schlafen. Es war eine ziemlich komplizierte Operation, aber …«

»Aber?«

»Aber alles ist gut gelaufen. So, jetzt lehnen Sie sich zurück und ruhen sich aus.«

Sie verschwand. Er lehnte sich zurück. Betrachtete eine Weile seinen Mitpatienten in dem Bett gegenüber. Der hatte etwas vage Bekanntes an sich, und auch das Buch, das er las, aber es blieb nicht die Zeit, darüber weiter nachzudenken, denn schon öffnete sich die Tür erneut.

Zwei Frauen kamen herein. Beide sahen verkniffen und ernst aus, die eine von ihnen war seine Ehefrau Ingrid. Sie trug ihr gelbes Kostüm und hatte einen kleinen Blumenstrauß in der Hand. Beide traten heran und setzten sich jeweils auf einen Stuhl, jede auf eine Seite des Bettes. Seine Ehefrau räusperte sich.

»Bist du klar?«

»Was meinst du damit?«

»Ich meine, ob du klar im Kopf bist?«

»Ja, ich denke schon.«

»Gut. Dann möchte ich dir nämlich meine Freundin vorstellen, Christina Popetka, ich glaube, ihr seid euch noch nicht begegnet.«

»Popetka …? Ich weiß nicht, ob ich …«

»Christina Popetka, wie gesagt. Gerckstraat 21 in Grothenburg. Wir sind alte Schulfreundinnen. Sie wohnt mit einem gewissen Christian Barentz zusammen, einem zweiundachtzigjährigen Schriftsteller. Er sitzt im Rollstuhl, es ist ihr alter Onkel, dem sie in praktischen Dingen hilft.«

C?, dachte Professor Bachmann. Christina? Nein, das glaube ich nicht. Das klingt doch zu billig …

»Es war sein Sohn Georg, dem du auf den Kopf geschlagen hast«, unterbrach seine Ehefrau seine Gedanken. »Es gibt da so einiges, was einer Erklärung bedarf. Ich habe gehört, dass du in Grothenburg warst, als du am Samstag angerufen hast, das Glockenspiel dort ist ja nicht falsch zu deuten. War das deine übliche paranoide Eifersucht, die mal wieder zugeschlagen hat, oder ging es um etwas anderes?«

Der Professor faltete die Hände und entschied sich, dem Blick seiner Ehefrau lieber nicht zu begegnen.

»Nun ja, das spielt auch keine Rolle, ich wollte nur, dass du Christina kennen lernst. Damit alle Missverständnisse ausgeräumt sind.«

»Guten Tag«, sagte die andere Frau und streckte eine magere Hand vor. Er ergriff sie zögernd. »Ja, Ingrid und ich, wir kennen uns schon seit mehr als fünfundzwanzig Jahren, wie gesagt.«

»Ich verstehe«, sagte Bachmann. »Aber es tut mir leid, ich habe gerade ein Schlafmittel bekommen. Wir müssen bis morgen warten, um diese Gedanken weiter zu vertiefen.« Er wandte sich seiner Frau zu. »Könntest du so gut sein und der Universität in meinem Namen Bescheid sagen, dass ich … dass ich meinen Aufgaben wohl für ein paar Wochen nicht nachkommen kann, wie ich fürchte.«

Seine Frau schüttelte langsam den Kopf und betrachtete ihn voller Mitleid. »Ich möchte, dass du weißt, dass es mir reicht«, sagte sie. »Das war der Tropfen, der das Fass zum Überlaufen gebracht hat.«

Dann beugte sie sich ganz dicht zu Christina Popetka hinüber, damit er nicht hören konnte, was sie sagte. Aber er hörte es trotzdem. »Er lebt in der Illusion, dass er immer noch seinen Posten im Historischen Institut hat. Es ist ganz gleich, was man ihm auch sagt, das ist schon so, seit er einmal eingewiesen wurde.«

Christina Popetka nickte. Dann stand sie auf und drehte ihm den Rücken zu. Seine Frau hatte immer noch die Blumen in der Hand, als sie durch die Tür hinaus verschwand.

Dann sind die also für jemand anderen bestimmt, stellte Professor Bachmann fest. Habe ich mir doch gedacht.

Er spürte, wie der Schlaf wie eine Flutwelle herankam, doch bevor er das Bewusstsein verlor, bekam er noch mit, dass sein Mitpatient, Lorentz, oder wie immer er auch hieß, vom Bett aufgestanden und auf dem Weg zu ihm war, mit etwas Hinterhältigem im Blick… und mit diesem Buch in der Hand, das ihm plötzlich ungemein bekannt erschien. Und das Gesicht, sein Gesicht… einen kurzen, bizarren Moment lang kam ihm die Idee, dass es hier gar nicht die Frage einer fremden Person war, sondern sein eigenes Spiegelbild, das er betrachtete, und es war seine eigene Hand, die sich ausstreckte und…

Nein, warte, dachte Professor Bachmann. Ich glaube fest, dass die Dinge dabei sind, eine Wendung zu nehmen, die nicht geplant war. *Hier und jetzt pulsierte…*

Seine Augenlider waren jedoch schwer wie Blei, er tastete nach dem Signalknopf, aber offensichtlich war er während des Besuchs der beiden Frauen zu Boden gefallen, während Ingrid und diese Christina Popetka bei ihm gewesen waren, die Person, die diejenige gewesen sein musste, die all diese Missgeschicke mit ihrer verfluchten Mail ausgelöst hatte, ja, daran brauchte er keinerlei Zweifel mehr zu hegen. Aber man konnte ja wohl erwarten, dass die Leute sich in diesen modernen Zeiten an ihre eigene E-Mail-Adresse hielten und sich nicht die Identitäten von irgendjemand anderem ausliehen… und das Letzte, als ein Teil des Letzten, das in seinem verlöschenden Bewusstsein auftauchte, war das Bild eines kleinen roten Schmetterlings mit schwarzen Punkten auf den Flügeln. Er hatte die Tischdecke verlassen und saß jetzt auf seinem Handrücken, und Bachmann achtete gewissenhaft darauf, sich nicht zu bewegen, damit er nicht davonflöge, aber zum Schluss flog er doch davon, und als er nur noch ein winzig kleiner Punkt vor dem unendlichen azurblauen Himmel war, spürte er ganz deutlich, dass nichts mehr pulsierte, und er ging ohne jede Angst über die Grenze, mit dem Buch eines unbekannten Autors unter dem Arm… und ein Stück vor ihm, scheinbar zögernd und auf ihn wartend, ging eine ebenso vertraute wie fremde Priesterin in einem dünnen, hellen Mantel, mit einer Stimmgabel in der einen Hand und einer leeren Hundeleine in der anderen.

Nachwort

Lange Zeit gehörte *Die Wildorchidee aus Samaria* zu Håkan Nessers apokryphen Texten, extra geschrieben für die Leser des schwedischen ICA-kurir, als Fortsetzungsroman und zitronenfaltergelbes Heft im Sommer 1997, es war aber nie im Buchhandel erhältlich. Auch *Erledigung einer Sache* ist früher nur an schwer zugänglicher Stelle gedruckt worden (u.a. im Jahrbuch des Verbands der Schwedischlehrer 1992 und übersetzt ins Deutsche in: *Morde in hellen Nächten,* Scherz Verlag 2001). Jetzt endlich sind beide Geschichten für alle zugänglich, zusammen mit vier neu geschriebenen Texten in *Aus Doktor Klimkes Perspektive. Das unerträgliche Weiß zu Weihnachten* ist extra für die deutsche Ausgabe »Aus Doktor Klimkes Perspektive« geschrieben worden, stand also nicht im schwedischen Original.

»Eine Novelle« schlägt der Verleger einleitend in *Eine ganz andere Geschichte* vor und meint mit diesem Diminutiv des englischen Worts *novel* eine Erzählung, die länger ist als eine Kurzgeschichte und kürzer als ein Roman. So gesehen besteht *Aus Doktor Klimkes Perspektive* aus drei Kurzromanen und drei kleinen Novellen.

Die Wildorchidee aus Samaria wurde ein Jahr vor *Kim Novak badete nie im See von Genezareth* geschrieben. Es scheint, als würde Håkan Nessers Glückswurf eines Jugendromans bereits in *Die Wildorchidee aus Samaria* seine Schatten vorauswerfen – die gleiche verlorene Liebe in K., der gleiche, alles wieder in Erinnerung rufende Sommerurlaub an einem kleinen, paradiesischen See mit braunem Wasser, die gleichen biblisch klingenden Ortsnamen, der gleiche nicht aufgeklärte, aber verjährte Mord aus der Jugendzeit – und trotzdem unterscheidet sich *Die Wildorchidee aus Samaria* von *Kim Novak badete nie im See von Genezareth* wie eine Schachpartie von der anderen, mit schnellerer Eröffnung, weniger Zügen, anderen Opfern und einem eindeutigeren Finale.

Die Perspektive des Schriftstellers und Philosophen W. Klimke auf das Dasein, die einen der philosophischen Grundpfeiler für Nessers Bücher bildet, hat mit der Vorstellung alternativer Lebensläufe zu tun. Die Erzählungen in *Aus Doktor Klimkes Perspektive* inszenieren derartige, denkbare Lebensabläufe, und der Schmetterling am Ende von *Bachmanns Dilemma*, der sich aus einem dieser in Nessers Erzählungen immer wieder vorkommenden rot-schwarz-gemusterten Leichentüchern löst, ist ein schönes Symbol für solch eine neue Existenz.

EUGEN G. BRAHMS